纤韧蝴蝶

司奋◎著

天津出版传媒集团
百花文艺出版社

图书在版编目（CIP）数据

纤韧蝴蝶 / 司奋著 . -- 天津 : 百花文艺出版社，2024.4

ISBN 978-7-5306-8821-2

Ⅰ . ①纤… Ⅱ . ①司… Ⅲ . ①散文集—中国—当代 Ⅳ . ① I267

中国国家版本馆 CIP 数据核字 (2024) 第 072168 号

纤韧蝴蝶

XIANREN HUDIE

司奋　著

出 版 人： 薛印胜

责任编辑： 郑　爽

封面题字： 王位辛

装帧设计： 悟阅文化

出版发行： 百花文艺出版社

地址： 天津市和平区西康路 35 号　**邮编：** 300051

电话传真： +86-22-23332651（发行部）

+86-22-23332656（总编室）

+86-22-23332478（邮购部）

网址： http://www.baihuawenyi.com

印刷： 成都市兴雅致印务有限责任公司

开本： 880 毫米 ×1230 毫米　1/32

字数： 234 千字

印张： 9

版次： 2024 年 4 月第 1 版

印次： 2024 年 4 月第 1 次印刷

定价： 75.00 元

如有印装质量问题，请与成都市兴雅致印务有限责任公司联系调换

地址：成都市金牛区沙河源街道陆家桥社区

电话：028-83181689

邮编：610000

前言

在纷繁复杂的生活中，总有一些细微而坚韧的力量，如同蝴蝶般翩翩起舞，点缀着我们的世界。《纤韧蝴蝶》用细腻的笔触，捕捉生活中那些容易被忽略的美好瞬间，展现人性中那些温暖而坚韧的力量。

《纤韧蝴蝶》共分为五辑，每一辑都是一个独特的章节，记录着在不同阶段的人生感悟。第一辑“青春的尾巴”，捕捉了青春岁月的尾巴，那些曾经的梦想、激情与冲动，都在这一辑中得到了生动的呈现；第二辑“岁月的沉香”，则是对岁月沉淀下来的美好时光的回味，那些温馨的回忆、深沉的思索，都如同沉香般散发着醉人的芬芳；第三辑“从容地生活”，展现了面对生活的从容与淡定，生活或许充满了曲折与坎坷，但只要我们保持一颗平静的心，就能够从容地面对一切；第四辑“晶莹的泪珠”，则是对人生中那些感动与悲伤的瞬间的记录，那些泪珠虽然晶莹，但却也见证了成长与坚强；最后一辑“路上的风景”，则是对人生旅途的感悟与总结。人生就像一场旅行，我们都在路上，欣赏着不同的风景，体验着不同的情感。而这些风景与情感，都构成了人生中最宝贵的财富。

《如晤旧人》这篇散文，以其细腻的笔触和深情的叙述，勾画出了作者与《人民文学》杂志之间深厚的情感纽带。从开篇的抚触杂志封面，到结尾的感慨与欣喜，整篇文章流淌着对文学与生活的深沉思考。首先，文章通过对过往的追忆，展现了作者与

《人民文学》的深厚渊源。从学生时代开始，作者便与这本杂志结下了不解之缘。那时的她，沉浸在各种文学作品中，被其中的故事、人物所打动。特别是王安忆的《69届毕业生》，更是成了她心中难以抹去的记忆。这种对文学的热爱和向往，贯穿了作者的整个成长过程，也构成了她与《人民文学》之间深厚的情感基础。

步入社会，作者的生活经历发生了巨大的变化。面对现实的残酷和生存的压力，她不得不暂时放下对文学的热爱，投身于繁忙的生活之中。然而，即便是在柴米油盐的琐碎中，她依然无法割舍对文学的眷恋。偶尔在夜深人静时，她会奢侈地坐在被窝里捧着一部小说欣赏，让心灵得到片刻的宁静和慰藉。这种对文学的执着和坚守，让人感受到了作者对文学的深厚情感。作者认为，书是心灵深处的河流，是未被世俗污染的清泉，是智慧树上结出的永远不落的果实。通过读书，可以让生活变得更加充实和生动。同时，作者也表达了对生活的感恩和知足。虽然生活中充满了艰辛和无奈，但只要能够保持一颗感恩的心，珍惜身边的一切，就能够发现生活中的美好和幸福。这种乐观和积极的态度，让人感受到了作者对未来的信心和勇气。

《月季花开》犹如一幅淡雅的水墨画，以月季花为线索，将读者带入了一个充满诗意与回忆的世界。通过细腻的文字，将月季花的美丽、香气、色彩与品质都展现得淋漓尽致，让读者仿佛能够嗅到那淡淡的花香，看到那满园似锦的月季花海。在描述月季花的过程中，作者巧妙地穿插了对人物屾的回忆，使得整篇文章充满了情感色彩。屾那温婉的气质、勤劳的身影以及与月季花之间的微妙联系，都让读者为之动容。同时，文章中的叙事也极具张力，从儿时的好奇与憧憬，到成年后的执着与期待，都让人感受到了作者对月季花枕头的深深渴望。此外，文章中对于月季花枕头的制作过程也进行了详细的描述，让读者仿佛能够亲身参与到其中，感受到那份喜悦与满足。而结尾部分，作者更是通过一段回忆，将整篇文章的情感推向了高潮，让人为之感动。

《流年》如同一幅细腻的画卷，缓缓展开在读者眼前，让人在其中感受到了时间的流转与生命的韵律。作者巧妙地运用了多种比喻，将流年比作水、歌、画、诗、梦和河，生动形象地描绘出了流年的多面性。读后，深感流年似水，带走了青春和梦想，却也留下了无尽的回忆和感慨。在流年的长河中，我们都是渺小的存在，无法抵挡时间的洪流，但可以选择如何去面对它，去珍惜每一个瞬间，去创造属于自己的精彩。

文中对于生命、家庭、历史的思考也让人深思。我们都在时光的流逝中不断成长、变老，面对父母的衰老和离去，会感到无尽的痛苦和遗憾。但正是这些经历让我们学会了珍惜和放下，更加坚定地走向未来。此外，文中对于生活的描绘也充满了诗意和美感。春花秋月、夏风冬雪，每一个季节都有它独特的魅力，每一个生命都有其独特的价值。《流年》是一篇充满哲理和感悟的作品，它让我们重新审视自己的生活和价值观，提醒我们要珍惜每一个瞬间，去追求真正的幸福和意义。

《花褪残红青杏小》《依稀往事》《花乡初冬》《心有千千结》等四十多篇散文记录了生活的点滴，用情感诠释了人生的意义。感受那些纤韧而美好的力量，欣赏那些绚丽而多彩的风景。在这个纷繁复杂的世界里，珍惜每一个瞬间，感悟每一段人生。无论你是正值青春年少，还是已经步入了岁月的深处，都可以在这部作品中找到共鸣与启示。

目录 | CONTENTS

第二辑　岁月的沉香

第三辑　从容地生活

第四辑　晶莹的泪珠

第五辑　路上的风景

第一辑

青春的尾巴

花褪残红青杏小

题记：

从此岸到彼岸的路上，毫无意料出现的许多事，让我惊喜，让我忧虑。

如果可能的话，想用喜悦的泪水写出曾经的忧虑，写下那飞逝的时空里一些难以磨灭的记忆。

虽然那岁月早已远去，早已物是人非。

好多年后回望，那忧虑之上却有一小片斑驳明丽阳光，已渗入了灵魂最深处。

但愿那一小片光明已成为天上的太阳，穿透人心的雾霾。

心灵的清泉需要守护，而不是扼杀！

善与恶在人心并存，善与恶一直在搏斗厮杀，可也别因此而恐惧，更不要因此而放弃追求光明的勇气。

写文章总是写心灵鸡汤也是一种可悲，这可悲来源于现实……人的生存是一个成长的过程，这过程与岁月无关，与经历有关，这过程如蝉蜕，可人遭受的不仅是蜕一层皮的痛苦……一次破茧就能成蝶，但每次痛苦之后生命会得到些许升华，都能变得强壮一些。

一、暑假中的一天

那是初二学期后暑假中的一天，炎炎夏日的阳光透过稀疏的树荫给人以似火的热情。

午后是一段闲暇的时光，街道、居民区都沉入午休。身材瘦弱且高挑的十五六岁女孩蓓蓓在街边树荫下摇曳生姿地走着。

蓓蓓和朱迪约好了到徐娅家会合。

她们仨是同学，三个年龄和身材都相仿的美少女见面之初就很投缘，无论是在学校里还是校外，三个人手挽着手肩并肩走在路上时，总能吸引许多人羡慕的目光，看这三个窈窕的美少女都这么娴雅，自然又亲密地走在一起，相得益彰。她们彼此欣赏，毫无嫉妒。

一放假，别的同学都散了，她们仨说好了放假了也要常聚聚。

三家的三点一线上，徐娅家位于中点，且又是临街，好找。自然就成了三人会面的首选地。

徐娅家位于一排民房的中间，是一个三合院，朝街的大铁门的门垛两边是高高的密不透风的绿篱笆墙，对着大门的是三间高大的堂屋，堂屋的南北各有两间略矮小的厢房。徐娅住在南边厢房里。

蓓蓓到徐娅家门口一边敲门一边喊：“徐娅在家吗？”

从堂屋出来开门的是一个陌生高大的英俊少年，开门的一刹那，蓓蓓正对着他的目光，那目光是那么明朗、干净，使白昼也黯然失色，好像某个电影里的男明星，可一时又想不起是谁，不由得多打量了他一下。

他盯着她看，两人目光再次碰上的刹那，蓓蓓的心无端地有点慌张，赶忙道声：“谢谢你。”低着头就走向徐娅住的那边厢房。

多少年后，当别人谈起有没有一见钟情时，蓓蓓就会想起和宏瑞的那次见面，“惊鸿入了眼，眉目似遇三生前，今作故人见。”“一笑相逢蓬海路，人间风月如尘土。”

徐娅独自拥有南厢房的两间屋，外间有书橱、书桌、几把椅子、一张矮小的四方桌、几个小板凳。

里间是卧室，有一张床和一个高低组合的衣橱，不仅可以收藏衣服，低柜上面还可以摆放花瓶、收音机，以及洗漱用品等，屋子的一角还放着一个洗脸架子。

蓓蓓和姐姐共室，很羡慕徐娅能拥有独立的空间，可以不受干扰地学习，安安静静地做自己想做的事。

所以这也是徐娅家三人最常聚会地方的原因之一。在这里可以无拘无束地一起学习，或一起聊天，或一起玩游戏，或一起跟着收音机里学唱流行歌曲，如《追梦人》《滚滚红尘》等。

蓓蓓推门进来看徐娅还躺在床上午休，就责怪道："瞧你还睡得像猪样，我来了，也不去给我开门？"

"谁像你呀，神采奕奕的，用不着睡午觉，我没给你开门，你还不是照样进来了吗？"

"早知道你要是这样说，刚刚那个我不认识的人给我开门，我就不进来了。他是谁呀？以前我在你家从没见过他呢。"

"是我舅舅家的孩子，宏瑞，暑假后就是高三了，学习紧张，很少到这来。"

不一会儿，朱迪也来了，三个人叽叽喳喳地聊起学校里流传的八卦，说着说着，朱迪就说到了班级有某男生和某女生有彼此爱慕的倾向。

"真有这事吗？"蓓蓓和徐娅都目瞪口呆，"他们也太大胆了吧！"

"这样的学生会给我们带来坏影响的，我已经报告老师了，你们等着瞧吧，他们会受到惩罚的！"

啊？望着朱迪那与年龄不相称的严肃神色，两人都说不出话来，心里都有一种不知为何的紧张和不安。

朱迪认真地望着两人问："你们不会也有这种事吧？"两人赶紧摇头说没有。

二、熟悉又陌生

子在川上曰："逝者如斯夫，不舍昼夜。"可有些人有些事却会永远留在某些人美好的记忆中。

放假在家，蓓蓓有时也会分担着做些家务事。

爸爸最爱吃面条，大多是吃妈妈做的手擀面，有时妈妈回家迟了或者时间多要花在做菜上，就会拿个面盆从面缸里舀出些面让蓓蓓用块纱布覆住盆口，端着去街上那个饭店加工成面条。

有一次她端着面盆走在回家的路上，离有十几步远就看到宏瑞正从马路的对面迎面走来，宏瑞也看到了她，向她咧开嘴角微笑着走来，可蓓蓓看到他却表情僵硬地与他交错而过。

一天，蓓蓓和朱迪在徐娅的房间里三人围着四方桌在做作业。

宏瑞从堂屋里走过来和徐娅说他最近和一朋友办了一个健身房，他在里面当教练，他说也有女孩子去的，你们去免费，既锻炼身体，练几招又可防身。

徐娅说她不喜欢舞刀弄棒，朱迪也说不喜欢。

宏瑞问蓓蓓要去吗?

蓓蓓心里很矛盾，想去，可在现实里对他仍很陌生，所以选择了拒绝。

暑假里感觉一天挺长的，学习的时间充足，玩的时间也不少。

闲下来的时间里总有一些莫名的怅惘和不期而至的孤独感。

蓓蓓在自己的日记里有点为赋新词强说愁般哀叹自己就像是一潭死水，想活泼也活泼不起来。

她是个腼腆内向的人，自然这也没有好坏之分，可她就是有点自卑，喜欢并羡慕能说会道外向性格的人，并常被他们吸引。

和徐娅与朱迪相处是让她高兴并愉悦的事，虽然她们都不算太外向型性格，可在一起也是其乐融融，都能找到共鸣点。

比如她们常在一起感叹，人真是很可怜，必须先糊弄好一张口，然后你才能有资格去做这样或那样更高雅点儿的事。

或者感叹人活着真像是一种公式化的人生，你看我们的妈妈、奶奶、奶奶的妈妈……我以后过的生活都是一样的：长大、嫁人、生小孩，在做不完的家务事中老去，然后死亡，唉，似乎所有的女人都应该走这条路，谁也逃不了。

有时聚到一起。在徐娅独立的房间里除了学习，也会玩棋类的游戏，谁要是赢了也会沾沾自喜，输了的，不服气，还要再来一盘，有时三人围着收音机学唱流行歌曲。

偶尔傍晚聚到一起时，屋里热得待不住。

三人会手挽着手，臂挎着臂在县城主街道两边高大的法桐树枝蔓交织成的绿色甬道里，听着树叶飒飒的响，沐着夜晚微爽的煦风，一边沿着甬道向南、向西、向北再向东转着圈儿，一边精神抖擞地高谈阔论。

话题什么都有，身边的人和事想到哪里就谈论到哪里。

一个圈子转下来有七八公里路程，一般转过两个圈儿，都开始打哈欠累得不想再转了，于是散伙各自回家。

三、学生不准恋爱

初三新学期开学来了一个刚大学毕业的周姓女老师，小巧玲珑的个子，说话声音甜美悦耳动听。

一天，上课铃响后，教室外面的同学都陆续回到教室里各就各位，等着周老师来上课。

蓓蓓仍在教室外，她回头看周老师站在教研室通往教室的路上，与一个男子在说话。虽然上课铃已结束。她就想等周老师往这边来了她再进教室也可以。

其实，蓓蓓也就是单纯地想在外面多待几十秒而已，还来不及思考太多，周老师就过来了，她也就立马进了教室，比她前面的同学也就迟了一点点时间而已。

可周老师好像是带着气快步进了教室，把教案重重地放到大课桌上，板着脸愤愤地瞪着蓓蓓说：“有些同学就会欺负新来的老师。”

蓓蓓纳闷又委屈，想不通这怎么就算是欺负老师?

多年以后，蓓蓓才理解了周老师当时的心情，说是蓓蓓欺负她，还不如说是由于她自己的小气。

她和别人站那说话，别人多瞧一眼，她就接受不了，认为别人是在挑战她的尊严。

新学期开学不久，学校开了一个全体师生大会。

校长先总结了上学期的工作，然后鼓励全体师生向着更高的目标……最后再次和历届校会一样三令五申地严禁在校生恋爱，严肃地说明在校恋爱的害处。

四、新同桌

新学期重新排座位，蓓蓓和一男生刘明共用一课桌。刚几天就出现了矛盾，刘明说蓓蓓挤到他了，用笔在课桌中间画道线，谁也不容许超过。

这引起了蓓蓓的反感，就和别的男同学商量调换座位，坐到和徐娅一桌。

刘明不许别的男同学坐过来，谁过来就把谁的课本扔地上，这样子谁也不跟蓓蓓调位置了。

在温暖的天气里，放学后，蓓蓓照例和徐娅朱迪一起到学校外去背书。

从学校东边的大门出去穿过一条马路，在种植着一排排直直冲天的水杉树后是一片小白杨林子，林子西边是一大片向南伸展开阔的麦田，花几分钟就到达麦田西边的波光粼粼的河边，河边也有一片茂密的白杨树林，翠绿心形的叶子重重叠叠摇摇摆摆地遮挡着阳光，而阳光却偏要从叶隙间左冲右撞地跳进来，把斑驳的金色光辉洒落在林中茵茵绿草和野花上，那带着金色光辉的绿草和野花一直漫延到河边，好在河水能映照它们美丽的影儿。林子南边尽头有几户零落的农舍。

在大自然的美景中，三人或站或坐着，高声背诵或朗读，是一件很惬意很享受的事。

一天背书回来，到教室准备上晚自习，却见全班级清扫起来的垃圾都堆在蓓蓓的半边课桌上、板凳上、周围地上。

蓓蓓气坏了，说："这是谁干的缺德事？不说我要骂了！"

一组的值日组长刘明说是他这样做的。理由是蓓蓓没有参加今天的值日。

蓓蓓气极，她宁可去挤徐娅的一点桌边，也不回自己的课桌，更不会去清扫垃圾。让刘明自作自受。

最终，刘明打扫了垃圾。

刘明是一个外表老实、学习刻苦的学生，平日里闷闷的，话不多。

五、偷看日记

一个傍晚放学后，教室里只剩下蓓蓓、朱迪、徐娅三人。徐娅不知怎么知道的，说班级里最帅、最彬彬有礼、学习成绩最好的男生姜亮的日记本就在他课桌的书箱里，那书箱都是敞开的。

徐娅问要不要看看他的日记，说此时不看就没机会了，他基本上是随身带。

徐娅座位在姜亮背后，姜亮的一举一动只要留心观察，她都看得到。

那两人对优秀男生的日记都有好奇心，经不住徐娅诱惑，当然想要偷看。

徐娅从姜亮的课桌里准确无误地抽出了姜亮的日记本，看来徐娅早就瞄准了它。

徐娅打开日记本，立马另两个脑袋就凑了过去。

她们看了几篇不由得倒抽了一口凉气，一直埋头苦学的好好男生安静的外表下竟然也是波澜汹涌。

日记本里有摘录的诗歌、名人名言等，也有心情日记。三人最好奇的还是心情日记。

有一篇提到他的理想，他要求自己刻苦用功，考上好大学，脱离目前单调压抑的生活。

另一篇是写他暗恋着一个女同学，他相信相处起来肯定彼此会是很愉快的朋友关系，因为他相信自己也信赖她的品质，都有明辨是非的头脑，能清醒地把握自己的方向。但是迫于现实，正值中学时代，一切以学业为主，他不能有任何的表示。

还有一篇就像是他的心灵呓语。他写：

> 小时候世界很小，但是渐渐地从许多书中知道未知的世界辽阔无际，天大地大任由我去憧憬。长大了才发现，其实身边的真实世界也很精彩，可是潜移默化的教育，却使我与现实隔着遥远的距离。
>
> 我的心是鲜活的。可我的言行却是机械化的，我的表情在成长过程中也不知在何时石化了。我生活在自我封闭的空间里，我抓不住我自己想要的生活，我的生命愈来愈苍白，愈来愈萎缩……

看过这篇日记三人都难受得说不出话来。

特别是蓓蓓感觉姜亮的日记说出了一些她还没有来得及理清楚的思绪。她想到了和宏瑞的一见如故。她也相信他们之间的感情就像她和徐娅和朱迪一样是一尘不染的，只因为是异性，之间就像是隔着难以逾越的鸿沟。

家长、老师、同学，甚至自己都不敢相信能把这种关系处理得当。谁又能说这种一味压制而缺少正确疏通和引导的社会道德是一种绝对正确的道德。

六、还回来的书

初三寒假中的一天，徐娅把宏瑞借蓓蓓的书送还。晚上，夜深人静时，蓓蓓拿出那本书仔细地一页一页翻，终于在一页空白里找到了宏瑞写下的几行字。

寒冬来了
冰封了一切
春之国杳无音信
天地已荒芜

还有宏瑞用细细的铅笔尖每一横每一竖用无数笔画描出的她的名字。蓓蓓看到这些，从未有过的心痛袭来。她想哭，却又不敢哭出来，家里人随时会发现。

日子就这样平平静静地过着，表面上无忧无虑的少年变得愈来愈喜欢独处，且多愁善感。

一丝不易拂去的哀伤总萦在心头，感觉自己就像活在一个无形的密封玻璃柜里，就像活在一个无边的梦里。

“花褪残红青杏小”“青青子衿，悠悠我心”懵懂的年华，青涩的情感，曾经的心动变成淡淡的忧伤一直隐在心底。或许是因为青春的懵懂，所以才显得格外美好！“山有木兮木有枝，心悦君兮君不知。”再回首，泪水模糊了视线，那年夏天那少年可知道，他晴朗干净的目光一直融化着一个女孩人生四季里的冰雪！

徽杭古道

——记一次徒步旅游

有这样一群人，周末时间不会闲过，每星期都相约去登山。端午节的三天假期，对他们来说是一个早就规划好的日子，一起去徽杭古道徒步旅游。

有幸和他们一起去。

匆忙的没有充分的准备，只带了些生活用品和钱，晚上七点，就随着他们一起出发了。

车厢里很热闹，队长把我和另外两个新加入的人做了介绍。他们都是群友，互相都认识，说笑话的，侃大山的，哼着歌的……活跃的气氛里，我们很快就融入了他们。

入夜，车厢里很安静。车行进时发出的声响，穿透空气的声音，此起彼伏的呼噜声……异常清晰。

半夜一点多，朦胧中听到有人在说话，问车厢里怎么会有怪味。

司机不答话，一边开车，一边和副驾驶位置上的队长小声嘀咕着什么。

不一会儿进入一个服务区，队长才宣布车子出了状况，大家就地继续休息，他和司机到附近收费站请求支援。

队长刚说完，就有人抱怨起来，这谁找的什么车啊……出远途之前难道没检查过车吗……赶快把帐篷拿出来搭好睡觉，困死了……今晚看来是走不了了……

车厢里弥漫着难闻的焦煳味儿，我们下车，打量着空空的服务区，环境很好，基本的设施几乎都完备，只是没运行。夜晚的风凉爽、新鲜，这是远离城市的地方。

我们都感叹，在不知不觉中竟然会流落到这个地方。

没有人搭帐篷，每个人都心存希望，队长赶快回来，赶快修好车，赶快出发。

大约四五十分钟，队长回来说联系好了，修车的等会儿来，让大家先休息。

凌晨四点多，开来一辆修理车，下来两三个人，车里车外开始忙活起来。

事后，才听说车上所有的带子（三根）都断了，甚至水管也裂了，水箱里没剩一滴水。

近早上七点，车子终于修好了，我们都不由得长出了一口气，有人提醒司机，修理车还没有走，赶紧再备点其他零件，以免后患。

简单吃了点食物，我们又重新上路。

一夜没睡好，原计划夜里两点到达景区边上住客栈，美美睡觉的计划破灭，对出门在外的人也只是一个微不足道的打击。说了几句怨言，又打起盹来。

经过这次状况，每人心里都有点惴惴不安，坐在车里，听各种动静都觉不对头，始觉这车太钝了，就像一匹吁吁喘粗气的老马，害怕它会再倒下去。还好，一路平安到达目的地。

下午两点，车子停在“江南第一关”的景区售票口。

队长先去买票，因为要进去住一晚再出来。每个人都在打点装备，雨哗哗的，帐篷是不能用了，留在车里吧。

下午要徒步十五公里，然后到蓝天凹投宿。和这样的一群人，自问比不过他们。昨天晚上我就向他们说好话，徒步时，千万别把我一人扔了。思量一下决定能不背包就不背包，把非带不可的东西装在衣服口袋里。

除了我们三个，每个人都背着大包。试背一下，天啊，沉甸甸的。本来还想讨好坐在一起的一个姐姐，如果她中途累了，可以帮她背一小段路。到嘴边的话，赶紧咽回去。心想，背这么重的包，走几米都受不了。可他们一个个精神抖擞、神采飞扬地背着包，似背着一包棉花。

徽杭古道是浙江十大徒步经典路线之首，是古代安徽的客商往返浙江最近的通道。清代大商人胡雪岩年少时也曾跋涉在古道上谋生。今天我们走在这条路上，想象那些商人肩挑背扛着沉重的货物，是何等的艰难。

从岩口亭进山，经过磨盘石后，我们选择了洗马石、姐妹石这条线路。

来到这座山，眼前一亮，不由得连声赞叹，在别的山里很珍稀的水，在这儿从头到尾，山水都是相依相伴，缠缠绵绵。山因有了水而灵动活泼、峻峭奇丽、沟谷纵横……水因有了山而姿态万千，有的气势磅礴，飞流直下三千尺，有的如一潭碧玉，平静幽深……

山上的树木，不是特别浓密，覆盖面积广，而且特别的翠，装点得山水分外妖娆。青山绿水，如梦如幻，如诗如画。

进山时下着沥沥小雨，在我们徒步的过程中，一直到晚上投宿，都是时断时续。我们也跟着一会儿穿上雨衣，一会儿脱下雨衣。

因为下雨，山更青翠，水更绿，走几步就有溪流从山上曲折而下。行走在山里，空气奇清，炎热褪尽，凉爽宜人，心情舒畅无比。山峦间飘着迷蒙的雾气，高高斗奇的群峰白云缭绕，对于来自平原地带的我们，就像沾染了仙气，恍惚如入仙境。

我们走的路线，有人工打造过的观景台，紧贴山壁的羊肠小路边上有人造的仿木桩的护栏，蜿蜒在半山腰，有好几个地方向下延伸到谷底较平坦的能观赏别具一格的景致的地方。

隔着峡谷，对面是在半山腰上的、比这边更高的、与我们遥遥相望的另一条路线，到施茶亭两条线路的交会。据说那条路是原始古道，没有护栏。路上也有一队小小的人在前行。我们放开喉咙，双手放嘴两边做喇叭状，向着那些人大喊："哦嗬嗬，嗨……"那边人也回过来："嗨，嗬嗬……"

轻装上阵，面对如此美景，怡然自得，望望背着大包的她们，也丝毫不比我精神差。我问那个年龄最大的姐（五十二岁），累吗？她笑眯眯地说一点也不累。

到了施茶亭，我们本该继续向前走，可有两三个队友说，没有到过"江南第一关"，要倒回去走我们刚过来的对面那条路。我不想走回头路，前面的路还长着呢，况且，对面的景色，刚也看了个大概。

队长同意分成两批，可大部分人都想随着那两三个队友走。无奈，我在心里给自己打气，谁怕谁呀，反正我是没有负担。

走到西寺飞瀑那，实在是不想走了。队长说，你就站在这儿等吧。

左等右等，他们去了四五十分钟才回来，都说看过不后悔，来了，不看，才后悔。我说已经远远地看过那里了，也无悔。

原来计划的十五公里，这么一折腾，少说多走了五公里。

到了施茶亭，稍作休整。不到五分钟，起身，继续前行。

接下来的一段山路，没有台阶，起伏不大，只是由于下雨，崎岖的山路泥泞，布满大大小小的水洼。走路要特别小心，尽量靠着山体走，太朝边上走有滑下坡的危险。

休息时为了不拖后腿，每次都第一个起身往前走。可每次都没有走多远，他们就一个接一个地超过了我。

几乎是慢跑着紧跟上那个年龄最大的韩姐。看着她背着沉重的包大步流星，真是又羞愧又羡慕。韩姐笑着说，这下知道回家要赶紧锻炼了吧。

这样的路大约走了五六里，接下来要爬一个很陡的高山，那道是"S"形，向高山上蜿蜒。上到一半时，我的心脏剧烈地跳动，喘不过气来，大口大口地深呼吸，头上脸上的热汗涔涔而下，脸颊发烫，全身出热汗，再不觉得那哗哗的雨打到身上会发凉。知道挨过这一段不适的反应就会轻松下来，可那上坡道都是那么陡，没有像预料中的很快适应下来。

陡坡上不能久停喘息，必须前行，我有了炼狱般的感觉。也忘了，多久才适应平息下来。终于到了下坡平缓地，看到韩姐在前面。

到了“下雪堂”，天地间已经布上了暮霭，似薄薄的青烟，雨还在哗哗地下着，屋檐下站满了歇息的人。

不客气地进了屋里，一屁股坐到板凳上。看到一队友小李，她身形比我还弱，可她也背着一个大包，正在用毛巾擦通红的脸上的热汗，我的脸只会比她更红。

她从包里拿出各种各样吃的喝的，说，这是牛奶，你喝点，补充营养，这是榨菜，含盐，多吃点，补充体能，这是……

一边吃喝，一边闲聊，才知道在爬刚刚那座山时，有个女队友支持不住了，她的大包被几个男队友分担。

小李开玩笑说，必须有几个强壮的男子汉一起出来，我们才没有后顾之忧。

闲聊中知道下一站就是“蓝天凹”，我一听还有五六公里的路，刚刚被那“炼狱”折磨去的勇气和信心顿时又回来了，再加上吃喝过了，立刻又带头继续前行了。

经过刚刚那段陡峭山路的折磨，这一段稍起起伏伏的山路是轻松的。

不久就看到前面路边有个大牌子，绘着的地图上方写着“蓝天凹”三个大字，牌子下面围着一群人在拍照留影。再向前二百米是进山前就听说的“徽杭之家”，队长说过已预定好，今晚就到那投宿。

到了才知道，徽杭之家已人满为患，铺位被先到者抢占，又一个计划破灭。队长决定在这先吃饭，再赶往下一站投宿。

进了屋里，吃了一惊，三间西屋，墙壁和屋顶，就差地上了，被五颜六色大大小小的纸条贴糊得密不透风，还有好多实在没地方贴的，挨挨挤挤重重叠叠悬挂着的。

很疑惑，这都是什么呀？凑近一看，上面都写着“××× 市户外群”字样，哦，原来这些小纸条每一个都代表着某个地区的某个户外群来过这里。真是叹为观止。

在屋里坐下，一边等上饭，一边等队友。不一会儿，他们都换好干净的衣服来了。只有我和另外一个没有背大包的人，没有衣服换。徒步时，没感觉身上衣服有什么问题，现在坐着，才知道全身上下都湿透了。傍晚的山里，阴天，穿着湿衣服还不如脱掉。还好，外套里面的 T 恤是半干的。

一队友说包里还有干衣服你要不要换一下？我说不冷，里面的衣服没湿透。

“徽杭之家”坐落在连绵的群山环抱着的难得平坦的盆地里，站在院子里，抬眼望，层峦叠嶂，郁郁葱葱的青山四合，不由得反复咀嚼“蓝天凹”这个名字，愈嚼愈喜欢，愈喜欢愈是想好好感受一下，闭上眼睛，想象一大片广阔无垠的翠绿，愈往中间愈是凹陷，四周陡峭如峰，而我正位于这凹陷正中间。

晚饭后，我们又徒步前往永来村投宿。起步时，心里一沉，坏了，头晕乎乎的，默默地在心里告诫自己，千万不要出丑。

刚吃饭时，开始不想喝酒，转念又一想，淋了雨，衣服湿了，喝点酒驱驱寒气吧。一桌十人，开了三瓶红星二锅头（二两装），平常我一人全喝了也没事，今天真是一反常态。

幸亏有登山杖支撑着，崎岖不平的山路掩盖了稍微有点趔趄的我，没人看出异常。

拐过三个山脚，一路无恙到达永来村。简单地洗漱之后，往床上一躺，天啊！眼一闭，头一挨着枕头，马上就弹了起来，恐怖！像是坠入万丈深渊！可怕的头晕！继而，心里一阵翻腾。

邻床的队友问，怎么了？我说，头晕，恶心。

听这么一说，同屋的人都围到我跟前，问我是不是被雨淋感冒了，是不是喝酒喝的，也有的说，是不是昨晚觉没睡好又加上今天的疲劳。我说，应该是好几个原因吧。

各人都纷纷解囊，她们的大背包，就像是百宝箱，拿出的有风油精、感冒药、止呕的藿香正气丸、藿香正气水……

一会儿，队长也闻讯来了，把一杯刚冲好的红糖水端到我铺前，说，不管你有没有低血糖，你都喝下去吧。

我在太阳穴上搽了风油精，用红糖水送服藿香正气丸，在床头倚靠着。实在困了，才躺下，一夜无扰到天亮。

第二天早饭时，队长宣布吃过早饭就出发的计划取消。早饭后，徒步清凉峰，中午还回这吃饭，饭后再走。感到累的人留在这里休息半天。

我、小李，还有昨天背包被男队友分担的小英三个女子留在客栈，其他人都出去了。

三人坐着说闲话。小李给我讲群里的事情，她们只要有时间，经常这样出来旅游加锻炼，已经跑了好多地方，打算跑遍所有的名山。并不是随便哪个人都能加入她们的……

望着窗外哗哗下着的雨，心想现在天气预报挺准的，昨天小雨，今天中雨，都对。昨天穿湿衣服的难受记忆犹新，虽然也向往窗外的美景，只是衣服好不容易被焐干了，还是不出去吧，睡一觉，迎接下午的二十五公里的徒步。

刚迷糊不长时间，就听见窗外山腰上传来叫喊声。三人疑惑地推测，在这深山里面，没有人会认识小李，即使上清凉峰，这会儿也回不来啊。

窗外又传来叫小李的声音，小李突然笑了，这鬼腔调，是“弹簧腿”回来了。

几分钟后，“弹簧腿”回到了客栈。据他说，清凉峰因下雨封山了，他们只到了野猪塘就返回了。他们都在后面呢。

提前回来，就要提前备饭。客栈一家人都紧张忙碌起来。吃过中午这顿饭就要走了。小老板说一定为我们做些好吃的。

我在楼上客房里，闻到了从下面传来的浓浓香气，不由得下楼到厨房里去。那个老婆婆一会儿往灶肚里添柴火，一会儿又给主厨的女儿打下手。年轻的有山泉水一样清澈闪亮的大眼睛的女子利落地在案板和灶上忙碌着。大铁锅里热气腾腾，菜香味扑鼻，这样做饭的场面真是久违了。

午饭摆上桌子，我们一边吃一边赞不绝口，鸡汤不浓不腻，咸淡适中，鲜美好喝，应该是山里人养的草鸡，红烧肉做得颇有淮扬菜的风味，鱼是清蒸的，也做得恰到好处……队友们都说到星级饭店也吃不到这样可口的饭菜，特别是那道爆炒山里干笋，一盘吃光了，都喊再来一盘……

吃饭时，外面下起了大雨。山风裹着白云一样的雨雾，呜呜叫着，在天地间狂舞，窗外一片迷茫。我们忧心忡忡，这样的天气，下午的计划……

饭局快结束时，队长宣布再在这住一晚，明天早饭后出发。饭后休息一会儿，愿意出去的两点半出发，不想出去的，原地休息。

队长又对客栈小老板说，你家饭太好吃了，我们今天不走了。

下午的行动没有具体的目标，队长请小老板做向导，就在附近风景优美的地方转转。他们都出去了，就剩下我一人。

下午四点多，雨停了，在屋里待不下去了，就在客栈的周遭转转。

这个名叫登岩阁的小客栈建在半山腰一块平整的地方。房舍前面山坡种有一小片庄稼，沿着下坡的小路往山下走，林荫下绿草茵茵，黄花遍野，一条溪涧在面前汩汩流淌，自始至终，山里随处可见这样的涧溪，身在山里，耳边总是有哗哗水流的轰鸣。

昨天拼命地赶路，今天所见和那一路的山景风光又不一样。

理解队友们为什么闲不住了，面对如此原生态的诗情画意的山景，也后悔没跟着一起出去。

傍晚，他们在零星的小雨中回来了。小老板带他们去赶集了，买回了一些山果，还采了路边的野果，又帮客栈背回了好多瓶酒。

当和中午一样丰盛的晚饭被摆满桌子时，就有人要酒喝，起先是各桌喝各桌的（一半人没有参加喝酒），不久，两桌人混起来喝。

起先是队长过来敬酒，当敬到我们三个新人时，他说，和我们这样的一群人在一起，你们会不会不开心？我们这群从来不像其他的群到处拉人，从来不主动对谁说，你加入我们群吧。我们在一起从不讲究什么高低贵贱，只要求随和自然……

一旁的小英这时不知怎么回事，忽然激动起来，说，她在××徒步群里，每次徒步都是最前面第一名，××群主很看重她，生怕她跑到别的徒步群去。她加入他们登山群，每次登山也总是第一名，她还从来没有不如谁……

听了小英的话，对她了解了一些，她以前参加的是徒步，改为登山时间应该不长，她有点过高地要求自己，到哪里她都得是最优秀的。

没喝酒的人早早就离桌回宿舍去了，听下面的动静，我对韩姐说，小英、小李她们会不会喝高了？韩姐说，不会，她们自己自有分寸。

我说，登山喝的酒和平常在家喝不一样。就把昨晚我的情况分析给她听。

韩姐一听也着急起来，真是这样，万一醉了，明天回不去可就麻烦了。假期结束，各人都必须上班，一堆事情在那等着呢。可不能让他们害人害己。

和韩姐下楼，阻止大家再喝下去。我搀扶小李，她拉着小英都往楼上去。两人脚步踉踉跄跄，上楼梯都差点向后仰过去，嘴里还嘟嘟囔囔道，你们真是自私，滴酒未沾，我们要是也不喝就显得我们女同胞太无能……

扶她们到宿舍，韩姐又下去向客栈老板要蜂蜜，冲两杯水给她们。

不久听下面人吵嚷，说篝火晚会开始了，大家赶快来吧！

韩姐、小李、小英她们一听立马就兴奋地坐不住了。韩姐问我喜欢唱歌吗。我说喜欢，平时也会去 KTV。韩姐她们欢欢喜喜地下楼去了。

跑到阳台上拍照片时，就听下面一片欢腾，喧闹声中响起韩姐嘹亮的女中音唱腔和一个男队友粗犷的嗓音在对唱山歌。“嗨，篝火已经烧起来啦，嗨烧起来。”

“兄弟姐妹快快来呀，快快来。把你们的湿衣服拿来烤烤唉，来烤烤。”

“楼上的美女不敢下来唉，不敢下，楼下蹲着一群狼喔，一群狼。”

…………

哈哈，真有意思，山歌唱得像那么一回事。

我也很快下楼加入其中。

夜晚山里的风没有方向，随心所欲的炭火伸着长舌头在几秒钟内，舔遍了各个方向。

坐了几分钟就坐不住了，热浪和烟使我难受。他们都在烤衣物，这两天阴天，闲不住的人几乎没有谁有干衣裳了，而我没什么可烤的，坐坐就想溜。

边上人制止说，山里潮湿，你人更应该多烤烤火，祛除寒气。

这话很有道理，我又安心坐下来，一边向着火堆伸展双臂烤烤自己，一边听着他们闹腾。

小英、小李也许是酒喝高了，有了醉意，也许是被兴奋冲昏了头，自己有湿衣服不拿来烤，却争着替男队友烤衣服鞋帽。小英不知是有意还是什么，把“弹簧腿”的登山鞋直接搁红彤彤的炭火上，然后，很快拿起。如此几次，“弹簧腿”隔着火堆欲抢不能够，在众人幸灾乐祸的嬉笑声中连声哀号，我的鞋子啊，六百多块钱一双呢！小李一边烤着队长的外套，一边乐不可支，衣服下摆拖到了炭火上，直冒火花。看到的人哈哈大笑指着衣下摆对她说，快灭火，衣服着火了。她却装憨，没有，在哪里呀！队长说，我衣服一千多块钱，烤坏了，你赔我。小李说，烤坏了才赔你，这算不了什么。

衣服烤干差不多的队友忽发感慨，要是有烤肉就好了。一男队友口出醉语，我就是肉，衣服脱了就行。

此话一出又引起一片哄堂大笑。一队友说，我们又不是野人，人绝对是不能烤的，各人烤烤蹄子吧。说完带头把光脚板伸炭火上烤，众队友纷纷效仿，说，烤烤脚心也舒适。

不知是谁又邀请还迷迷瞪瞪的小老板拿易拉罐啤酒来。立马，有人又喝开了啤酒。

雨点又淅淅沥沥地落下来，我不管他们怎样，自己连忙逃入屋里。韩姐也跟着回屋了。不久，外面的雨就哗哗下起来了。

小英和一男队友还撑着把伞，围着不再添柴的火堆，兴致勃勃地聊着什么。

第二天早上，五点多，我们陆续起床，从窗口望向山头上空，有红红的朝霞，出太阳啦，看来今天天气不错。

六点半准备吃早饭，各人的行装都整理妥当。背包比刚进山时不仅没减轻，还都重了。昨晚，小老板拿出山货推销时，各人都买了一些。

饭后，对住了两宿的地方恋恋不舍，纷纷拍照，合影留念。七点半，背起背包挥手告别客栈的老板，继续下一站的徒步，翻越几座大山，经过“蓝天凹”“清凉峰人家”等三四个客栈，然后下到峡谷地带，准备穿越鄣山大峡谷。初步估计，从登岩阁到鄣山大峡谷另一个进出口，全程二十五公里，来时的中巴车在那接我们。

经过了两家客栈，越过三座大山后，小英、小李明显体力透支。虽然队长在最后面压队，也不能维持下去。队里有三个对讲机，分别在最后、最前和中间，通过对讲机，队长知道队伍拉开的距离太大。队长当机立断，通知前面的慢点走，到清凉峰客栈时，就地休息，等后面的人会合。

我们前面人的徒步稍放慢，到清凉峰客栈休整。十几分钟后，队伍会合，数数人，正好十八个。队长要求（连自己在内）几个体力好的男队友发扬风格，把小英、小李的两个背包分担一下。几个男队友欣然从命，开玩笑说，小英要是再瘦点，连她人我都能扛着。又一人开玩笑说，可惜的是人无法割开分担。我听着好笑，这群人真有意思。

后队的人坐下来休息，前面的人站起来继续前进，中间的自便。

此前四五十分钟内，走过的山路几乎都是陡陡的下坡。下坡是省劲，人往前冲，不能太快，要把握适当。等终于走到稍平缓的下坡时，我发觉双腿止不住地微微颤抖，可这些很快就抛到九霄云外了。

随着山路越来越平缓，路边的景色也越来越引人注目。

不久，我们到了大峡谷地带。

如果前两天看到的风景用苍劲、巍峨、雄浑、壮丽来形容的话，那么眼前的美景就该用柔媚、飘逸、灵动来形容。前两天的风景主题是青山（树木、山），水只是点缀，像个内敛沉稳的女子，不爱在人前显摆。眼前的水更像是活泼好动透明的精灵，崎岖不平、高低错落的峡谷地势造就了水的千娇百媚，千姿百态。且水边的花草树木似乎更有灵气，拂水照影，仪态万方，与水争奇斗艳，迷得人一路留恋不已。

曾去过黄山的翡翠谷，这里也可以用翡翠来形容，可这里的水更多，形成的瀑布和错层的曲折急流更随处可见，更有清澈见底的轻烟、缭绕的绿荫和宁谧仙境的湖泊，这样绝美的胜地有好多处。

我们走一会儿就要停下来，指点着说，呀，这里漂亮，这里好看，站在水边，边欣赏不已边拍照。走走停停，很快，人都聚到一起。

队里就数队长和“弹簧腿”的相机最高级，队长不轻易给人拍照，要拍多是合影，“弹簧腿”则是遇到好风景，不管谁站那儿，他都连人带风景一起拍。时间长了，队长就说自己是拍大片子的，而他只能拍拍小片子。也有人故意开玩笑把“大片子”说成是“大骗子”。

走一路几乎是拍了一路，各人都乐此不疲。

谷里的地势算起来是平坦的，没有大起大落的陡坡，走这样的路，对我们来说还是比较轻松的。小英、小李也飞快走到前面，只是路面崎岖不平，虽然穿着加厚底的徒步鞋，也觉得脚底硌得慌。

走过谷底水漫桥后，与水流渐渐地拉开了距离，越走路面比溪涧越高。经过了刚刚那一路美轮美奂的景色，我们也就不再去拍谷底像平常河流一样的溪水，注意力又转到眼前这片山的青翠巍峨与层层叠叠。看到一处山坡上，翠绿的中间倒伏一片被砍倒的枯黄时，觉得很丑又很惋惜。

中途进入一个不知名的、只在路两边各有一溜房屋的小山村。屋后是山溪，溪后是巍巍青山，我们一长溜排坐在人家门槛石上休息。

打量平生第一次见到的山村，很稀奇，房屋建筑比大山里的客栈的房屋精致漂亮。有好几家还是两层小楼，门厅也别具一格。注意到墙上还有标语。我们不由感叹，恍惚时间倒流，穿越到了过去。由标语猜测房屋建造的年代应该在二十世纪六十年代之前，赞叹房屋历时久远也赞叹其建造精良。

村中水泥路上偶有汽车来往，有几个村民站门口望望我们。一个老大娘走过来，我问她这村子叫什么名字，她叽里咕噜说了几遍我们都没听懂一个字。

放下背包休息，韩姐说，真轻松，都想飞了。然后，各人纷纷解囊，拿出各种各样吃的，互相分享，韩姐拿出的最多。

她边吃喝边说，要不是昨天耽误一天，今天已经到家了，下午还该我值班呢。

休息不到十分钟，又继续赶路。从这个村子一直到大峡谷出口，都是绕着山的平整水泥路。路像绕着山腰的一缕缕白云。

路上不时有汽车、摩托经过。这里应是交通便利的地方，距离出口还有十公里路。

沿着十八弯的水泥路，只是一路狂奔。路右边是山体，路左边是深深的峡谷，眼前是一座座矗立的高山。时而也会有令人惊艳的景色，只是由于疲乏，也由于被中午的太阳炙烤，无处躲无处藏，崖边一排树，稀稀拉拉遮不住阳光，我低头赶路只一心想早点儿结束这旅途。

由于出来仓促，没充分的准备，也是由于进山时下雨，没带遮阳用具。等我逃也似的走完这段路到开着空调的车上时，感觉各方面忍耐力已经接近崩溃的边缘。

尽管如此，我还是认为这是一次愉快的徒步旅游，一个还算美好的生活片段。在这样的一群人中间，在那样的大自然怀抱里，有热情、有目标、有自由，有诗情画意，有美好的事物。也许这些都只属于我个人的印象，但是，我们想要捕捉的正是这些闪亮的瞬间。

丽人行

出了正月，大晴天，才感觉到春天已经来了，太阳真好，暖洋洋的，在露天待时间长了，热得人都想躲进枇杷树绿荫下了呢。眼看着杏子树、樱桃树花苞鼓鼓欲放，迎春花已经稀稀拉拉地绽开了鲜艳娇媚的花瓣……再过不了多久就要见证春的魔力，各式各样的树木都将争奇斗艳，人间到处是芳菲，不管你是快乐的还是忧伤的，在大自然的奇迹面前都会被鼓舞着！

这样的天气，连鸟儿也撒着欢，叽叽喳喳的两三只追逐着从高高的树梢飞下来，画一个优美的弧线又飞向另一个树梢。

好太阳不利用似乎可惜了，卢璐抱出床上的所有铺盖，在园子里晾晒，然后悠闲地在园子里欣赏各种花草树木，感叹春天带来了新一轮生命的活力。

春光明媚的天气使多少天来郁郁的心情一扫而空，深吸一口新鲜的空气，长长地吁出心底闷气，一切都变得风轻云淡，多么美好的闲暇时光啊！

出于无奈，关了经营了十几年的超市，待在家里，心情低沉，这段时间，卢璐在努力向好的方面调整心态，制定并适应新的作息时间，使自己的生活走向新的目标。

这样悠闲又惬意的心境真是久违了，“采菊东篱下，悠然见南山。”在喧嚣、紧张、繁忙、有压力、快节奏的城市里，淡泊宁静的日子，也是一种奢侈享乐吧。

正转着，忽然小区里的狗气势汹汹地吼叫起来。卢璐知道来生人了。这样的情况几乎每天都会发生，也没在意。

有两位少妇朝她走来，隔着一段距离，其中一人开口道："卢璐，你知道我们要来吧，早早在楼下等呢？"

卢璐忙转头去看，原来是老同学陈羽带一个陌生人来。

卢璐和陈羽是小学同学，两人到一起就有说不完的话题，彼此喜爱，互相敬重，二十多年了，至今关系自然、简单，友谊没有随着时间而褪色，背后也有两人看似不在意其实用心的维护。

相处至今，每个月总会见一两次面，或者有时通电话聊聊天。卢璐的工作是从早忙到晚，早出晚归；陈羽是每天朝九晚五，八小时工作制。星期天，或者上下班的间隙里，陈羽经常到卢璐那里去看看，聊聊。而卢璐如果有时间，也会在陈羽有空的情况下约她出来到茶吧等地方喝茶、打牌、聊天……

平常总相约在公共场合，到家里的次数不多。

卢璐开心地说："我说今天阳光怎么这么灿烂，又鸟语花香的，原来是有贵客临门了，呵呵……"

陈羽："你看看，我带谁来了？"边说边看向身旁那人。

那人也斜着眼睛开口："我就不吱声，看你还记得我不？"

卢璐开头一打眼就觉得这人似曾相识，但又不敢冒认，她这一开口，卢璐立马惊喜地抱住她叫起来："哎呀，我的天哪！沙莎，你打哪里冒出来的，有十几年没见了！真变了，要不是陈羽带着，走大路上谁敢认啊，马尾辫改披肩波浪了，开始戴眼镜了？也学会化淡妆了，以前那个傻丫头不见了，不过仔细看基本模样还没大变，只是比以前胖了白了。"转变语气，半开玩笑半责怪："你做得不对啊，沙莎，想当初你和陈羽认识还是通过我呢，你回来不直接找我，竟然撇下中间的我，先找这人去了。"

沙莎十多年前随考上研究生的老公去了省城，临走时请了两桌客人，卢璐和陈羽都去了，分开后，由于好多的原因，比如相隔远、都忙家庭和工作，加上又都是处于人生中最低谷最需要全力以赴打拼努力的时候，紧张得哪还有闲情逸致，彼此联系越发少了，渐渐也就都失去了联系，谁也没有想到今天又能聚到一起。

沙莎笑：“在省城十多年，我也搬了几次家，手机也换了好几回，好多老朋友都失去了联系。两三年前，我老公回来办一些事情，跑机关单位，哎，巧了，陈羽正好在那里工作……”

三年前，沙莎的老公回来办理事情，正好是在陈羽的单位里，他只把事情说一遍，她立马很准确地整理并打印出他所需的材料。陈羽的聪明、果断、做事的周全，还有她的不卑不亢、温和中透着镇定坚毅的气质，都给他留下了深刻的印象，回家后，在沙莎的面前夸赞陈羽。

卢璐：“喔，这事我以前好像听陈羽提起过，我们也别老在这傻站着，到家里去坐坐吧。”

卢璐的家，坐落在一个风景优美，很现代的一个小区里，楼层最高是四层，楼间距宽，中间是水泥路，两边是错落有致的土坡，绿化非常好，有各种各样的花草树木，一年四季都有花开，春有海棠、迎春、梅花，各种果树；夏有月季、品种繁多的草花一直开到秋天；冬有菊花、蜡梅、茶花。树木掩映之中还有一两个防腐木搭成的花架，上面已经堆满了爬藤植物，这个小区是这县城里最有名气的一个。

进到屋里，沙莎感叹道：“没有想到，这儿的环境这么好，房子也这么大，很贵吧？省城一百〇六平方米，就要二百多万呢，你这多少？”

卢璐：“是啊，你那省城的房子在我们这边可以换成五六套呢，我家这是复式楼，你那也可以换成三套我这样的，沙莎你没到陈羽家里去过吧，她家比我家更好，还有一个私家花园呢。”

陈羽：“房子住起来都差不多，再好再宽敞，最适用的还是一张书桌、一台电脑、一个沙发、一台电视、一张床，其余多出来的空间还要人一天到晚花精力收拾，虽然有自己独立的院子，可没有闲工夫去打理，乱糟糟的，还不如你这儿的公共花园漂亮怡人，又不需要你费心。”

陈羽中专毕业，至今仍在学习，仍在考证。她从开始上班时的普通员工，到现在的公司负责人之一，与她的勤奋努力分不开，她不仅是事业有成的女强人，生活中也是很随和善解人意的，为人谦逊，知书达理，在同事、朋友、家庭里都受人尊重。老公也优秀，夫妻关系很好，还有退休的公公婆婆帮他们带孩子，一天三顿饭不要他们烦心，很多人都羡慕陈羽命好。

卢璐却是深有体会，陈羽一帆风顺的背后所付出的辛苦和心血，她是个要强的人，什么事情都全力做到尽善尽美，人前是强者，在家却是飞累后的筋疲力尽的鸟，幸好有一对善良的老人的体贴和照顾，大大地减少了后顾之忧，家庭和睦，人缘好，是她的好修养带来的结果。

卢璐招呼她们坐在客厅的沙发上，自己忙着沏茶、切果盘。

陈羽多少年来都和卢璐保持联系，对她从开始到现在一步一步的变化并不惊讶，倒是沙莎和她们分开十多年，她对卢璐的印象还是从前的样子，从前的卢璐是林黛玉似的人物，拘谨、羞涩，完全是一个需要人保护的弱女子，很普通的家庭背景，天上不会掉下来馅饼，没有想到今非昔比，她现在的生活状况远远地高出许多人，这可不是轻易可以获得的。沙莎现在又重新认识了卢璐的另一面，外表仍然还是温柔的，只是这种温柔的气质里，也有柔韧的自强不息的精神，闪烁着顽强燃烧的生命之火。

沙莎以前只知道卢璐是个爱笑的人，外表温柔内心却不流俗，这样的女人，和许多人貌合神离，有时难免会有磨难。

年轻时的卢璐相信爱情，选择的老公不是因为他的家庭也不是因为他的文凭，仅仅是她看他入眼，没有掺杂过多的世俗势利的要求，就走到了一起。

婚后夫妻感情起初很好，只是公婆，老是想压制儿媳妇，老想用旧观念的条条框框来约束她。

卢璐的性格是集现代与传统于一身，反抗，又不是很强烈的反抗，主要是顾忌中间的丈夫和相处得像朋友样的小姑子，和公婆明争暗斗，自己还是一肚子怨气，继而迁怒于丈夫，觉得他窝囊，明知道公婆对自己不公平，却不闻不问，甚至有时袒护他们，她越来越看他不顺眼。

夫妻感情由开始的好渐渐变得很差，结婚没有三年就离了婚。

但离婚两年后，她不得不回头，一大半是因为孩子，还有丈夫，毕竟一起生活过，一点感情都没有也不可能，况且他还在托人说好话，死心塌地等着她回心转意。

他对她是真爱，遭遇这样的事情，他起先是恨，咽不下这口气，可真的离婚后，两人不相干了，分开两年后，恨随着时间消失了，剩下的还是爱和思念。

见面之前，沙莎心里还是以前的卢璐，还在想着卢璐的可怜，替她担心，担心她的生活不会比以前好过多少，说不定早就被生活折磨成一个丑陋的黄脸婆了，可刚在楼下见到卢璐，还是像以前第一次见到她时，让她眼前一亮，那种古典美，不随俗的气质依然没变。

再到她的家里一看，就更知道，她以前的担心是多余的，卢璐的生活质量不比自己差，甚至更好，她由衷地为老同学高兴，同时心里也有一丝丝的羡慕。

沙莎现在引以为豪的，可能就是自己的老公很优秀，还有自己的写作爱好，丰富了生活，也带给她乐趣，自恃这样的素养超过那些只懂赚钱、吃喝玩乐的人。

沙莎问卢璐："现在你的超市怎么样？"

卢璐："你还不知道，就在十多天前，我解脱了，现在做生意太伤人了，实体店赚钱的时代过去了。"

陈羽附和："现在实体店竞争不过网店，更竞争不过大超市、批发市场。"

沙莎："现代人的生活方式改变了，年轻人几乎所有的东西都从网上购买，甚至有时吃饭都从网上买。"

陈羽："卢璐停下来休息休息也好。"

沙莎听了不住地点头，对陈羽说："卢璐现在的生活，是许多人都想追求的，一开始拼命赚钱，现在不缺钱了，让自己闲下来，过自己想要的生活。"

卢璐："我是被逼的，不停下来也不行。这几天，我总是在胡思乱想，想来想去，就像沙莎你说的，让自己闲下来，过自己想要的生活，首先要重新调整好自己的心态，踏踏实实过平平淡淡的日子，也就是柴米油盐的日子，照顾家人，这是必须的；再就是抽出时间来锻炼身体，保证自己的身体健康，不求大富大贵，平平安安、没灾没病就是福。最后就是，我又重新拾起以前的爱好——绘画，记得在学生时代，中午、晚上或者星期天在家，只要功课不多，就待在家里学绘画，喜欢临摹人物肖像，特别是古代的仕女图，现在年龄大了，倒喜欢起花鸟图了。我现在不想别的，只要能把这几样做好，再有几个谈得来的朋友，我就心满意足了。好多年不见了，沙莎说说你的情况！怎么样？"

沙莎："我现在的工作有忙有闲，在公司里搞仓储，无论是上班还是在家里都可以挤出时间，我喜欢写作，已经发表了不少作品。老公现在事业有成，孩子也没让我操心太多，总的说来，过得还行吧！"

卢璐和陈羽都齐声称赞，想不到以前一点也不解人间烦恼、一味只贪图玩乐的沙莎竟然现在也变成个有内涵的知性女子。

沙莎，从小在农村跟着奶奶长大，十岁时才被接到县城，和都是机关干部的父母一起生活。她见谁都是几分熟，性格外向，能说会道，好热闹，哪里发生什么稀奇事、新鲜事，同学或者朋友圈子里有什么风吹草动，问她准知道。

喜好和人交际，只要是见过一面，被她看上眼的人，她就会自动和人熟稔起来，处得像老朋友一样，短短时间内，把别人的父母兄弟姐妹的情况问得清清楚楚，像查户口一样，并不是每个人都喜欢。

她和陈羽就是通过卢璐认识后，才走近的，沙莎和卢璐是高中同学，沙莎自有一套和人相处的诀窍，很快和陈羽就处得像老朋友一样。

沙莎和卢璐是高中一年级时的同学，高二分科后就不再同班了，但是高中三年，沙莎都不厌其烦地跑到卢璐家去玩。卢璐也去她家。

沙莎的姐姐沙丽，和她正好相反，安静老实，不喜欢跑跑遛遛，假期在家，认认真真地学习，把家里收拾得干干净净，往往是姐姐的饭弄好了，父母下班了，而沙莎刚好回家。

沙莎为此常挨父母的批评，沙丽经常得到父母的表扬。沙莎改不了她的性子，还是照常出去玩，只是在家挨批评时，难免沮丧和难过，父母怎么就那么喜欢姐姐，这样讨厌自己？再看姐姐，长得也比自己漂亮，姐姐是好看的瓜子脸，自己却是长脸，有点太长了，不好看，难道自己真不是父母亲生的，是哪个叔叔伯伯家抱养来的？

她越想越灰心，越灰心就更在家待不住，更想跑出去和朋友们开开心心地说笑。

越这样，父母批评她越多，她就越怀疑自己不是父母亲生的。

她结婚以前很多时光都花在学校里，花在和这个那个的结交上，除了吃饭睡觉外，安静在家的机会很少，可最终的结果是，和谁都有几分熟，能说上几句话的人很多，就是没有落下几个真正的知心朋友。

沙莎那时真是个傻傻的玩起来就什么忧愁烦恼都能忘记的人，可到了人生的下一个阶段，生活就逼着她不得不改变了。

可能，在父母的眼里，沙丽是太优秀、太完美了，太惹人怜惜疼爱了，所以对她的婚姻大事处理得郑重其事，给她选了个条件非常好的对象，干部子弟，家有保姆，大学毕业，工作在事业单位。

而对令他们失望的沙莎，也不敢选太好条件的对象，小伙子家在农村，在某乡中学教书。

婚后沙莎的住房还是租的，和姐姐比起来，一个是鸡蛋黄，一个是太阳。

这时的沙莎，再也不像以前那样只顾着自己在外面和同学朋友玩得开心了，她除了上班外，把家务和孩子的事情全包了下来，给老公创造环境，逼着他好好读书，一级一级向上考。

晚上老公在家里学习，沙莎怕孩子吵闹影响到他，几乎每晚都带着孩子躲出去，有时到别人家去，有时逛商城，更多的时候是在街道上漫无目的地闲转。

还好，沙莎的老公聪明又肯努力，三年后拿到了本科毕业证书，两年后又考上了研究生。到省城不长时间，又考上了公务员……现在的沙莎可以说是苦尽甘来。

卢璐："想想往事仿佛近在眼前，你的变化也挺大的，像换了个人似的，现在的你成熟、睿智、知性，难得你还想着我们，来看看……"

沙莎："惭愧啊！早就想回来看望你们的，可是每天都有事情缠身，这次之所以毅然决然地回来，不瞒你们，是因为和他吵架了。他的单位派他出国学习两年，我坚决不同意，我不能想象，分开这么长时间，日子可怎么过。在家，他要么和我吵，要么不理我，竟然说绝情的话，说什么，'当初怎么会看上你这种人，小心眼，人长得又不美，我真想不通，怎么会和你结婚!?'我也反驳，要不是有我当初那样的逼着你学习，哪有你现在的成功，亲戚朋友都说，你能有今天，是我培养出来的……"

卢璐和陈羽都附和着半开玩笑半认真地说："是啊，好女人就是一所好学校呢，好男人就是由你这样的好女人培养出来的！"

陈羽："单位派他出国学习，是好事儿，也是一个难得的机遇，你反对是否……"

卢璐："你出来几天了？时间最好不要太长喔！"

沙莎："我这次真伤心了，真生气了，下狠心要离开家几天，让他知道缺了我，日子不会好过，出去旅游了两天，一个人玩也没劲，想起以前我拥有那么多的朋友，特别想念你们，想念那时在一起无忧无虑快乐时光……”

三个人似乎都沉浸于年少时美好时光……

卢璐：“那时是单纯快乐的，现在虽然每天都忙忙碌碌的，不过我觉得活得很充实。”

陈羽：“是啊，我们一步一步走到今天，都很不容易。不过我们三人，都不是很强势的人，可在家庭里却都是顶梁柱。”

沙莎：“嗯，绝对是顶梁柱，现在和以前比，我还是喜欢现在的生活，以前的我说实话是有点不务正业，呵呵……”

卢璐：“我不想当这样的顶梁柱，家务全包，还要出去工作，太辛苦，你们瞧，我光顾着聊天，中午这顿饭指不定什么时候能吃到，今天不开伙了，叫外卖。”

午后，她们又聊了好长的时间，谈各自的家庭、工作、学习……现在的、以前的、变化的……谈到认识的好多人的情况……感慨人与事的变迁……

朋友聚到一起，海阔天空地闲聊，人的思维会变得活跃，品味自己以及别人的生活，体会生活中的得与失；在闲聊的过程中感受局外人无法感受的、自己也无法用语言诉说的友谊，它像春雨一样滋润人心。

她们现在都处于人生中年富力强的时候，经过生活的磨炼和洗礼，有一定的阅历和经验，不会再迷惑彷徨，不会再轻易悲伤，也不会再盲目去幻想什么，学会了承担一定的责任，知道前边的希望若有若无，就像顺着藤不一定就能摸出瓜来，摸不出瓜，也不会再惊慌失措，对生活的打击，有了一定的耐力，不再奢求生活中都是阳光，苦与乐都要学会坦然面对！

如晤旧人

盼望着，盼望着，收到了时隔三十年再次相遇的第一期《人民文学》，抚摸着装帧精美的封面，看着曾经见到无数次“人民文学”的名字，很亲切，如晤久未谋面却经常想念的旧人，不由得仔仔细细地打量起来，它更漂亮了，更精致了，只是，它似乎瘦身了。

之所以这样说，要回到很久很久以前。那时候，我还是个学生，姐姐喜欢看这些刊物，有时候是从邮局订购，有时候是从邮局设在繁华街道路口的报刊亭里购买；姐姐们会购买好几种刊物，那时候有《风流一代》《莫愁》等，而我独爱其中的《人民文学》，这是一本纯文学刊物，被里面文人骚客淡淡的愁思吸引、感染，沉迷其中，每次拿到手都是以最快的速度看完整本。那时候，书拿在手里是沉甸甸的，在陈年的印象中应该比现在的大又厚。

或者，这是错觉，就如童年时生活在有花有树的老宅院，我们姊妹几个在里面打打闹闹、游戏玩乐，似一个广阔的乐园。长大成人后再回去，怎么，怎么就变得那么狭小，狭小到都怀疑当时它是怎么容得下大爷、二爷和我们一大家子的？怎么容得下童年那么多小伙伴在院子里打闹嬉戏的？

时间是个魔术师，让感觉错乱了？

与《人民文学》分别了太久太久，以至于记不清“老朋友”的确切模样。

学生时代，看课外书《儒林外史》《老残游记》《官场现形记》

《西游记》《红楼梦》《镜花缘》《茶花女》《牛虻》《聊斋志异》……还有流行的通俗类杂志《莫愁》《读者》《风流一代》……那时候，还没有清醒的意识去选择要读什么样的书，也不知道如何去把接触到的书籍分门别类，不知道哪些是属于娱乐的，哪些是通俗的，哪些是纯文学的……接触到主要刊登诗歌、散文、小说、报告文学等的《十月》《钟山》《人民文学》这些纯文学大刊时，懵懂的我也不自觉地对它们格外喜爱起来。

与《人民文学》初识，我还是个初一的学生。通俗类的杂志看过就忘了，好多《人民文学》里的故事我至今还记得。那时候，通过它看到了好多优秀文学作品。每个月一拿到书，我是兴奋又喜悦的，立马如饥似渴地一口气看完，然后天天计算着日子，下一期是几号。那种渴盼的心情，就像是急于见到一个特别喜爱的朋友——她温润可人，善解人意；她气质高雅，仪态万方；她生气勃勃又睿智机灵；她离得很近，仿佛在用一种清新的优美的语音，轻言细语地倾诉她的生活、她的快乐痛苦、她的爱憎、她的希望……启迪滋养着我的心灵，让我欣喜、回味、沉思……

出了校门步入社会后，我思想上曾经有一度苍白的空洞期，可能是由于太单纯天真，又耽于幻想不怎么接地气的原因吧？加上敏感又脆弱，觉得自己老是受挫，受打击。于是更加多愁善感起来，有一种茫然和无所适从，有一种受伤……

那段时间，看了许多期的《人民文学》……在阅读中，慢慢抛开浮躁和不切实际的思想，对人生、对社会有了更进一步的认识、感悟……在脚踏实地的工作和生活里慢慢沉淀自己，成长为一个沉稳睿智的人。

知道许多苦恼是自己太在意别人了，反而把自我弄丢了；个别人不喜欢自己，不是自己的错，那是别人的事情，自己不应该耿耿于怀，更不应该受别人影响而让自己痛苦，只努力把自己做好就行。

没有“大树底下好乘凉”的福气，生存的危机感压迫着我，那时候，不得不面对残酷的现实——人只要活着，一张嘴的需要，就像个无底洞，永远也填不满。真是可悲可怜又可恨！更要命的是光糊弄好一张嘴还远远不够，还有你的肉体，要有美丽的衣裳不停地为她换过来换过去地折腾，不死不休！

至于住和行，看得淡些，能将就就将就着吧。

有摆脱不掉的窘迫感，危机感！无法去依赖谁，而自己养活自己的事情觉得依赖谁都可耻。知道没有资格也没有本事让自己沉湎于书中的世界。

接下来二十多年里，拼命地工作也只能够维持着最基本的生存需求，在柴米油盐酱醋茶的烦琐日子里，偶尔，心实在空虚得慌，我也会在忙完一天的事情以后，在夜深人静时，奢侈地坐被窝里捧着一本小说欣赏，看到高兴处就笑，看到伤心处就止不住地流泪……好多次，看到下半夜，老公一觉醒来，一看时间，三点了，“你神经病啊?！还不睡觉！”

听人说过，晚上睡不着觉起来看书，看困了，累了，书一扔就睡着了。我却不是，看书看到深夜，大脑异常的清醒和兴奋，躺被窝里好长时间，书里精彩的情节还在眼前栩栩如生地演绎着。对第二天的工作状态有影响，所以，这样的事情算奢侈！

看书虽不求甚解，但好书有不可抗拒的吸引力，特别是《人民文学》里的作品，故事曲折，情节扣人心弦，人物鲜活如生，人性的悲悯大爱等等，只是囫囵吞枣，或者说只是站在春天的花园墙外，远远地欣赏美景。即使如此，我也被感动着。

《人民文学》等文学大刊，我步入社会后再没接触过。曾特意到专门经营报纸杂志的书店里去找过几回（大街上最繁华的路口也早没了报刊亭，邮局里也没见售书），没有！包括《当代》《十月》等那几个大刊都没了踪影！

时至今日，我又一次拿到了《人民文学》，抚着它精美的封面，读着里面优秀的文学作品，和里面的人物共同喜怒哀乐……时光好像和很久很久的以前扯上了点关系，有点激动，有点小感慨，不由得提笔写了下来，记录下这美好的事情。

我知道自己的平庸，但这不妨碍喜欢优秀的书籍，也不妨碍最近两年开始自娱自乐地看书，写点小文章，发表到许多报纸、杂志、网络上已有数百篇。并于2021年，我荣幸地加入江苏省作家协会。

书是“心灵深处的河流”，书是深山老林里一泓没有被世俗污染的清泉，书是智慧树上结出的永远不落的果实，书让生活又丰满生动起来。

我是个有点小忧郁的人，内心的热情被禁锢着，总是不能随便就发放出来；羡慕那些活泼的、热情洋溢的人，用自己真挚的热情去影响感染身边的人。

知道生活是充满艰辛的，生活中有许多的无奈，生活中有期望但又有得不到的东西；就像不可能让所有人都喜欢我，也不可能让我喜欢所有的人；正面的很感激，负面的就由它去吧；生活不是地狱，只是一念。

我觉得还是很幸运的，在学生时代就接触到像《人民文学》这样优秀的刊物，在多少年如一日的阅读中认识人生、认识世界等，并潜移默化。如今，是知足的、感恩的，生活给予已经足够丰富多彩！断了好多年关系的《人民文学》又捧在了手中！晤之，如晤特别出类拔萃的老友！很幸运！很欣喜！

润物细无声

题记：聚似一团火　散是满天星

一

不知道过了多长时间，胡家卫移动了一下身体，刺鼻的气味和面颊接触到的黏黏糊糊的东西使他清醒过来。他睁眼看到的一片狼藉，使他羞愧难当。他记起开始时的他百般强忍，后来在半昏迷状态中沉睡过去，无法自主。这惨景，他羞得恨不得找个地缝钻下去。

何江涛、毕云飞、庄雪梅等五个帅哥和三个美女还在精神抖擞地笑语喧哗，真是让他羡慕嫉妒恨啊！他一向以为自己很精明，没有想到被这几个看似疯疯傻傻的年轻人算计了。

他几时这么狼狈过？此时的他半跪半坐在地上，上半身趴在座位上，简直像趴在粪堆上，一向清高自傲的他，竟然会落到这步田地?!

十一座的依维柯轿车在高速上急驰，他想逃，可插翅也难飞，唯一遮羞的办法就是继续装睡。

胡家卫真懊恼刚刚在昆山为什么鬼迷心窍非得要跟着他们一道回家？他之前可是打定主意要在昆山住一晚，明早到马鞍山，拜访一久违老友。现在好，脸丢尽了！

他真佩服这几个帅哥美女，昨晚喝了那么多酒，闹腾到半夜，早上五点多就起来，中午又喝了那么多酒，现在仍然还是精神饱满地谈笑风生。

胡家卫一上车时，兴致也很高，可以说是眉飞色舞，扬扬自得，刚刚在酒席桌上，自己史无前例地超常发挥，口才滔滔不绝，头头是道，风度翩翩，挥洒自如，酒量所向披靡，一人独挡千军万马。他对自己满意极了，认为今天在一起的没有人比得上他。八个帅哥美女一口一个大哥，一口一个老大地叫着，全对他充满崇拜。

他和他们在一起也觉得自己是高高在上的，他自以为比他们成熟稳重，见识的世面多，懂得道理也多，有资格对他们进行说教指点："知道自己酒喝高会乱就不要喝那么多！你看毕云飞昨晚都要把几个房间的门砸散了！"他还说："我虽然今天中午喝了那么多酒，保证还是纹丝不乱，如果毕云飞开车累了，我可以替他一阵子。"

他那自我感觉特良好的劲儿，尽在自得地吹嘘炫耀自己如何撑得了场面，如何自律不丢体统，如何是有身份有水平的人。

二

昨天傍晚，毕云飞、何江涛、庄雪梅等五个帅哥和三个美女先后从宿迁来到了昆山。他们的老同学李正宝，在上海开了一家公司。夏天，李正宝回老家和老同学毕云飞他们小聚时说要在昆山开家新公司，开业典礼计划在新年正月十八早八点五十八分举行。毕云飞他们在正月十七下午驾车赶往昆山。

来的路上，李正宝打了几次电话询问他们到哪了，叮嘱他们一定要在某出口下高速……关怀和盼望的焦急心情溢于言表。

傍晚，灰色的阴影刚刚朦朦胧胧的时候，李正宝在昆山北高速出口处迎接他们。

一行人随李正宝回家，李正宝和夫人、儿子热情地以茶道接待。这期间，陆续来到的几批人中有比李正宝大二十岁的世交胡家卫，也是宿迁人，坐火车过来，还有李正宝在上海公司里的一些管理层，还有其他的一些亲戚朋友。

看着何江涛、毕云飞、庄雪梅他们与李正宝在一起寒暄，到动情处和男同学拥抱也就罢了，和女同学也拥抱，胡家卫心里不舒服。他一天到晚都在单位里，见人都是彬彬有礼客客气气地保持距离，这群人这么吵吵嚷嚷、大呼小叫、大大咧咧，喊什么宝子、小飞、小涛、梅子……肉麻。俗话说，君子之交淡如水，小人之交甜如蜜，这真是一群小人。

三

晚上，李正宝和家人一起安排酒席为大家接风洗尘。胡家卫、毕云飞等九人和李正宝公司里的七人，共十六人围坐一桌。

李正宝把在座的人都一一做了介绍，对老同学们说："你们能千里迢迢赶来参加开业典礼，我真的很开心，特地为你们准备了最好的美酒，畅饮吧，你们开心我就高兴。"

毕云飞说："知道老同学新公司开业，我们都为你高兴，就想过来捧捧场，顺便也凑个热闹。"端起杯子："来！一起举杯，祝宝子明天开业典礼大吉！新年发大财！"

李正宝却抓住这时机说："小涛、梅子、小飞、亮亮、芊芊……你们大老远赶来辛苦了，非常感谢，来，我先敬你们两杯。"

几杯酒下肚，气氛更热闹起来。桌上一半是公司人，一半是老同学，双方都很热情，都想把气氛搞得再热烈些，以此来表达他们内心的欢喜。都端起酒杯，你来我往，一边吃喝一边扯着话题。其中有个三十岁左右的小伙子，叫楚连胜，浓眉大眼，胖胖的黧黑的脸膛，一米八以上的个子，膀大腰圆，气宇轩昂，据说是部队转业的，是李正宝的司机兼秘书。

据李正宝讲他的趣事："有一次，我和一同行因为生意竞争出现了纠纷，我好声好气地和他进行协商，谁知那人不识抬举，我对他客气，他反而认为我可欺，态度蛮横又嚣张。楚连胜当时正好在旁边，他看不下去，上去不问青红皂白，抬起腿来，就给了那人一脚，把那个人一下子踢出去几米远，人当时就晕了过去。乖乖，他的脾气太憨太直了。事后我告诉他，下次不能这样，万一把人踹出事来，我麻烦。”

楚连胜和毕云飞两个直脾气的人一见如故，真是酒逢知己千杯少。喝着喝着两个人竟然端起了喝水的玻璃杯，一个端起来一口干到见底，另一个也毫不示弱，水杯喝酒，连干三下，痛快得让人瞠目结舌。要知道，这可是 48 度白酒啊！

喝酒两人都要强，难分高下，又要掰手腕。人都说不用比，肯定是毕云飞输！

看楚连胜那衣袖里的胳膊，肌肉鼓鼓的，比毕云飞粗好多。毕云飞偏不服输，以为人家那是肥肉，就在酒席桌旁拉开了场子。

庄雪梅替毕云飞着急，她帮着毕云飞一起拉楚连胜的胳膊，楚连胜依旧笑呵呵的，依然一副胜券在握样。果然毕云飞输。

庄雪梅开始递点子，同学几个轮流敬楚连胜两杯，楚连胜是来者不惧，可毕竟势单力薄。公司其他人被何江涛等几个同学拖住，几乎都被撂趴下了。

李正宝看不下去了，连忙过来打圆场，喊自己的夫人和小舅子过来，分别敬几位老同学。

即使有人护驾，楚连胜还没等上饭就出去了。据说吐了。

毕云飞和何江涛等也喝了好多酒，虽没吐，也不好受。八个美女帅哥也没吃饭就回客房。

四

李正宝陪着他们到安排好的房间。三个美女一间客房，毕云飞和何江涛等三人一个房间，胡家卫和魏先亮等三人一个房间，嘱咐他们早点休息，明早七点，共进早餐。

胡家卫冷眼看这几个人在饭桌上的表演，双方他都不参与，对毫无节制的喝酒，男女合起来拼酒、放浪形骸的行为很反感。

胡家卫吃过晚饭后，到房间简单收拾下，就上床睡觉。毕竟长途奔波，再加上一场耗时耗精神的宴会，人也疲乏了。谁知，他根本无法睡安稳。

美女房间在他隔壁，五个帅哥都往三美女房间里跑，在里面吵吵闹闹。

房间里有自动麻将桌，他们不会玩，咋咋呼呼喊来服务员请教；稀里哗啦地洗了一通麻将，刚开始抓牌，又觉得自动麻将机不好玩，改成打扑克，喊服务员拿牌来。

一边打牌一边谈论刚刚酒桌上的情形，都很得意，笑得嘎嘎的。

“哈哈……那个楚连胜逃跑了，吐了。”

“吐了也好，这样少受酒精伤害。”

“那小子真是太豪爽了，人生难得疯狂一回，我喜欢他的脾气。”

“初次见面，是不是让人家太难堪？”

“他是个愣头青，没事，这么多人才五瓶酒，再开一瓶我还能喝。”

“今天很开心，大家聚到一起，难得这样热闹！”

“我们都是率性而为的人，不像有些人，事先答应好好地说来的，临时又变卦了，真看不起那样的人。”

“真脱不开身也就罢了，可人也叫带礼金过来的，有人……”

“别说，人跟人本来就不一样，只要自己开心就好。”

“是啊，今天各人心情都很 high，今晚的气氛不错。”

“小飞，要是打最后一名，你就到地上去爬一圈。”

…………

“呕，呕，小飞输了，快去爬一圈。”

毕云飞还没糊涂，他不爬，说先欠着，下把你要是输了，我们就算扯平了。谁知连下来两把都是他最后一名，他把牌一扔，耍赖："不玩了，跟你们美女一起无法专心打牌，我提议喝茶聊天。"

牌局散了，何江涛仗着酒劲，一改平时的内敛和顾全大局，要庄雪梅单独跟他出去聊聊。这个不恰当的要求梅子当然不答应。若他大脑清醒出去聊几句也可考虑，但他现在……再说这么晚，又是在一个人生地不熟的城市里，还是安稳点吧。

两人彼此之间一直发乎情止乎礼，不想弄出让别人非议的事情来，庄雪梅板着脸说："小涛，你酒喝多了，我削个苹果给你吃，坐坐，聊聊天，消消酒气，等会回房间睡觉去吧。"

何江涛真是醉了，竟然上前要强拉她出去。

这一下可捅了马蜂窝，庄雪梅猛地使劲甩开他，大声吼道："你死去吧！回你房间睡觉去，不要在这里耍酒疯，丢人现眼！"

这下伤了何江涛，他愣怔地盯着她一会儿后气呼呼往外走，到门口把自己的眼镜摘下来狠命向地上摔。他没眼镜就像睁眼瞎一样。他还不解气，又把自己的头使劲往房间墙上撞，"咚"的一声，房间里的人都惊呆了，只听又"咚"的一声。

许芊芊首先反应过来，连忙把傻了的庄雪梅推过去。他还想撞第三下时，庄雪梅一把抱住了他，两个人同时跌倒在地上。

"没事吧，天啊！这要是撞出人命来可怎么得了。"

"是啊，本来出来玩是想开心的，这要是出人命，我们大家可都……"

"你们放心，我死不了！"

听他说话，大家才松了一口气。真是酒喝多了会作怪，有人怕他再闹事，劝他回屋睡觉去得了，劝庄雪梅送他去。哪知道庄雪梅看到他这样，又恨又气，狠狠地说："让他死去！我才不想理他这样的人，这样的人最让人讨厌，你滚吧！走吧！"她边吼边把他往门外推。

魏先亮看不下去了，他半扶半抱地把何江涛带回房间去了。

不到半小时，魏先亮回来了："小涛平常是很有酒品的一个人，今晚情况特殊，我好不容易把他哄睡着了。”他笑眯眯凑近凌秋萍小声说：“你知道我是怎么才把他哄睡着的吗？”

凌秋萍也笑道：“你哄他？不会向他许诺什么不该许诺的事情吧？呵呵……”

魏先亮笑道：“你真聪明。”故作神秘地：“我让他老老实实的安安稳稳的，这样梅子才会喜欢他，呵呵……你还别说，这招真灵，呵呵……”

“呵，呵……”

“你们俩鬼鬼祟祟说什么？笑傻了吧！小涛酒喝高了就是睡觉，小飞今晚有点喝多了，你们都喝不少，多喝点水吧。中和一下。”

三个美女又削苹果又忙烧水，劝他们多吃多喝。一起粗声大气地海阔天空地侃，侃到开怀处，一起嘎嘎地大笑。

闹到近十二点，三个美女轮流去洗漱，准备睡觉。其他男同学都离开了，唯独毕云飞还赖着不肯走。许芊芊在洗漱，庄雪梅和凌秋萍躺床上，毕云飞仍坐椅子上。

毕云飞说：“明天开车再带你们到浙江去玩。”凌秋萍说：“你酒喝多了，说话我们不敢相信。”

毕云飞发誓说：“哪个说话不算话是龟孙子。”

（第二天，毕云飞说他不记得自己说过这样的话，还狡辩说酒后的话不能算数。她们都喊他龟孙子，难听死了，他倒嘻嘻哈哈，像三岁小孩一样。）

挨到十二点半，毕云飞意犹未尽，三个美女忍无可忍，齐心合力把他轰了出去。

毕云飞还不老实，一会儿来敲敲美女的房门，没敲开，又去敲胡家卫的房门。大声呵斥也没用，出来进去，进去出来，来来回回好多趟。不知道闹到几点才老实地去睡觉。

五

大家都把闹钟调到早六点半，谁知五点左右，毕云飞大叫大嚷，又挨个敲门，所有人都被他喊起来。

毕云飞一会儿到美女屋借充电器，一会儿又去要搽面霜，一会儿又去借梳子，哎哟，精神汩汩、不厌其烦，美女们郑重其事对待他。胡家卫心里很不舒服。

何江涛早上醒来，毕云飞就把他昨晚如何拉庄雪梅、如何摔眼镜、如何撞墙都告诉了他。何江涛一脑浆糊，怀疑毕云飞在开玩笑。魏先亮也告诉他，昨晚庄雪梅真的生气了，他才相信自己昨晚的失礼。

何江涛赶紧到美女房间为自己昨晚失礼的行为道歉。许芊芊和凌秋萍都笑笑算是原谅了他，庄雪梅仍然不理他。

何江涛闷闷不乐，七点前，其余七个人都走进电梯，准备去吃早餐，他躲房间里不出来。毕云飞站在电梯里喊他（房间离电梯很近），他装着没听见。毕云飞说："梅子，你喊他一声。"

庄雪梅气呼呼地大声说："我们走吧，不等他！"

等大家都吃过早餐了，何江涛才走进餐厅，除了庄雪梅，其余人都和他打招呼，劝他快点吃早餐。

何江涛看庄雪梅对他不理不睬，赌气说："不吃了，我甘愿受罚。"说完，站到门口让冷风吹。

毕云飞幸灾乐祸："你到门口想喝西北风呢？还是想吃树上什么？"

两个美女看不下去，劝："昨晚喝那么多酒，该喝点热粥让胃舒服点，快进来吃点吧！"

一会儿，李正宝来了，看何江涛一人站在门口："你吃过了吗？"何江涛没理他，他奇怪地进来问："小涛这是怎么啦？他吃过没？谁给他气受了？"

毕云飞把事情的大概告诉了他，李正宝也去拉他进来，没拉动。

胡家卫在一旁冷眼看着，心想何江涛因为庄雪梅不顾自己的身体，各人都劝不好，一根筋，脾气又臭又硬。

六

开业典礼的场面就不必细说了，之后免不了又是一场宴席。

这次，李正宝家人和亲戚五人，毕云飞等八人，胡家卫一人，共十四人一桌在一包间里。楚连胜一众人都躲毕云飞他们远远的。

李正宝家人和亲戚都是些妇女儿童，胡家卫自告奋勇担起主陪：“我和李正宝是世交，今天他忙脱不开身，就由我来代替他陪你们几位老同学吧。”

毕云飞、庄雪梅等不爱听这话：“你是客，我们也是客，你和我们就不必讲究主次了吧！”

胡家卫还在讲他和李正宝家的渊源：“我们两家祖辈就是拜把子兄弟，父辈又在一个厂子里共过事，可惜我和正宝没有联合起来做事，如果我们俩联手，谁都得甘拜下风。”

这话说的，好像在座的都比他胡家卫傻似的。

胡家卫又说：“我是公务员，平常喝酒没有像毕云飞、何江涛昨晚那样。”

庄雪梅忍不住开口：“何江涛也是公务员，下班时间，同学聚到一起，想怎么喝，就怎么喝，没有人会遏制他，毕云飞是超市大老板，喝酒更是随心所欲，只要我们聚到一起都是这样热热闹闹的，如果各人都板着脸，还不如不到一起！”

胡家卫：“平常我也喝酒。今天我替正宝招待你们，即使喝多了，也不会像何江涛那样出洋相拿头撞墙，更不会像毕云飞那样把门乱敲。能喝就要能受，不然就别喝！”他的口气完全是大哥训斥弟弟妹妹的样子。庄雪梅等人感觉这个人妄自尊大，贬低了他们。

“按年龄，我们也该尊你为老大，你现在这样竭尽全力地招待我们，为我们做出老大的风范，来，我敬你一杯。”庄雪梅率先把酒倒满喝水的玻璃杯，端起来。

毕云飞等会儿回去要开车，责任重大，滴酒不能沾，他听胡家卫这样肆无忌惮地奚落他们，心里很生气，表面上又不能发作，见庄雪梅出手，情绪才平稳了些。

何江涛早饭没吃，中午饭虽然坐桌上可也没动筷子，为了昨晚自己的失态，更为了庄雪梅到现在一直都没有理他，他在自我惩罚，也在等庄雪梅主动示好。他和毕云飞一样感到自己受了侮辱，可在这样的场合，他也得顾全大局，看庄雪梅这动静，心里不由一动。这时，他才开始动筷子，并主动关照庄雪梅多吃菜。

魏先亮说：“你看这两人现在又和好了，小涛好像才还魂似的，和刚刚简直判如俩人，呵，呵……”

凌秋萍是滴酒不沾，许芊芊昨晚喝了红酒和白酒两种酒，早上起来嫌胃不舒服。八个帅哥美女中实际上只剩下庄雪梅和魏先亮两个人能和胡家卫抗衡，而魏先亮经过昨晚一场，也不能再喝了。

庄雪梅只能一个人奋勇向前，她决心要把眼前这个尾大不掉的人“杀”了，她不能容忍他三番五次地羞辱老同学，她在找理由和胡家卫喝酒：“老大是在人事局工作，庄学海是我大哥，在老大手下工作，还望老大以后在单位里多多关照我大哥，来，这碗酒，我替我大哥敬你。”她说完一仰脖子，一水杯酒就又见了底，庄雪梅和胡家卫连喝了两杯酒。

此时，许芊芊也看出了苗头，她咬了咬牙，站起来：“老大，您是公务员，平常稳稳重重端着架子，我们学不来，今天，宝子新公司开业，人逢喜事精神爽，人生得意须尽欢，来！我也敬你一杯，干了！”

胡家卫有干部的优越感，面对这几个残兵败将，他根本不放在眼里。和庄雪梅连喝两碗后，他有点头晕，想推辞不喝了，被许芊芊这么一说，开始有点激动了，是啊，好久没这么开怀畅饮过了。看一个弱小女子一口干了一水杯酒，众目睽睽之下，也不得不喝了。

这一下下去，他开始飘飘然然了："你们这三个美女，各有各的特别，梅子是女中豪杰，侠肝义胆；凌凌是有棱有角，绝不甘人后，那神情好像在说，谁也不能比我漂亮，比我漂亮，我一下子拍死她；芊芊是深藏不露，是那种腹有诗书气自华……"

魏先亮："鼓掌！鼓掌！老大真是慧眼识美女啊！把我们美女的优点都看得真切，佩服！佩服！来我也敬老大一杯。"也端起一水杯酒。

胡家卫一凛："老弟你先坐下，我留点量……"

正说着，李正宝踩着麻花步带着老婆过来了，大舌头地说："各位老同学，今天疼疼宝子吧，恕我不一一敬了，共同敬你们两杯酒吧。"

"理解，理解，这次我们就疼你一次吧，不能再把你喝得爬到桌上跳脱衣舞了，呵呵……"

"唉！别提了，那次回来的路上，她一路都不理我。"转望老婆："你别望，我可没说你胡话，我说，你什么毛病啊？我跟你说话都不理我？你们猜她说为什么不理我，她说我那天抱了女同学了！切，真是妇人见识，酒喝多了，抱女同学怎么了？那是福利！"

"你今天是不是又想要福利了？"老婆逼视他。

七

宴席散了，李正宝力邀几个老同学去家里喝茶，毕云飞他们不想再去添麻烦。于是，餐桌边，李正宝与几个老同学一一拥抱惜别。

胡家卫看到他们同学之间无拘无束的热情，不知是酒精的作用还是什么，心里竟也莫名其妙地感动起来，这样的热情对好多年在机关的他来说，可望而不可即。

毕云飞他们举止有礼有节，豪放，不藏着，不故作姿态，个个都是真性情，一起共处，不嫉妒，不猜疑，互相尊重，互相包容。他们对人对事充满真诚和热情，是一群自信开朗的人。

说好就此分别的，李正宝还是难分难舍地把毕云飞他们送上车，胡家卫也依依不舍地跟在后面。本来，他准备好下一站去访友的，得知他们车是十一座时，他一下子下定决心要和他们一起回。任李正宝夫妻百般挽留，最后就连庄雪梅也反对："老大，你酒喝高了，你跟我们回去，路上出事，我们可担当不起啊！"

胡家卫拍着胸脯说："不是吹的，这点酒打不倒我，美女你放心，我不会给你们添麻烦！"胡家卫是铁了心要跟他们一起走，他完全放弃了自己先前的计划。不得已，众人只好由着他。

互相挥手道别后，李正宝往回走，走了两三步，突然，他又转回来，跑进刚发动的车里，他再次和老同学一一拥抱："欢迎你们下次再来！"

车子开动，庄雪梅流泪了。

"你怎么了，干吗哭啊？"

庄雪梅："都是给宝子这绝和尚弄的，心里怪难过的。"

"唉，是啊，惜别之情叫人断肠啊！"胡家卫问："抱过了，心里是不是难忘啊？"

许芊芊嗔怪道："瞧你说的这是什么话。有一个故事讲的是：两个和尚过河时，看到河边有个姑娘，一个和尚二话没说就把姑娘背过了河，随即放下。走了好远好远的路，另一和尚才忍不住问道：'男女授受不亲，何况是出家人，你怎么能那么做呢？'

那个和尚说：'你累不累呀，我在河边就把她放下了，你却背着她走了这么远！'背过就放下了，放不下的人才是心有杂念。老大你就是那个心有杂念的人，你累不累呀？"

"我，呵，呵……"胡家卫有点尴尬。

他们快乐又活泼，是率性而为的一群，没有隔阂，坦诚相见，情真意切，让胡家卫羡慕。

当依维柯轿车在京沪高速上一径飞驰的时候，随着车身的不时摇晃，渐渐地，胡家卫觉得头晕得厉害，心里越来越闷，越来越难过，有东西就要赌到嗓子眼，天，想吐！不行！他绝不能当着这些人的面吐出来，他努力压制着……

他多想在他们面前一直保持温文尔雅、风度翩翩的稳重的老大哥形象啊！真不想在他们面前出丑，要知道刚刚在饭桌上，他还以高高在上的姿态，痛痛快快地奚落了他们一顿，那酣畅淋漓的心情还没有过去呢，他怎么能就……不能，可他实在太难受了，他只有把头埋进交叉着的双臂里，睁着眼睛假装瞌睡，之所以睁着眼睛，是因为他不能闭上眼，一闭上眼，一种可怕眩晕就要把他打倒。可是，随着路上的颠簸，他胃里一阵紧似一阵的翻江倒海，压下去又漫上来……

第一个高速服务区，许芊芊喊停，她说："下车买点水果，喝过酒，吃点儿水果会好受些。"她拍拍胡家卫的肩膀："老大你这样坐最前面很危险，你到中间我的位置上坐着去吧！"说完她就下车了。

许芊芊是好心，谁知车一停，胡家卫忍了一下就再也忍不住了，"哇"地一口，污秽的东西吐了一地。

那刺鼻的味道，车上的几人都恶心的赶紧逃下车来。凌秋萍用香巾掩着口鼻，被熏得干呕出声。"这人刚刚还说大话来着，这下原形毕露了。"

何江涛和许芊芊拎两包水果回来，看到毕云飞端一盆水，魏先亮拿着扫把和垃圾筐（清洁工具是从服务区借的），在车门口忙活，有点吃惊："怎么了？"

"真坑人，老大吐了！"

庄雪梅："我说不要他跟我们回去，偏不听，不坐车，到宝子家喝茶就不会这样。"

“这下他不会再数落人了吧！真是的！”

几个人七手八脚地把车子收拾得干干净净，重新上路，胡家卫已经被两个帅哥架到后边的位置。

车子还没开多远，胡家卫又一次呕吐，众人只能捏着鼻子挨到下个服务区。

八

一路上，毕云飞他们被熏得头昏脑涨，胸闷不已。即便如此，三个美女为了使疲惫的毕云飞开车不打盹，还要找着话题说说笑笑。庄雪梅本因中午喝多了酒不舒服，现在被熏得有点自顾不暇，这缓解昏昏欲睡形势的任务就落到许芊芊和凌秋萍的肩上，这关系全车人的安全，不能马虎。

近两个小时，胡家卫清醒了些，但羞于见人，继续装睡，听车里的几个人在议论他：“他趴那么长时间会不会有事？”

“没事，我刚看他能动弹，让他睡吧。”

“谁讲个笑话听听呢？我看过好多笑话，只是看过就忘记了。”

“我也是的，看过哈哈一笑就抛脑后了。”

许芊芊思索着。嗯，从前有个老妇人，不但家财万贯，住大片豪宅，还积德行善，她做的好事之中有一件是，在家里啊，供养着一个修行的和尚。她为这个和尚提供独立的安静的院子，又派一个侍女照顾其生活。好几年过去了，有一天，她忽然想知道自己供养的这个和尚的修行达到什么样的境界。她思来想去，然后，喊来那个侍女询问一下。

那侍女像往常一样为那和尚端茶送饭，只是今天她忙完这些，没有像往常一样离开，而是试探着走到和尚跟前对他说，几年来朝朝暮暮长相见，自己已经深深地爱上了他，如果和尚愿意，自己可以为他付出一切，也可以和他私奔。侍女在等待着和尚的答复，看看这个和尚的反应。

那和尚听她这样说吓了一跳，赶紧往后躲，连连念阿弥陀佛、阿弥陀佛，女施主万万不可！

那侍女继续试探地说："大师既然不爱我，那么就请抱我一下也好，从今以后再不打扰。"

侍女一边说一边往和尚身边靠，和尚忙不迭地躲避。

侍女回去把经过原原本本告诉了老妇人，老妇人闻听后叹道："罢了！罢了！我费尽心思培养的竟然是这么个混账东西。"老妇人随即派人赶走了和尚。

侍女不解地问："和尚已经抵制住了情与色的诱惑，老夫人为什么还要赶走他呢？"

老妇人叹道："你多少年来一天十几趟为他忙前忙后，他对你该有温情，有人与人之间最起码的关爱，这应该是最基本的良知，他连这个都没有了，我还养他做什么？"

毕云飞说："和尚要是接受了那个侍女，老妇人就不会赶他走了吧？"

"那也会赶他走的，出家人不能和女人私通。"

许芊芊嗔怪道："什么接受?！什么私通?！扯哪去了？只是拥抱一下好不好！"

"表面看和尚太自视清高，其实，他内心里容不下一点人和事……"

…………

胡家卫听这故事，心想他们不会是说我像那个和尚吧？唉，在这个车厢里，事情已经是这样了，自己又有什么好伪装的呢？他起身远离污秽，坐到别的座。

"老大醒了，感觉怎样了？我刚向小宝要了你家人的号码，马上到家，打电话让人接你？"

"多谢，不用了，我自己可以回家的，只是不好意思，一路上给你们添麻烦了。"

"不客气，你没事就好。"

到小区门口了，胡家卫和八个帅哥美女道别。下车觉得头晕晕乎乎的，看着依维柯轿车逐渐不见了踪影，站在路边的他又恢复漠然神态，之前的一切变得恍惚。

说说爱美

美之初的觉知，就像初春和风吹拂着，万物渐渐复苏一样，冰层悄悄消融，新生命顶着半边籽壳从酥松的土中探出头，新芽展露在干枯的枝柯……春之美如一个行将就木的老人从沉睡中苏醒，慢慢恢复了活力，逐渐地返老还成垂髫孩童，又长成豆蔻年华的少女！青涩的春天如无邪的少女一样敢于无所畏惧地展现一切美好！像花儿一样无所畏惧盛开的人，有人喜悦，有人爱慕，有人嫉妒，喜悦的人从中感受到昂扬向上的生命力，嫉妒、恐惧的人还停留在死气沉沉的冬天……春天是自然的产物无拘无束。春天如美人，美人如春天。

春美妙之处是到哪里，哪里就化腐朽为神奇；万物在轻灵变幻的风光里慢慢鲜活，人间四月天，天地间充溢着昂扬的生命力，画眉、百灵鸟婉转清脆地歌唱；春光烂漫，蓝天纯净，白云柔和；洒在万物上的春晖像清泉一样叮叮咚咚地欢快流淌。

颓败的躯体焕发新的生机，悲喜交集，奋力突破使劲向上生长，鲜花、舞蹈、诗歌、鸟鸣、小溪、蓝天、白云、笑容、明媚阳光……都丰盈活泼起来。春天的美不仅在于初绽新绿的嫩叶、万紫千红的鲜花、明媚阳光和煦风……更在于万物的灵动——蓬蓬勃勃向上生长的活力！

为什么很多人都会喜欢花？看见鲜花就心情愉悦，不仅是因为姿态和颜色的美，在花开里更有一种生命力，一种坚韧不拔的精神，一个勇敢无畏的生命在怒放！

纪伯伦说："美是生命，这生命揭开它神圣的面纱。而你就是生命，就是面纱。"

世界是你，你是世界，世界和你心灵相通，融为一体。对美好事物的感触、向往、追求带来了生命的丰盈。

人的社会属性使人逐渐地远离了自然性。在社会属性的束缚下，经过生活百般磨砺后，你的自然属性之真善美还剩多少，能在多大程度上活出自己的个性与真实……

如果，爱美的人经过生活这把火焚烧过后还可以得到真正的美，还会奢求什么？有时候，也激动感慨，想流泪，但是，一个容易满足的人，安居乐业，一切都在向好的方向前进，内在日渐丰盈，无论如何，愿意用平和的心态去面对一切。没有理由去流泪，即使流泪，也掺杂着喜悦的泪。是啊！可以流着喜悦的泪水说说以前的忧虑和创伤，在说出来之前，在内心里把那个创伤变成一朵鲜花。能变成一朵鲜花，这足够治愈许许多多。不想一直沉浸于冬的伤。

生活是沉重的，轻灵是深思熟虑后的选择。欣赏蝴蝶翩翩地飞翔，喜欢蝴蝶那样的轻盈和自在！

老天爷给了我们能感知一切喜怒哀乐、感知美与丑的灵魂，明知躯体如鲜花盛开不久就是凋零，还是渴望昂扬的生命！

在长期生活学习中，有了美的认识，美的追求，想做一个优雅的轻盈的人！选择在生活的磨砺中变得坚强，而不是自暴自弃，也会被迫抛弃许多不该抛弃的品质，知性成熟的美如阳光，穿透岁月层层雾霾，熠熠生辉，远如宋代的女词人李清照，近如现代建筑学家、诗人林徽因，她们智慧、优雅，远远超越世俗的美貌。尘埃落定，过滤掉旧时代加在她们身上的糟粕，留下的是岁月沉香！

活着并不轻松，倔强地咬着牙，哪怕咬出血，愿意不计辛苦地付出体力上的劳动来换取心之惬意。也经历过心的沉重，一段灰色的日子，心无可救药地下沉、坠痛，对许多事情都提不起兴趣，对生活一度绝望，是自然之美重塑了信心！觉得人间可期！

尽管，往往都是浸在冰水里的那个冬芽，可一旦感知到了春天，仍毫不犹豫地开始新的成长。生命的历程有且只有一次，要努力追求理想中的美好，成为自己喜欢的那种人——外表轻盈优雅，内心却像磐石一样坚强，大海一样柔韧壮阔，蓝天一样纯净高远……

长相普通，不妨碍有一颗爱美的心。爱美是人的天性，追求美无可厚非。衣服有色彩，它的漏与透、宽与窄、某个部位某种造型就是一种语言……

道家提倡古朴自然，天然去雕饰，过度地俗艳装饰与美背道而驰。人是社会化动物，从衣着谈吐上，从流露出的气质上……可看出一个人的志趣。

有一句话：每个人都独一无二，都有独特的美。

大自然的美带给人愉悦，而人不同，看到一个美丽的女子，人产生的感情则很复杂，爱恨、嫉妒、羡慕、排斥等都会有，而这种种复杂反应中也真实地映出其人性里的真善美假丑恶。

在社会里行走，许多人和事无法把握，我们势必要学会面对、承受，学会正确处理。你不是人民币不会谁都喜欢！有些人除了挑剔和打击，并不能给你带来别的！就像在刀刃上跳舞！社会的残酷使你一直在各种各样的刀刃上跳舞！脸上是笑的，心是痛的！在辗转反侧的深夜里独自咽下委屈。而正如一句话，那些打不死你的，终将使你更强！别人打击的，往往是你的特别或突出之处。该三思而后行！

对着镜子，知道，老了！老了就放弃美？不！有些七八十岁的人仍然那么优雅，那么美。生活会放过谁？但她们还保留着少女时期在父母的荫庇下心灵的爱，足够富足时期养成的优雅与美妙，这在暮年的妇人身上是一道非常难得的风景！不能放弃美！美是一种能力，美是一种坚强，美是一种对生活的热爱！

有些人不敢美，选择把自己暗淡下去，再暗淡下去，沉没于那灰灰蒙蒙的一片中，比如我们的奶奶、妈妈辈，她们从三十岁以后都是清一色的灰外套。

要选择美，一直美下去！哪怕美到没有一个朋友。因为，你是独一无二的，你要是暗淡下去了，世界就缺少了你的那一份美！你知道，这世界上有许多爱着你的人，你的父母，你的儿女，你的爱人……这些爱你的人，需要发现你的美！不仅是皮囊上的润泽、服饰上的精致，更重要的是你由内而外散发出来的知性之美，这美滋养了你的生命，也滋养了你的亲人！

有人追求错误的美，已经走火入魔！或打扮得异常艳丽、浓妆艳抹（美也有社会性和时代特征，而现在自由平等的社会容许多样性审美的存在），或不计后果地去做美容手术……没有人可以拯救她，只有她自己——把狂热的心冷静下来，变成一颗平常心。是啊！平常心，不悲伤于自己的丑，也不狂喜于自己的美。除了外在美，人生之中还有更重要的精神品质之美。过分地注重外在弄虚作假的装扮，对于普通人来说，不合适。

人无完人，不要怕丑，爱自己，接纳真实的自己。自然界的花是美的，枯萎了没有人说不美；它盛开有盛开的雍容美，枯萎也有枯萎的柔和美。

“先有了爱才有美”“美与爱是不可分割的整体”无私的母爱开启了人之初爱与美的感知。对婴孩来说，母亲温柔的怀抱、宠溺的笑容、循循善诱都是美！这美是人生幸福的源泉！母亲老了，用心去感受那种慈祥、那种由内心散发出来的无私大爱——那种饱经沧桑之后仍然散发出来的温馨之美、心灵之美，足够温暖我们余生。这是一位善良的母亲，反过来，如果，为母亲无为母之道，好吃懒做，自私自利，孩子会爱她吗？不会，即使她很年轻貌美，孩子也不会喜欢她！

躯体是灵魂的壳，不单为美而存在。“买椟还珠”的人自古以来让人贻笑大方，美不美在于灵魂。有话说，“因为可爱才觉得美，不是因为美才可爱。”有的人外表即使算不上漂亮，但是，言谈举止优雅有魅力，在许多人的心里仍很美。

洗尽铅华后仍由内而外散发出知性、优雅大方的光芒，历尽沧桑后内心仍然秉持真诚、慈爱的初衷——人性中精神品质的美才是最高贵的美！

徒步新河

多少天后，还很庆幸那天看到的那则消息：4 月 12 日周末群活动，暮春三月，莺飞草长，一起走夹滩，去新河，一路西行，赏花去……

好久没有参加群活动的我心痒起来，又很纠结，周末还有事情要处理，怎么办?

花乡新河，早就神往，而且还是走夹滩，阳春三月啊，那一路的风光肯定是美不胜收，这稍纵即逝的春天，如果错过这次机会，不知道下次在哪里。这样的路线不是能独自行走的。

平常也到生态园去走走，可一个人没有那种速度，也没有那种在叽叽喳喳、你说我笑的人群里你追我赶的激情，总觉得锻炼没有达到想要的效果，越走越没劲，越来越懒。

另一纠结是，昨天刚打过羽毛球，两边的髋关节有点撕裂般的痛，明天要以快捷的速度徒步到二十公里外的新河，能受得了吗?

斗争了半天，最后还是决定不顾一切投入暮春里的这一场驰骋。大不了半路打车回来!

周末早上六点多，一个个有准备的人陆陆续续地聚到一起，近四十个人，每个人几乎都装备齐全，头上戴着可挡风挡雨且可遮阳的帽子，脖子上套着色彩鲜艳有弹性、柔软可变换的魔术巾——可当围巾、可当面罩、又可包头等好多用法，身上穿着各式各样五彩斑斓的户外运动衣，漂亮精巧的徒步鞋也都很花哨鲜艳，就连各人的背包也都是亮眼的色彩。

这样的一群人聚结到一起，本身就是一道亮丽的风景线，排列成一行长长的队伍，以每小时十公里的速度从城市的中心向边缘穿行。

约半小时后，走过城市边缘西尽头淮河边上一段坑坑洼洼的石子路，来到渡船口。早晨的空气清新凉爽，队友们却已经是大汗淋漓，一个个脸热得红扑扑的，坐船过河的几分钟时间，队友们调整如初，之前五六公里路只是一些赛前热身运动。

过河后，进入与县城接壤的淮西村，视野一下子开阔起来，爱看这样的乡村田园风景，爱这样生机勃勃的春天，爱在这样畅通无阻的路上像风一样地飞驰；喜欢有一群叽叽喳喳的队友相伴，谈笑间，挥动有力的双臂奋力暴走……喜欢此时的我！和平常懒散的我不一样。

每次徒步都会有几个像阳光一样的队友，这次也不例外，有两三个聊得来的良友，一路互相鼓励、拍照，发表对眼前美景的感慨，旅途充实且快乐。

过河后向西，向东，再向北，经过淮西、王圩、耿圩，从砂矿一个站点那过桥，才真正进入夹滩。

春天的夹滩是蓝天白云底下一大块碧绿的翠玉，随处可见大大小小镜子似的湖泊，散落其间，还有三四条纵横交错的河流，有的河都被拦腰截断，铺上三四米宽的路，站在河中间的路上，看河水清澈，波光粼粼，水面似要溢上路面，宽广的河面吹来凉爽的风，河水望不到尽头，让人心旷神怡。

雨季水多时，夹滩会成汪洋一片，这样的情形少。夹滩土地肥沃，几乎见不着黄土地，除了水，就是碧绿的庄稼或野草。

在两个大的河道之间，有一大片碧绿的麦田，依着河，和河一样源源向远方不知所终。远远眺望，这里只有河、麦田、广阔的天空，即使辽阔的大草原，也没有这么齐整得一尘不染的碧绿。长年累月困在钢筋混凝土高楼间的我，面对如此美景，心澄清了，人宁静了，驻足凝望好久，不忍离去。

四五个队友刚在河中间的路上轮流拍水景已经落后于向前的大部队了，看到这像大草原的麦田，又不管不顾地拍了起来。

过了夹滩是沂河大堆，可以打到出租车。此时刚过十点，中午有事的人七八人选择返回，我犹豫了一下，决定还是继续深入到从未涉足的新河村落。

翻过沂河大堆进入新河第一个村子徐口，走在乡间的小路上，满眼是绿色，随处有各种鲜花盛开，随时有淡淡的香气迎面扑来，满眼是各种各样的花树果树苗木，一排一排，一座一座的房舍，前后左右，绿树掩映，花团锦簇，都是高楼林立的县城里早已几乎绝迹的传统的青砖瓦房小四合院。

这里真是别有一番天地，联想起陶渊明的《桃花源记》：“忽逢桃花林……中无杂树，芳草鲜美，落英缤纷……豁然开朗。土地平旷，屋舍俨然，有良田、美池、桑竹之属。阡陌交通，鸡犬相闻。其中往来种作，男女衣着，悉如外人，黄发垂髫，并怡然自乐。”

院落前有玩耍的孩童，经过时有狗吠，扎着围裙的家庭主妇吆喝狗的声音……即使这样，也没有打扰这里宁谧祥和的生活氛围。

好几个队友都说，哎呀，在这里就是呼吸一口气都很新鲜，想要这样的家，哪怕租房住一天也好……

花乡和别的农村就是不一样，大片大片的土地里见不到庄稼，满眼是花苗树苗，是一片艳艳的紫玉兰，是一片粉嘟嘟的樱花，是一片牡丹，是一片月季……正是这些花开的季节，到处繁花似锦，到处郁郁葱葱，香气怡人。这里不光是花多、树木多，还有一个很难得的是水多，随处可见河流、水泊，而且都是那么丰盈清澈，这里是个天然的大氧吧，空气清新，微润微香，真像是一不小心踏入了世外桃源。

深深地喜欢上了这个地方。

一行花里胡哨的人从这里穿过，迎来正在忙碌着的新河花农的好奇，问打哪里来？到哪里去？

回答是打县城来，从这里转一圈再走回县城里去。

这里有的人很惊讶，放着城里养尊处优的生活，大老远跑这干吗？累不累呀？有这时间做点别的事情不好吗？真是吃饱饭撑的?!

有队友辩解，可能我们就是闲的，一天到晚闲得骨头疼，星期天出来走走，一方面锻炼身体，一方面看看风景，和队友一起说说笑笑，喜欢这样……

徒步来到这里，不被人理解也不能强求，做每件事情每个人都有自己的理由。想说的是这样做并不是吃饱了撑的，是为了不让自己萎靡下去，是为了振奋自己的精神，是为了强壮自己的体魄，是为了更好地生活下去……有空就得翻荡翻荡才好呢！

以前，偶尔有心情烦闷的时候，坐车直奔新河的古栗林转转，美好的风景对人产生神奇的影响，它很快荡涤人的心灵，使之洁净祥和。

到村子里还是第一次，这里虽然没有古栗林风景优美，可满眼层层叠叠的绿，间或五颜六色的鲜花，呼吸这里春天的空气是一件幸福、幸运的事情。

人各有各的生活方式，也许每一种生活方式都会有不如意的地方。是因为人的喜新厌旧，是因为人永不能满足的心理，是因为世事总在变化……

很庆幸能暂时抛开一切而选择了这次徒步，春天优美的花乡风景应该要及时欣赏，不能错过，虽然累，但心情很愉快！

因为相信

飞过冬天，必然是春天。心中若失去美好希望的憧憬，就会沉重伤感。

故事发生在二十世纪九十年代初，通讯不发达，拥有电话的人家凤毛麟角。

一

秋高气爽的天气，一个农家小院里，欢声笑语，一群人来来往往忙碌着，暖阳高照的院井里有上了岁数的三三两两坐凳子上拉家常的人，有打打闹闹嘻嘻哈哈的年轻人，还有步履蹒跚伙着大人跑来跑去的幼儿，院里院外，屋里屋外都是人，有近邻，有七大姑八大姨，远的近的亲戚都欢聚在一家，亲亲热热地拉呱着。

整个院子张灯结彩，大门上的大红对联引来了左一个右一个说喜话的人，每开口之前必先“噼里啪啦”地炸响鞭七八声，然后自说吉利的话自叫“好”，听得边上的小孩大人喜笑颜开；喜家人一边忙着招呼亲朋好友，一边张罗酒席，一边还要再来赏说喜话的。秋天的金风携带者喜气飘向四面八方。

文雯和她的母亲也在这场热闹中，她们是喜家的远房姨亲，文雯未婚，被安排在为迎接新娘所摆的堂席上。

新娘是贵州人，姨弟刚满十九岁，新娘比他还小，不过，她看起来像常跑江湖的孩子，在这穷乡僻壤，她举止大方，一点不怕人，据姨家人说她能说会道，事先带过来看的那天，在姨家，伴着录音机，旁若无人地放声高唱时下最流行的歌，声音高亢嘹亮，很有几分明星的范儿，在乡下人的眼里颇得几分仰慕，再加上小脸搽得白，小嘴抹得红，眼睛妆化得大而有神，稚气未脱的小脸上有几许娇憨和几许妩媚，情窦初开的姨弟对女人对婚姻还处在懵懂的阶段，只知道自己已经近二十岁了，应该找一个女人过日子了，看到这样一个似乎比平常见的农村女孩更有魅力的，他似乎是有点着了迷，继而点了头。姨弟虽年纪尚轻，却已出落得一表人才。

文雯心里想，好在他俩都还小，在这个年龄相遇，估计都还是白纸一张，以后这张白纸上不愁不会绚丽多彩，好在姨家人都是老实善良的人，再加上女孩好像也是真心诚意地喜欢上姨弟，喜欢上姨一家人，虽然她是外乡农村人，也不会被歧视，会被姨如自己的亲闺女一样疼，好日子才刚开始。人家也是互相相中的，而自己认为超凡脱俗的爱情不也是从相中那一刻开始，凡俗和伟大有本质的区别吗？如果有，在哪？

参加过婚宴后，母亲又加紧在文雯耳边数落，都二十五了，眼睛啊别长头顶上，这个看不上，那个看不好的，再拖下去就要成老姑娘，没人能看上了。

不久，母亲又为文雯安排了一次相亲。照例，文雯和这个男青年坐了最多十几分钟，又托词开溜，这么快回家是自找挨骂，随意逛逛吧，难得的一个闲暇时光。

二

初冬，令人神清气爽的空气中夹着丝丝寒意，路两边两行粗壮的梧桐树叶子凋谢得零落不堪，黄叶杂乱地挂在枝头，地上堆一层枯叶，风过辗转着飒飒作响，自有一番沧桑萧索之意。

街边隔段距离就会有根高高的水泥电线杆，挂有高音喇叭，除了早中晚定时播放新闻、天气预报，平时也经常放流行音乐，许多在大街小巷间传唱开来的歌，基本上都是在广播里先唱的。

文雯漫步经过街上，断续记住了几句歌词“如果没有遇见你，我将会是在哪里……也许认识某一人，过着平凡的日子……”

信步游走，直到眼前出现一个深宅大院，文雯方才从神思恍惚中醒悟过来，怎么不知不觉又来到了这里？她嘴角泛起一丝微笑，心里却又是酸酸涩涩的滋味。

深锁了多年，看来无人开启这曾经豪华的生气勃勃的庭院，现在铁门早已锈迹斑斑，墙角、墙头、屋脊上杂生的荒草，在寒风里枯萎瑟缩，高过院墙的褐色树梢，像被人抛弃的干枯老人，沉寂。

冬凉如冰，忆往昔，文雯心里却有股暖流。

第一次来到这个院子是四年前，那时她还是大学一年级的学生，那年暑假，高中同学中在私下议论着席之同学家费时近两年进行改造装饰的庭院，是如何时尚，如何的独领一方风骚。

几个同学怂恿文雯让席之邀请她们到他家去参观参观，因为他们是发小，两人的关系比较近。

文雯在同学的怂恿和自己好奇心的驱使下，讪讪地向席之提出了这一要求。

席之哈哈一笑，爽快地答应下来，在一个风和日丽的日子，文雯和几个同学来到了席之家里。

进门东边主屋的西山头空地上植有两棵袅娜多姿的黄杨树，树根下配有大块的黄颜色的千层岩石块，门西边靠北墙是用大块的黄色千层岩石垒的假山，山脚有石头垒边的池承接从山上下来的流水，池向下向南是一米多宽的溪流，这溪流一直到南墙边的相同的石块垒的更大的假山的山坡前，又向东绕着山坡向南向西隐于假山后。溪中间有座拱形的带护栏的汉白玉大理石桥，过桥向西是一个观景房，房内可以听到潺潺的流水声，透过四面最大化的透明玻璃窗，随处可赏屋四周精心培植的诗意盎然的风景，屋门口连着桥的是一个汉白玉大理石平台。主屋门前绿化得也恰到好处，栽植了几棵更大的黄杨树，树下也点缀了同样的石头和这边相呼应。

文雯看了心里也暗暗惊讶于席之家人的高品位，那时正是树木葱茏鲜花盛开的季节，身临其境，美不胜收，心旷神怡。

也就是在那一年的深秋，席之随他的父亲一起消失了，他母亲不久也从那搬离，那以后上了锁的大门，再没被打开过。

回忆往事似在眼前，却又如梦如幻般眨眼间被风吹散，了不可得。院子还在，那一切不是梦幻，席之这个人是存在的，曾经两情相悦过。

难道只是她一人在等待吗？多少次当她痛苦无奈之际想要放弃时，那脉脉含情的眼神仿佛又穿透了时空照进她的心房，给了她等待下去的勇气，四年的光阴对心里有思念的人来说是漫长的。

文雯含泪默念：席之，不管你在哪里，过了明年春天，我们之间所有的一切都将烟消云散。

三

一辆轿车正在某段高速路上飞驰，车里是一对父子。

已是冬天了，席之坐在副驾驶座上，心里却还是有些烦躁，打开车窗，凛冽的风吹拂着，前后左右都是汽车，都在飞驰，耳边都是汽车驱动的轰鸣和呜呜呼啸的风声，眼前是盘旋交错的高架，四通八达的公路，这里是大都市的边缘地带。

这个夏天，席之刚刚大学毕业，在父亲的要求下学着和他一起做生意，父亲说要想服装厂一直开得好，一定要和生意上的合作者搞好关系，谈生意、谈订单不能全推给别人，大客户最好留给自己交接处理，这次他带着席之又谈成了一笔大生意。

席之早就想回家乡一趟，几次和父亲说起这事，却勾起父亲的伤心，坚决反对席之再回到那个地方去，也反对他和那边的人有瓜葛，并且不止一次地劝告席之：“感情都是假的，没有谁会这样傻，好多年不变地喜欢一个人，即使天天在一起也不可能，何况你们分开这么多年，只有你这么念念不忘，说不定人家早嫁人了呢。”

席之同情父亲，知道他受母亲伤害之深，竟然连那个地方的名字都不想再听见，把那里的人都归为无情无义之类。

他不想伤害父亲，只有把感情深埋在心里，慢慢地不但没有忘记，反而变成了一种折磨。

紫薇花开了，想起了文雯……丁香花开了……薰衣草花开了……文雯喜欢穿紫色系的衣服……

家庭的暴风骤雨对一个孩子的伤害是难以想象的，想起小时候，父母不和，恐惧失去家，恐惧大人不爱自己，抛弃自己……一次在家里受了惊吓的他，在教室里上课时也神思恍惚，眼里噙着泪花，同桌的文雯安慰地握住他的手，她那水汪汪的大眼睛里温和中有些许的怜悯，提醒他这是在课堂上，要稳定自己的情绪。

第一次见文雯，就喜欢她，长得秀气，性格文静，就像面对着一江秋水，透明、澄净、心旷神怡。他们真是有缘，小学、中学、高中都是同学。

在最美的年华，遇到最美的情谊，像蜜糖调进了人生青涩的岁月里，青涩淡去，一种甜丝丝的浪漫温情在渗透在充盈，快乐、幸福、充实……似简单似复杂却又美妙……让人难以忘怀！

他不能再拖下去了，回去，是他这段时间下定的决心。

他看看身边的父亲，心情愉悦精神状态饱满。父亲本是在一服装厂里搞营销，认识了母亲后，选择到母亲的城市生活。二十世纪八十年代停薪留职，自己跑生意。一开始只是拉订单，赚取中间费，积累点资金后，自己开了个小厂，不仅拉订单，还自己生产，凭他从业多年的经验，加上聪明的大脑，他眼睛就是“火眼金睛”，在市场上一瞄，就知道什么样的商品能畅销，然后到厂里，自己不仅能仿制出来，而且还能做得更好，所以，他做起生意来驾轻就熟、如鱼得水，几年下来发了家致了富。

父亲为人低调，在做事方面非常认真负责，一点都不含糊，总能把事情做到最好，臻于完美。和母亲的乖张、挑剔、疑神疑鬼、容不下人事，有本质的不同。远离了母亲的父亲比以前更充满了自信，再没有人横挑鼻子竖挑眼，压制打击他了，生意做得顺风顺水。

只是过去的生活在他心里留下了难以磨灭的创伤，席之也不得不受影响。

席之想自己现在大学已经毕业，和文雯一起也都到了该谈婚论嫁的年龄，再错过这一两年，万一文雯那边有什么情况，自己会后悔一辈子的，这次，一定要和父亲好好谈谈自己和文雯的事，不管父亲的态度怎样，他都要做他早该做的事情。

四

车子驶进某市发展大道边上的一个服装厂内，厂里的副总，也是席之父亲的老朋友加生意上的左膀右臂叶叔叔和他的女儿叶茵，得知父子俩回来的消息早在厂子里等候，接外出几日回来的他们到某饭店为他们洗尘。

叶茵比席之早毕业两年，学的是服装设计一类的专业，学成后来到这厂里，从业短时间内就显示出不凡的业务能力，深得席之父亲的赏识。饭店里除了叶氏父女俩，还有厂子里的四五个高管，席之父亲讲了这次外出谈下这笔大生意的相关情况，并夸到席之在口才对答应变方面还不错……叶氏父女他们也讲了这几天厂子里的状况……

叶茵在众人面前也并不避讳地对席之嘘寒问暖，并有意无意地向他表达她的热情，众人都皆含笑，不说破。席之对众人暧昧的表情却是置若罔闻，不抑不扬，非常客气不失礼貌地应对……

晚上，父子俩相对时，席之正在思忖着如何开口，父亲却先说话了："你看叶茵怎么样，我看你们两个很般配。"

"爸爸，你不止一次这样说，叶茵是很好，可我也每次都跟你说过，我心里只有一个文雯。"

"叶茵适合我们家，她是一个不可多得的人才呢！"

"爸爸，看您说的，她是个人才难道我就该和她在一起吗？她适合这个厂子，可我是个人。再说我和文雯从小学到高中一直是同学，经过这分别的四年，更清楚地知道，内心里真正需要的还是她……"

父亲皱起了眉头，本来想大声呵斥儿子，可看到儿子凝重的神情，不得不压抑住要涌上心头的恼怒，只叹了口气："唉，执迷不悟！不撞南墙不回头！既然你非要这样，就去吧。不过，这段时间厂里也比较忙，正是需要用人的时候，给你三天时间，应该够了，我估计人家文雯即使没结婚也应该谈好对象了，你以为，谁都会像你一样死心眼啊！"

席之如释重负地松了一口气。

五

席之坐了多个小时的车，回到阔别四年的老家，看到锈迹斑斑紧闭的大门，猜想母亲肯定是住到舅舅家了。到舅舅家，知母亲自从父亲走后就在舅舅家附近，盖了所简陋的房子独居。

舅舅说，自打你们离开后，她整个人都变了，变得邋遢了，变得沉默了，整天不出屋子，唉，早知今日，何必当初啊！

席之走到屋前，门虚掩着，推开门，屋里的母亲脸转向门口望着他，他也望着她，一瞬间后，母亲立即站起来向席之扑过来，紧紧地拥抱他，口里惊喜交加地喊着："席之，你可回……"就哽住了，随之呜咽起来。

席之虽然听舅舅说母亲的变化，看到后还是很吃惊，心痛得眼泪止不住地流，几年没见的母亲变化真大呀！一下子从风韵犹存的少妇跌入了衰老疲乏的暮年，两鬓头发花白了，脸上看出可能是由于长期的伤心难过，造成整个面部表情肌肉急剧地松弛老化，眼睛由于长期的哭泣，眼睑红肿，以前那个乖张的飞扬跋扈的母亲消失了。心里也哀叹，既有今日，何必当初啊！

以前，在母系氏族关系强大的母亲面前父亲总是处于弱势。母亲对父亲的态度从一开始温和渐变成霸道。席之从记事起就常听到母亲在父亲面前念叨，某人的丈夫如何如何会混，升了什么什么官职，又某人的丈夫如何如何会赚钱、会捞钱，随后，又在父亲面前哀叹，自己心高命不强，瞧自己家里吃用的是什么？自己和孩子穿的什么？和那些人比，简直无脸见人！

父亲每每装没听见，不理她，她却变本加厉地越来越挑剔父亲，进而羞辱蔑视他，导致动不动两人就吵架。

后来，父亲自己做生意发了财，并翻盖了家里的房子，把家院造得像公园一样豪华，她却又疑心生暗鬼，不是说男人有钱就变坏的吗？家里开始有钱了，她却又是另外一种心里不安，她对父亲的态度来了个一百八十度的转弯，开始对父亲好得不得了，可父亲对她却是不冷不热的，更怀疑他外面有了别的女人。

其实，在席之的眼里，父亲对她已经不错了。她开始暗暗留意父亲在外面的一举一动，终于有一天被她发现，父亲与一个女人的“约会”，她竟然伙同她的兄弟姊妹，把两人堵在街上打了一顿，并当众扒她衣服进行侮辱，父亲怒不可遏，回家痛打了她一顿，她的兄弟们又把父亲打了一顿。

父亲接二连三遭到羞辱，气得吐血，当天就决意离开，签好离婚协议后，就从学校拉着席之去往一个谁也找不到的地方。

如今，席之看到母亲如此光景就明白了，母亲心里原是爱父亲的，可她的自私自利和愚昧，却导致她不仅不会爱人，且日常生活中做事说话处处伤害爱人，这真是一种悲哀！

大错铸成，回天乏力！

母亲问：“你们在外面过得好吗？你爸还恨我吗？我真后悔让

他做生意，就像以前那样平平淡淡过下去多好，你爸以前不是那样的人，是打有钱以后，那女人勾引他……”

席之听他母亲这通谬论，久久无语。

六

下班的时间，席之站在三岔路口的路边，望着路上来来去去的人，耐心地在等待文雯的出现。初冬，晴朗的天气，天空蓝得醉人，冷冷的空气里似有一种特别清新的芬芳。

这个路口是文雯回家的必经之路。以前，上学时，她等他一起上学，也会站在这路口，他和她一起放学，也会在这个路口说再见。这个路口没什么改变，路两边还是那几棵树，路对面那家杂货店还在，席之感觉又回到了以前。

路上一直有过来过去的人，他相信她会出现，就像以前约好在这等着一起上学一样，他从没失望过，他的回忆中，文雯的笑容一直在，他的心一直被温暖着，他透彻的眼睛里是自信和勇气。

第二辑

岁月的沉香

彩血

那一天上午，我像往常一样怀着愉悦的心情，迈着轻盈的步子，穿过正在建设中的花园，花园已经初具雏形，栅栏边假山流水，在规划好的区域栽满各种鲜花树木，工人们正在把翠绿的草皮铺到裸露出的黄土地上……

穿过花园，进入一个童话中才有的四壁画满美丽花鸟的透明玻璃房子，他正在高高的云梯上作画。他的身上、梯子上、地面上到处都沾满了五彩缤纷的颜料。

他工作起来废寝忘食。每天，都会看到新的美丽画面，我兴奋得目眩神迷，由衷的喜悦更是鼓舞着他不知疲倦地绘画。

我不知道大祸潜藏，不知道差一点造成我们的永别。

总是有奇怪的梦想。幻想着有一天，想拥有一座四季常青、四季飘香的花园，在花园中央再建一座高大的房子，房子必须是透明玻璃做的，玻璃墙上要画上茵茵的草坪，青青的杨柳，四季的鲜花，玻璃屋顶要画上蓝天衬着白云，有长尾巴的五彩斑斓展翅飞翔的鸟雀，再画上一对美丽的孔雀……

想要住在这样的房子里，睁开眼睛是繁华的世界，闭上眼睛梦都是仙境。

数月前，只当是讲一个笑话，对他一提，我没有想到的是，梦想就像被插上了翅膀，很快飞到眼前。

一切都让我激动兴奋，他也同样处于工作的亢奋中。

我承认，现在他是我的爱人，我曾经有丈夫，可他一直没有妻子。虽然，我们彼此相爱，可他从来没要求我为他付出什么。

他只要求常看到我，和我聊聊天。而我却是把他当工人一样利用，只要是我的要求，他都会千方百计地完成。

他的痛苦是我的懵懂无知造成的。十九岁的我拒绝了二十八岁的他的求婚，原因是妈妈说他年龄大我太多，说这么大还没谈婚论嫁，肯定有毛病！那年他刚从广州美院毕业，虽然我们是一见钟情，可我却因此狠下了心，而他却说尊重我的意愿。

不久，我结婚了，而他却迟迟不见动静，每天除了绘画还是绘画。我催促他，他只说没有喜欢的。

而我的婚姻不到一个月就结束了。只为结婚而结婚，不相爱的人走到一起注定不会长久。

在不开心的时候第一个想到的，总会是他。他会放下一切陪着我。我们在一起以兄弟或兄妹相称，他开车载着我去看电影，听音乐，去风景优美的地方……即使现在他早就成为一个大画家，他待我仍然如从前。我决定遵从内心的选择。在房子装修好以后，我们就要在一起，永不分离！

这些天，他一歇下来，就会问我，刚画到顶子上的这些新画是否满意?

我何止是满意，我充满骄傲！为他，为我！

在他问话时，下面的人把一罐颜料扔给他，低了些，他俯身来接，猛地一下失去了平衡……

颜料瓶“砰”地碎了一地，与他的血溶在一起！

他的血成了彩色的！

抱住他，内心如焚，我最爱的人一直就是他，而我竟然一而再地让他因为我而受到伤害！

抱住他，躺在颜料里，躺在他的血里，躺在他画的房子里，躺在我们的爱情里……

传统家庭面点
——渐行渐远的美食

转眼春节又临近。

看起来今年和去年没什么不同，家仍然还是那样的家，厨房还是那样的厨房，我却不敢说我还是以前的我。

回头看看小雁，已到了谈婚论嫁的年龄，那个小豁牙的样子仿佛就在昨天。时光如水样流逝，划过额头，留下深深浅浅的纹路，烙在心上的感悟也如秋蓝天上的白云一堆又一堆。

如何吃饭是衡量家庭生活质量的一个风向标。厨房是一个家庭的心脏，操持好家务，春雨润物细无声；操持好家务是父母对子女无私的爱，是为人父母的一种责任担当。

可当今社会，无论是女人还是男人都想尽可能地多挣钱，同时不断巩固自身能力和价值的发展；谁也不能也不敢把大把的时间花费在一地鸡毛的家务上，总是想方设法在家务事上化繁就简。

上辈人生活中经常出现的摝面、烙饼、擀面条、包菜饼、包饺子等费力耗时地做传统面点的情况，现在，从很多家庭里基本上看不见了。

那种传统的摝面、烙饼等活，把女人一天到晚栓在家，围着锅台转的旧事，我们70后（因为当时物资的匮乏，从小就把这些面点当成了珍宝和美食）还颇有兴趣地跟着父母学了点制作技艺的皮毛；我们的下辈人，如小雁辈的，这些面点在她们的眼里是粗陋的，仅仅用来果腹，不能算是美味，在她们眼里可有可无；在物质条件极丰富的今天，她们不喜欢吃这些面点，亲手去做就更是勉为其难，甚至拒绝考虑。

以前，许多手工操作费力耗时才能做出来的面点，现在可用省力省时的机器来加工。面皮是机器压出来的，馅是绞肉机绞出来的……出来的是廉价的商品；这种变化不由得让人感慨，上辈人家庭里必不可少的作为主食的面点（饼、馒头、包子、面条等），在现代成了一部分人谋生的手段——面点作坊。几毛钱的商品和几小时的自由支配时间，聪明如你会知道怎么选择。

可长时间吃机器加工的面食味同嚼蜡，于是许多人，特别是年龄大的人又怀念起亲手做的面点的那种地道的美味。现在，大街小巷里的纯手工大饼、面条、饺子等店铺的生意都非常火爆，供不应求。

不管人的意愿是怎样的，生活一直处在变化中。以前，传达信息靠写，再邮寄，一来一往要十天半个月，现在只要几秒钟。以前的慢，已经跟不上现代日新月异高速发展的生活。

高速发展就意味着高频率变化，社会的变化带动着人思想观念的变化，在这种变化面前，人往往是被动的，变化的过程充满喜悦也充满血泪。社会在变，婚姻家庭的结构也跟着变，现在存在的除了传统的婚姻家庭，有AA制家庭，还有丁克家庭……AA制家庭、丁克家庭的出现说明现代人个性更解放更自由的同时，也说明人与人之间感情更独立，独立的背面是自私冷漠。据说未来婚姻会消失，应该是基于个体独立自由论上得出的推测。现代大都市已经出现了许多“不婚族”。

这种变化要求个人更自立自强，谁也不敢也不可能把自己的命运交付给别人。在宏大的社会变化浪涛里，依赖别人的人，注定会像鲁迅的小说《伤逝》里面的女主角子君一样，最终被生活、被恋人抛弃，下场可悲。

以前，为了更好地生存，我不能选择做一个全职的家庭主妇，放在家庭里的精力很少，在厨房里的时间更有限，在吃饭的问题上很马虎，要求不高，只要干净卫生的最简单的粗茶淡饭即可。

一年到头，早出晚归，有时候心里想，这似乎是一个无法弥补的缺憾，特别是对子女有点愧疚，可再看看我用做家务的时间营造的今天的生活，又是满足的，只能以“鱼和熊掌不可兼得”来寻找内心的平衡。

去年，歇业在家的我，不知道从哪里来的兴致，又像父母辈那样制作各种各样面点过年。不是我想自找麻烦，一方面原因是我怀念从前家里做的美味香甜、馅料可口、健康优质的面点，另一方面也因为赋闲在家有大把的时间可以浪费，所以就放开手脚无所顾忌地大操大办起来。

腊月二十七那天一大早起来，使尽全力搋了两盆面，把它们放被窝里（天冷的原因），开了电热毯，让面慢慢发酵。

然后，择菜、洗菜、洗猪肉、剁菜、剁肉，准备馅料。剁馅料就剁了好多种，剁小白菜、酸菜，剁猪肉、羊肉、牛肉等。菜剁碎，用布包起来挤干水，肉切成肉丝，再在案板上拌入生姜、葱一起剁，一边剁，一边慢慢加入酱油，这样剁出来的馅料好吃有味。

忙馅料一直忙到下午两点多，馅料准备好了，面也发好了。兑碱的时候，还是有点底气不足。前几次不是碱兑多了，蒸出来的面点颜色发黄，就是碱兑少了，面点吃起来酸酸的且不松软。为了保证碱兑的正好，制出来的面点质量，也对得起自己付出的辛苦和时间，喊来老妈当参谋。

在老妈的参与下，兑好碱的面不仅揉起来弹性十足，而且颜色也白如莹玉，怎么看怎么美。

包子包了猪肉馅的、羊肉馅的、牛肉馅的、豆沙馅的；饺子也包了两三种馅，有小白菜猪肉和酸菜羊肉的。

还有烧卖，烧卖不用搋面，制烧卖皮和制饺皮是一样的，只是烧卖皮大一点。我包的烧卖馅料是泡好切碎的干香菇，精瘦猪肉丁，蒸七分熟的糯米，优质的蚝油。亲戚朋友吃过的都说透皮香，皮和肉丁有嚼劲，糯米黏好吃。

自家包的面点比街上小摊贩卖的不仅仅是好吃，而且质量也不同。就拿烧卖来说，街上的烧卖馅是糯米拌了劣质的酱油，跟家里包的烧卖比，一个是被后妈撵出家门的穷小子，不仅样子邋遢，也没营养不健康，一个是白白胖胖的珠光宝气的富家美女，健康营养、口味、食材都不可同日而语。

那个春节过得有点累，可身体的累和精神上的富足快乐比，真的微不足道！

小雁一边帮忙一边抱怨："哪里能一下子吃得了这么多东西，放时间长不好的。你看你累得，脸色都差了。现在，街上什么买不到呀！"

街上什么买不到呀！唉，曾经，我每次回家看望老妈，看她还在搋面烙饼，我也会着急，心疼地大声嚷嚷："别弄了！别弄了！上街花一两块钱，够你吃几顿的！"

三十多年前，我还是个孩子的时候，妈妈每个星期都会搋一两次面。傍晚，妈妈下班回家，她上午搋的面也早就发好了；她把面盆搬到小饭桌上，开始兑碱，揉面，把揉好碱的面分成许多个不大不小的块，一个个揉圆，按压成十六的月亮，再一块块放入平锅烙出香味……烙饼要掌握好时间把饼翻面，时间长了，烘太干了不好吃，时间少，欠火也不太好。妈妈烙饼的技术非常好，每张饼都烙得正好。妈妈烙出来的第一张饼，都会用刀仔细地切成几个小块，分给家人。刚出锅的饼最好吃，热气裹挟着香甜之气扑鼻而来，让人垂涎欲滴；饼吃到嘴里有些许韧劲，只嚼两口即化，满口香甜，舌头甜津津的。我一边吃一边开心地手舞足蹈，转着圈儿躲避小花狗的跳跃抢食。那样的时刻，享受那种美食是世界上最幸福最美妙的事情了，整个身心舒畅得要起飞。妈妈制作的饼已经完全征服了我童年时的味觉，直到现在，对那美味仍记忆犹新，仍然相信那是天底下最好吃的饼。

那时候，即使饭店里卖面点，也很少对外，只针对到饭店里吃饭的顾客。除了饭店，别的地方还没有单单把面点当商品卖的。

那时候，人崇尚的是勤劳能干，经常上饭店买饭吃的人家是要被人瞧不起的，会被人骂为五指不分的懒婆娘、败家媳妇等。

那时候，居家过日子的饮食习惯是，中午主食是吃面条或者蒸米饭，早晚主食基本上是稀饭配上饼等面点一起吃，才能挨到下个饭点不觉饿。

那时候，家家户户隔三岔五都会擨面制饼或馒头等。

那时候，会擨面烙饼是一种生活的技能，是被人称颂的勤劳美德。

妈妈辛苦了一辈子，近八十岁的人了，我不想她仍然过那种劳苦的日子。擨面烙饼真的累人，我深有体会。

刚结婚的几年里，生活在十几口人的大家庭里，每个星期天擨面烙饼的事情，婆婆指定要身为新媳妇的我去做。谁比喻过：一个女人嫁人，就像一只绵羊被投入一狼群。虽然，事实没有这么夸张，但是在人家屋檐下，哪能不低头呢。因为性格内向腼腆，可能还有点呆板，做家务事时，婆婆像个严厉冷酷的监工，曾一度令我伤心。那时候，我很瘦弱，连身上的衣服都撑不起来，做家务时，一手拿炒勺，一手端铸铁的锅，细小的胳膊，劲根本不够用，锅端得颤巍巍地向下耷拉着，看着有掉地上的危险。婆婆站在边上很生气，严厉地指责我婚前肯定没有常做家务活。我很委屈。

没结婚之前，我不仅要做各种家务，而且擨面烙饼从小学四五年级时就开始了。只是在家里，妈妈从来没有像婆婆这样郑重其事像一个严肃的教练那样地教过我，耳濡目染，不知道什么时候就会擨面烙饼。就这婆婆也不满意，还要对我进行“正规”的培训。

婆家是一个青砖青瓦的四合院，院里铺着水泥地坪，方方正正的，院子左边是四间堂屋，右边有两间是厨房。

院子里靠近堂屋的地坪上留有两三寸宽浅浅的水道，水道底有长年累月沉淀的寸许厚的泥。正是因为这泥，我在水道里栽满了大红的、玫红的、紫色的、橘黄的、藕荷色的、浅玉色……五颜六色的长不高的马菜花，当季扦插，当季繁衍成簇，当季开花。这样的季节正是它们盛开的时候。这些美丽的朴素的花儿，在那样简陋的状况下，长得还很旺盛，每天都热热闹闹地开满一溜鲜花，在光光的水泥地上那是一道多么让人陶醉的风景线啊！

星期天，早饭后，约八点，婆婆为了培养新婚不久的我做家务的本领，总会督促我搋面。

培训的地点在堂屋当门的小饭桌上。那儿进门迎面墙上挂着一幅刘备与东吴郡主洞房花烛夜的中堂画，两边还附有对联：明珠碧玉结良缘，金龙彩凤成佳偶。

画下面是窄窄长长的贡桌，贡桌正中间（画的正下方）摆着一架老式的自鸣钟，自鸣钟那长长的悬着的秒针，一天到晚左右来回摆动，每到一个整点，自鸣钟就会敲击出像钢琴又像手风琴的低音“当”的沉浑又响亮的报时声音，它敲几下就是几点钟。自鸣钟的两边摆着一对红色玻璃花瓶，里面插着一大束鲜艳的牡丹花。贡桌下是一张正方形面的八仙桌，八仙桌下是一张比成人膝盖高点的四四方方的小饭桌。从厨房里一样一样地拿来必需品放到小饭桌上，然后在她的口头指导下，先把早饭前在大海碗里泡着欲化开的面醣头，用手捏，只到细碎融入水……其实，不用她在边上一步一步地说教，我也知道该怎么办。只是，她不放心，好像没经过她的严格指教，搋的面就不正规似的。

大概她的心里已经把新婚的我看成像她一样的妇人了吧？她迫不及待地督促我要像她一样担当起照顾一个大家庭的责任，绝不心疼怜惜。

后来，幸亏县里来了个严格的县委书记，计划生育管得紧，一对夫妻只准生一个孩子，才幸免于难——像她那样生一大堆子女，然后是每天再累也必须做着没完没了的家务事。

她去世已近二十年，想起她来，喉头还是发紧。

和她住一个院子里，吃一个锅里的饭，近三年的时间。虽然，因为她的严苛，我与她之间曾经也发生过好多的不愉快，可自始至终，都没有撕破脸皮，都维持了表面上的和睦。

现在想想，她是个善良的为了家庭任劳任怨的中国传统妇女，受传统的婆婆对待儿媳妇的思想影响，待我比较苛刻。

我和她住一起的那几年，每到逢年过节的前几个晚上，都要和她一起忙到深夜，准备各种各样过节时大家大口要吃的菜肴面点等。忙年真是太累人，腊月夜里非常寒冷，家里别的人都早早进热被窝，我和她还在厨房里忙着，一直忙到深夜，我又累又饿又冷（即使我有身孕也未能幸免）。觉得这样的生活太沉重，原本对家务事还有点兴趣的我，开始恐惧。

真是很琐碎的事情，厨房的案板、桌上都摆满了做食物的十八般工具和生的熟的各种食材；我们不停地洗、切、剁、煮、蒸、炸……她一边细致耐心地带着我一起做家务，一边讲她自己的婆婆从前是如何领着她做这些事情的……

二十世纪三十年代，婆婆的父母在县城里算是个成功的小商人，公公家也是经商的，在县招待所东边的土桥口对面有一栋青砖灰瓦的两间商铺，就是公公家的。当年，公公家商店临时短缺哪样商品会和县城里几家小商铺一样去婆婆家的商铺里配货，更不必提乡镇上的小铺。婆婆和公公的姻缘大约是由于这经常配货的机会结下的吧。

由于家境富裕，婆婆年轻时在小县城是小有名气的女子，人送外号“大白姐”。我结婚时，婆婆已近六十岁，仍然白白胖胖，让人第一眼见觉得她是一团和气，脸上的皮肤和常人差不多，眼睛望人眸光清亮亮的似有浅浅笑意，夏天，她露出来的胳膊皮肤仍然白皙若细瓷。

婆婆性格敦厚，很少听她口若悬河般地夸夸其谈，虽然她也会乱扯些道听途说得来的东家长西家短的流言蜚语，但从来没从她口中听到过侮辱任何人的污言秽语。

婚后的婆婆是个乖巧懂事的媳妇，也是个任劳任怨的贤妻良母，过门不久就从她婆婆的手中承揽了几乎所有的家务活，她和她的婆婆相处几十年从来没有吵闹过。

现在回想起她来，除了不满她想强加给的由于她当时所处的时代局限性给她造成的老式生活方式，其他的真挑不出什么不好来。话又说回来，她对于她所处的时代无愧于是个优秀的家庭主妇。古人喜欢把美好的女子喻为玉，似婆婆的优良品质如玉，历经时光洗礼，却仍旧散发温和的淡淡光晕。

婆婆去世的那一天，她和往常一样，早上天蒙蒙亮起来，做早饭，打扫卫生，早饭后搋面，上街买菜，弄中午饭，弄好后去附近幼儿园接和她一直住一个院子的老二家的孩子（那时我们小家庭已搬出好几年），她到幼儿园的门口时，心脏病意外发作猝死……

从老家搬出来，就再也没有制作过任何面点。

从老家搬出来之前，我就已经开店。每天早出晚归，被生计所迫又烦又累，即使偶尔有点时间也不想花在烦琐的制作面点上。一天三顿饭有两顿是花钱买的。

市场里有卖小吃的，我吃了方家的面条两年，吃了陈家的饺子两年，吃了朱家的稀饭、菜饼又是两年……

有时候，不在市场吃，回家下汤锅里的是筒了面（又说挂面）。筒子面是机器面，直到有一天晚上，我在家坐饭桌旁，望着刚端上桌的一碗筒子面发愣，筷子怎么都没有抬起来的兴致了。后来，我连筒子面的名字都听不得了。再后来，我和老公时常把这事情当成了笑话来讲。

做生意那些年，每天早出晚归，十几个小时不停顿，三顿饭就只能图个填饱肚子罢了。

除了筒子面，别的面食虽然连着吃了几年，却没有厌倦。到现在，面条、饺子、菜饼这几样仍然是喜欢吃的面食。

2016 年歇业在家，一次，吃着从街上买回来的包子，看着那灰呼呼的怎么也分辨不出是什么食材的馅，难以入口。我终于又良心发现——现在闲下来了，再每天都让家人吃这样质量太差的包子，心里似有隐隐的愧疚不安，这不安心理应该是来源于老妈和婆婆的影响。不久，在亲戚家里找来醩面头，放水里泡着，第二天早饭后，舀了半盆面，倒一大碗温水，开始搋起面来。卷起袖子，事先洗净的手，左手扶着盆边，右手沾满温水……我一遍又一遍地搋着面，直到它揉起来有了弹性，很白，很光滑，而我的右手四个手指和四个指关节的皮肤早都通红通红。

等面发酵好，兑碱时，凭着记忆放碱量，谁知蒸出来的面点颜色像玉米一样黄。那些面点，我们吃了一半扔了一半，可惜了粮食也可惜了付出的辛苦。

从搬离老家直到又开始搋面，中间隔了二十多年。近年，以前觉得搋面不仅浪费时间、还麻烦的思想渐渐地有了转变。

当然，也赞成人活着就是吃苦的理念，并且活到现在，为了追求自己想要的生活，已吃尽了千辛万苦。但是，吃苦也不是盲目的，而要对照自己的目标有所取舍。不想付出像婆婆那样的辛苦，在那经济困难、物资又匮乏的时代，上几辈人那样的生活方式的选择也是一种谋生手段。老妈和婆婆在艰难岁月里为家人无私付出、坚韧勤劳的品质随着那些饼、馒头等刻进了子女的骨头、融进了血液，成为漫长生活里战胜种种困苦的精神食粮。

我们花费时间和精力，受尽世间的磨难，最终目的是什么？什么样的生活才值得我们付出辛勤汗水和时间去追求？这应该是归属于每个人人生观、社会观、价值观等多方面的考虑才能做出的选择吧。这些观念的不同，直接影响到个人生活方式上的不同选择。当然，也受时代的局限。

时代在发展，面点也在发展。除了廉价的老式面点，也有像《红楼梦》里面制作宝钗的冷香丸一样，寻千奇百怪的稀有食材、药材等，揉到一起，再加以特殊的工艺制作成许多新时代的高级营养面点，比如虾饺皇、黄金流沙包、养颜枣泥糕等，令人一望垂涎、营养又健康的美味蒸点。

老妈小时候吃的面点主要有窝窝头、玉米饼、糊摊饼、白面饼、白面馒头。

老妈吃过的，我基本上也都吃过。我吃过的（大酒店里的面点），还有许多老妈没有吃过，有的甚至她连名字都不知道，比如叉烧包、蛋黄流沙包、蟹仔烧卖皇等。

我吃过的面点，小雁基本上都吃过，但是她吃过的，我许多连名字都不知道。即使知道一些点心的名字，也觉得奇怪，比如白猫森林，是一层薄薄的，白颜色的，像磨砂玻璃样半透明的皮里面包着馅，至于皮来源于什么食材，馅又是哪几样东西合成的，研究了半天，竟然没看出来，估计是糯米、奶酪、巧克力什么的。据说，白猫森林是在一个点心专卖店里买的，属于甜品类，且是全国连锁专卖店，价格高得令我咋舌，十五元钱一个，可以买十个一般大的肉包子呢。

这样的高价，小雁眉头不皱一下就叫外卖送一笼（四个）到家。在美食的诱惑下，我半推半就勉强接受，偶尔跟小雁后面吃一两个，一方面解馋，一方面解我的好奇心，被迫接受新事物，想和社会保持不太远的距离。这样的美食老妈只看不吃，说她不喜欢。

老妈老了，我现在也步入中年，再看到老妈摅面烙饼，我不会再着急了，我理解她了，这是她曾经使用过几十年的养家糊口、抚育儿女的生活方式；如今，她已是暮年，没有什么特别着急的事情催促她，对于她，这也许是一个享受重温过去大家庭儿女绕膝其乐融融的回忆呢。

过去在传统家庭里占主导地位的面食，在现代的小家庭里已可有可无，成了像我这样的中年人或像老妈那样的老年人偶尔调剂下生活的一点小趣味，也变成了少数现代人自我独特个性的展示。在一个人群聚结的公共场合，如果一个打扮时尚的年轻女子说——她今天摅面烙饼了或者在家里擀面条吃了，相信听到的人都会用奇怪的眼神打量她——这人刚从火星来的吧！

偶尔闲下来时，还会包点包子、烧卖、饺子之类的，多包点送朋友，送最好的朋友，一般人舍不得送。朋友会理解会感动的，知道制这面点的辛苦。

不同时代有不同生活方式，不同年龄阶段也产生不同心境，一个人的一辈子都会经历不同身份变换：不谙世事娇生惯养还没脱离孩子气的女儿；上有老下有小、生存、工作、家庭重压下的母亲；退休了、有时间、有精力、有经验、恨铁不成钢的婆婆。

如果我们这辈人再退出生活舞台，估计这些面点也将会随之彻底地从家庭里出局了吧!?

春节又近，一边在厨房里忙碌着，一边思绪万千，想无论社会生活方式如何变化，勤劳、善良、关爱家人、履行家庭成员的义务和职责的这几点永远不会改变!

写于 2017 年腊月

菊花绽放在霜秋

又到了菊花盛开的季节。在萧瑟的秋风中，大自然开始换上金黄色外衣，菊花无疑是这个季节里最亮眼的主角。它们绚烂多彩地绽放，为世界增添一抹抹鲜艳的色彩。

菊花不畏寒冷，迎风而立，傲霜而开，从未畏惧，从未退缩，清寒似乎使它们变得更加妩媚。这种美丽与坚韧，令无数人为之倾倒，为之赞叹。

许多诗人和文人墨客都用他们的笔墨赞美菊花清雅、高洁的品质，且与梅、兰、竹并称为四君子，成为人们心中的圣洁之花。

没有想到哪天能与菊花结缘，一下子拥有二十多个品种的菊花。这一切纯属偶然……

那天中午，一阵手机铃声把正午休的我叫醒，来电显示是玲玉："哎，他姨，才一点钟，你不睡午觉嘛？"

"我现在在公园呢！好多人都在这选购菊花！有几个名贵的品种都卖光了，我也是听别人说才跑过来的……"

"什么？我们十几天前去看，许多菊花不是都还没开吗……"

"今年没有菊展了。听说菊圃这块地有其他用途。几天前就开始往外处理菊花，好品种都……"

一听这话，困意全跑了，赶紧收拾下，跑到公园里。

半月前和玲玉相约去看菊展，那时好多菊花还没开，菊圃里冷冷清清。这几天，还在心里盘算着，选个好天气再约去看菊展呢！菊圃里的菊花竟然开始甩卖，菊圃竟然改种别的！唉！从今而后，那个美丽的五彩缤纷高贵典雅的视觉盛宴要到哪里去寻找?！唉！可惜！

也许，趁着机会，应该把喜欢的菊花搬回家。

打电话约几个朋友，让她们去帮忙搬菊花。菊圃在公园最深处，一个人搬不了两盆，太重！

以前，好多次在菊花盛开的季节到公园看菊展。徜徉在花海里，被那些五颜六色千姿百态美丽的花儿吸引得流连忘返。拍摄了好多相片，只是喜爱，只是欣赏，就像仰头看天上皎月，心旷神怡，自我暗暗陶醉就心满意足，从不敢有据为己有的念头，哪怕是想一下都觉得是不应该。

可究竟是个俗人，一次看菊展，竟然厚起脸皮斗胆问花圃的杨大爷，菊花可否出售?回答是想买的话可以！心里一阵窃喜，继而又想一天到晚忙，几乎一年三百六十五天都是早上起来匆匆忙忙收拾下就出去，晚上往往别人都早进被窝了，我才回家，自顾不暇，哪能顾好花儿，可别糟蹋了它们！那次我没有买，心里却若有所失、满是遗憾！

那年，春暖花开的季节，我又到公园游玩，见到杨大爷，又情不自禁地说起还想买菊花的愿望，杨大爷却说，现在也不是它开花的季节，这样吧，端午前后，你来掐点菊花枝回家自己插吧！我教你怎么插活它！

端午后，到公园菊圃里掐了一些菊花嫩头，按照杨大爷说的方法操作，一次插活了近三十棵菊花，这真神奇！以前看别人家的菊花漂亮，也有过剪枝回来插的经历，没几天就蔫了，一枝都没成活过。在杨大爷的指导下，加上几次去菊圃里仔细观察他插的那些菊花苗，懂得了菊花从剪枝扦插至上盆开花的各个阶段怎样打理，并且取得成功。

插活的菊花已落户开花，美中不足的是只两三个常见品种，而公园里有那么多名贵品种。

听说公园菊花在甩卖，初听真是惋惜！

到公园菊圃里一看，天，真是触目惊心，往年这时候……唉，不提也罢，只是眼前菊圃里一片狼藉，植株长得整整齐齐端端正正的都被先来的人端走了，剩下的基本上是东倒西歪的植株，或者是常见的普通品种。

随着选菊花的人群转两圈，观看下乱七八糟随便摆地上的一盆盆菊花，发现心仪的几个品种都不见了，如绿孔雀、二乔、墨菊花、紫龙卧雪……

唉！有什么就买什么吧！植株不端正也没关系，只要是好品种就行，选了两盆“满天星”，一盆黄色一盆紫红；两盆“红杏山庄”，一盆白一盆粉……

杨大爷走过来说：“这盆白旋风是好品种，花朵大，你看花瓣旋着长……这个叫金背大红，花瓣一面金色一面红色，有牡丹的富丽堂皇……一半黄一半红的是鸳鸯荷……这个粉紫色的花瓣上有白色斑点的是梅花鹿……金盘托贵……红珞华盖……”

不看植株长相，就看花的品种，约半小时，选了十八盆菊花，且都不重复！临了，杨大爷说：“有几个品种早早就卖光了，你要是想要，我告诉你，某某小区，某栋楼，有个叫某某某的，他多少年前就喜欢养菊花，他那里菊花有好几个名贵品种，我这都没有，你去他那里看看，看好就向他要点芽回去自己培植，他会给你的……”

听说竟然有这么一个人，在好多年前就培植这么多的菊花品种，不由得心生羡慕，脑海里不由得想象——他住的地方，院墙上爬满了常春藤、葡萄架、木香花，屋门口和四周除了枝叶繁茂的几棵高树、不高不矮的栀子花、桂花、蜡梅……矮矮的还有这些美丽的花儿簇拥着盛开在四季青的草坪上……一幅多么美妙的家园美景啊！这该是每个人梦寐以求的家园！

…………

菊花到家后，每天有那么一阵子，我会放下所有事情去看看。养花不能长时间不沾边，隔段时间就要去望望……

总是想追求一种完美，比如对人，要求外表美、言行美，还要求心灵美。希望生活里不光要有精神上的追求，如看书、听音乐……物质上不敢奢求过高，种种菊花装点下日常生活总可以吧！

偶尔和朋友说起看书、写字这件事，解释说这只是一种兴趣爱好，可以整理自己的思想，使自己更清醒些，至于其他，都是意外，又是一种惊喜，还会选择坚持到底。

种花和读书写字一样，既是一种物质生活，也是一种精神生活。鲜艳的花儿朵朵开，只要养护得当，可轮回不止，在平庸生命里留下美的印记，让旅途一路芬芳。

“秋菊有佳色，不同桃李枝。”“采菊东篱下，悠然见南山。”晋陶渊明隐居乡野田园之后，写了大量的菊花诗，以至于后人把菊花和隐逸之士互相映衬。菊花被赋予了不同凡俗的意义，具有了逸士的仙气，有着深厚丰富的中国传统文化内涵。

偶尔，心情有点小低沉，不用出门，绮丽风景就在眼前，浇浇水，松松土，用木棍扶直一个被花朵累弯的枝……一切负面情绪都荡然无存。我能与菊花结缘，进而拥有一个愿意为之付出为之陶醉的美丽生活空间，像是今生所做的一个似幻非真的美梦。

这个秋天，让我们一起欣赏菊花的美丽，品味凌寒独自开的高洁；它不仅是大自然的杰作，更是一种精神的象征。菊花的多姿多彩，正如人生的丰富多彩。每个人都是这个世界上独一无二的存在，拥有自己的性格、爱好和理想。愿我们能如菊花般坚强、勇敢面对生活的挑战、追求美好的未来。

春暮小院里的母亲

春天正带着热情、带着繁花似锦、带着各种生机勃勃的希望改变着冬天的冷酷沉寂。

春天是稚嫩的，春光明媚的小春的宜人气候并不稳定，忽冷忽热变化大，一天之中有十几度温差。

春天是细腻温情的，它已经为人间披上了华服，且还在不停地为这华服绣上越来越奇美的景象——百花次第开了，千棵万棵树都长出了嫩绿的新叶，江河湖泊都活泛着凌凌波光，“轻灵在春的光艳中交舞着变”……人们的笑容像桃花、梨花一样地舒展，心情也像春水一样温润起来。

初春的风浩荡有力，它是想摧枯拉朽，还是想为万物复苏一派欣欣向荣而摇旗助威？昨天最高温度十三度，室外的风吹得呜呜的（大风黄色警报）。碰巧有事出门路过沂河淌，满眼所见除了绿色还是绿色，仿佛进了一块翡翠的心脏，也恍惚是进了一片森林，柔茵满地，翠帷张天，高耸的河堆如蜿蜒绵亘两边不见头的玉蛇，新叶已丰的参天白杨树林伴随着野风发出庞大的轰鸣，使我联想到徐志摩那句：“来，我邀你们到海边去，听风涛震撼太空的声调。”……一天到晚娇在城市屋里的我如惊弓之鸟，捂着口罩，戴着单帽，骑电动车飞快地逃离，回到城里似进了温室，风仍然是南宋诗人说的“吹面不寒杨柳风”。

今天最高温度一下子到二十八度，艳阳高照，有入夏的感觉。没减衣服，早从春天里迫不及待露胳膊露腿的一族中默默退出，已过了成天盘算着如何显美的年龄；几年前还信誓旦旦说要抓住青春的尾巴，现在那种豪情的火星好像已湮灭于灰烬中，身上的某关节开始“犯阴天”了，只好把俗话“春捂秋冻”（不作不会感冒）奉为至理名言，以求安度忽冷忽热的春天。中午微汗，觉得出点汗是好事，可以排毒、可以健身；傍晚降温，身上才觉惬意舒适。

春天是大公无私的，它为我的小院也锦上添花，在晴好的日子里，到小院里给已经芳草萋萋的草坪拔拔杂草，给刚从屋里搬出过冬的盆栽浇点水，给刚萌出新叶的果树去去直立芽和向下芽……或者什么事情都不做，什么都不用想，就浸润在深深小院的婆娑绿影、鸟语花香里发发呆，这样的季节，想成天待在院子里。

傍晚，妈妈坐在樱桃树下的石桌旁择香菜，香菜是她刚刚从小院子里一块小菜地里拔来的，还有茼蒿、蒜苗、生菜、葱等满满塞了一大竹篮，竹篮放在她身边的椅子上。我坐在离石桌两步远处的小板凳上按部就班地实行在花盆种草花的步骤（草花种子是年前从新河淘宝街上买的，有马莱花、千里香、康乃馨、五色菊等），我面前摆满了大大小小七八个花盆，花盆里有土和枯枝，都是败于寒冬的花。旧花盆里的土都结板了，得重新配营养土。把花盆里的旧土通通倒入一个大盆里，用手撬打碎，倒入袋装的营养土和防止土结板的一种腐质材料，用手撬搅拌……

妈妈不慌不忙地择香菜，石桌上的菜堆在一棵一棵地增加；我弯腰认真仔细地把混合在一起的盆土、营养土、防结板腐料等进行搅拌……

妈妈早年做过裁缝，后来到父亲单位做点后勤工作一直到退休。她已八十四岁，背有点驼，腰却不弯，做起事情来力气比我还大；只是耳朵有点背，跟她说话得提高嗓门；牙齿也早掉光了，上了一口假牙。她一天到晚闲不住，跟弟弟一家住一套商品房里；她吃饭和年轻人要求不一样，一天三顿饭几乎都是自己在做，偶尔烙点红豆沙饼或者豆腐卷等，不仅让弟弟一家吃，也分点给我的姊妹各家；她的几个兄弟姐妹都健在，住的地方都不是太远，每年都会独自骑着电动三轮车去走走亲戚，甚至农忙时，还会去帮忙。毕竟这么大岁数的人，我们都担忧又心疼，劝她别去，而她总是不听，每次都说："看看门弄弄饭的，没关系。"有时候，看她回家累得要休养一段时间才恢复过来，估计还是闲不住的，我们总会心疼又生气地抱怨她几句，她总不以为然。陆续地，妈妈从乡下为小院里领来有时是可看家护院的中华田园犬，有时是数只可以下蛋的小母鸡，有时是新品种的蔬菜……

妈妈这一辈子辛苦养育了七个子女，尝过无数的酸甜苦辣，但是几乎没有听妈妈抱怨过什么人什么事，只看见她每天都在踏踏实实地过柴米油盐平凡的日子。妈妈年轻时候所处的时代是艰难的，二十世纪四十年代物资极度匮乏，普通人思想也极朴素单纯。

妈妈择完了香菜，把香菜堆往石桌边上推了推，又开始择蒜苗，她从竹篮里拿起一棵蒜苗，一边择一边漫不经意地说："那边那人，我看这几天出来练走路不再像以前那样挪一步都千难万难似的，比以前轻松了！唉，人只要求身体健康就什么都好啊！"妈妈这话是针对得脑血栓后遗症的六十岁左右的邻居发出的感慨。邻居家大业大，前年还威风八面，谁料现在竟然走路都如此艰难，世事无常，让人唏嘘不已。

我一边把拌匀的土往花盆里装，一边也附和道："是啊，俗话说得好'无灾无病就是福'啊！"我望了妈妈一眼——你身体好就是我们大家的福气啊！妈妈似乎一直都是这样从容自若慢条斯理的样子，这大概就是人常说的心态好身体就好的例子吧。记忆中几乎想不起来她是否有过火急火燎的时候，依稀记得的极少几次她失态的样子，是由于我们姊妹中有人在婚姻大事上没有听从她的意见。妈妈养育了我们姊妹七个，妈妈为我们经营的家是整洁的温馨的大家庭，自从第一次听到那首《可爱的家庭》的歌，就一直铭记于心："我的家庭真可爱，美丽清洁又安详，父母儿女很和气，身体健康乐融融。虽然没有大厅堂，冬天温暖夏天凉，虽然没有好花园，月季凤仙常飘香。可爱的家庭啊！我永远热爱你，你的恩情比天长……"每次唱，心里想到的有无微不至照顾养育着我们的父母，虽然有吵闹却彼此手足情深的兄弟姐妹，虽然简陋却充满亲情温馨的家；每次唱，心里都有一种对过去大家庭的有笑有哭有闹的生活的眷恋……常常为现在许多独生子女的家庭感到遗憾，这样的心绪独生子女难以体会。

现在只有一个孩子就觉得自己很辛苦，而妈妈养育了七个子女，她的辛苦难以想象。没有听到过她诉苦。记忆中的妈妈偶尔会病恹恹的，可她仍然咬着牙正常操劳上下班，备好一日三餐。

傍晚，落日穿过已经抽叶挂果的樱桃树隙射进缕缕金色的光线，斑驳在老妈和我的身上。小院里草坪已经青翠，屋檐下的牡丹花丛中三两朵半开的紫色牡丹，浓浓的香气应该来自爬满花架子上的琳琅曼妙的紫藤花穗。

我和妈妈虽然都不是很健谈的人，但是聚到一起还是会聊一些生活琐事，这次因为我心情低迷的缘故，沉默的时候多，闲聊只是有一搭没一搭。我知道妈妈的心思三分在择菜上，七分在我身上，作为她的儿女，这样的情形司空见惯，像沐浴着明媚的春光一样，很坦然。

妈妈从不喜欢和那些成天到晚张家长李家短地去搬弄是非的长舌妇们掺和，现在那些时髦妇女们的打牌、打麻将、广场舞之类的娱乐，她一样都不沾。她的快乐是为子女做一点哪怕是微不足道的实实在在的小事情。邻居们说看看我们的长相就知道妈妈年轻时候肯定不丑，七个子女的婚事在她刚刚要为我们盘算之前，总会有几个不请自来的媒人；退休后的她反倒为孙子辈的婚事操心起来，动不动就去打听谁家有合适年龄的，没拉成一对，反倒给别人家的孩子拉成了两对。

偌大的院子里只有她和我两人，我把搅拌好的培土装入一个个花盆，全部装好后，起身去工具棚里取喷壶。暮春的风里带着树馨和百花的香气，几株树月季和爬藤月季已经有了许多小小的青涩的花蕾；木香花像瀑布一样从高高的花架上披泻下来，细小的绿叶，细细的绿藤，小小的乳白花蕾如满天星点缀其上；紫藤已零星开了一些，大规模的花潮正蓄势待发；樱花和海棠花虽还是繁花渐欲迷人眼，但树下却已香魂满地。

忽然，东边高大粗壮的柿子树上传来“喳喳”两声，好多次都是在早晨听见喜鹊叫，这傍晚……仿佛是为了消除我的疑惑，又传来“喳喳”两声，方才确定无疑是喜鹊在叫呢。没有思量它叫的意义，“良禽择木而栖”却从脑海里闪出。喜鹊似要引起我的注意，它“喳喳”叫着从东边的高树上飞下来，划了一个向下又向上的弧度，飞到西边小树上了，分明是一只黑底白花的喜鹊，在调整向上飞的姿势时，它摇动它那几乎比修长的身体还要长的尾巴，很优美，很轻灵。它是否想提醒我别忘了它也是小院里的一道风景呢？冬天小院里难得听见鸟鸣，随着天气越来越暖，鸟鸣也越来越热闹，越来越动听。都说喜鹊冲着谁叫，谁就会有好事来临，想想生活中确实有许多好事情正在发生呢，刚刚我又钻牛角尖了，这样的日子，该知足常乐呀。

从池塘里提了水，把装好土的花盆一个个浇透，然后坐回原处，在浇透了水的一个盆里小心翼翼地撒匀草花种子，再覆盖上一层薄土。默默地种草花，似想把自己全部投入眼前的事情，禁止那些负面小情绪在心里泛滥。当意识有意无意地停留在笃定慈祥的母亲身上时，忽然感觉到了与她之间有种自然而然的相依为命的温馨默契，感受到了无私宽厚的母爱——这世上只有老妈能不对凡夫俗子的我在人生中遭受的坎坷进行讥讽轻蔑。近日来的负面情绪累积欲雨的心似乎一下子被母爱驱散了阴霾，明媚的春光开始亮满心间。

俗话说“久入芝兰之室不闻其香”，这“香”让沧桑的我不知何时熟视无闻了，在这个和煦春日的傍晚，不经意间又清晰地嗅到了这种香，心里忽然有一种感动，久违了！深深地吸一口气，然后长舒了一口气，随即莞尔地微笑。哦，妈妈，你从来都是我的依靠，即使您现在已经老迈。无知的我竟然在一度的迷茫中忽视了这一种力量；不知道从几何起苛刻的我已经把你当成了让我又爱又烦的孩子一样的看待，自命不凡地认为我的能力比您强，动不动想把许多华而不实的意见强加于朴素的您，竟然嫌您笨拙而羡慕那些巧舌如簧的妇人。妈妈经历的事情肯定不会少，各种形形色色的人也不会少见，妈妈在五颜六色的人世间浸染了八十多年，可把现在的老妈和小时候认识的年轻妈妈相比，发觉她自始至终都没有什么明显的改变，她始终都是个不爱管闲事的默默奉献的普通主妇。

妈妈面前的石桌上堆着一堆理好的香菜和一堆理好的蒜苗，她又开始往上堆茼蒿了，她抬头看看我说："等会儿给你哥家送些蒜苗。"

我继续往浇透水的一个个花盆里播种，没有像以前那样对她着急说："妈妈，你别忘了，你今年八十多了，你照顾好自己吧！别再想着这个那个的了。"而是轻声附和道："嗯。春天吃点蒜苗好，再不吃，这蒜苗就老了。我也拔过几次来炒着吃呢。"

春风不会只让杏花、桃花灿烂而冷落其他。老妈生了七个儿女，每一个子女都是她的心尖尖。八十多岁的她为了子女，把微小的付出当成最大的幸福。

妈妈，现在理解你了，你现在就是九十多岁，心里仍然如年轻时一样会想着这个那个的。妈妈在经济上不富裕，退休时一次性结算的工资早已经花在了自己和子女的身上，失去独立的经济来源好久了。但是，妈妈对子女的关爱之心仍然无休无止。

不知道妈妈还能陪伴我们多久，能为她做什么呢？最实在的也最重要的，不能让她在吃穿用上受委屈，每个月给妈妈的生活费加倍了，每次她都拒绝，只收以前的数目，认为多收对我不公平，有点哭笑不得，每次都费劲才让她收下。

妈妈转头从竹篮里取菜的间隙，看了看她身旁小院护栏上已经含苞待放的爬藤月季，又想起了那个老话题："你七八岁的时候，老家院子里靠院墙有一树月季皇后……"妈妈现在只记得那树美丽的月季，反复提起的只是那树美丽的月季开花时节多么好多么美，别的她从未提起过。有关那树月季花的事我还记得，五六岁的时候，老家院子里紧靠我家堂屋门口的院墙边植有一树月季皇后，说是一树其实是两棵并蒂（栽在一起的）的粉红和大红月季，远看就是一树，开花时粉的花和红的花交错在一起，吸引了过往人的目光。当时院子里住着叔伯四家，院子里面只有我家种了月季，花开时节，最关注的是小孩子，往往花刚开就被别的孩子摘走了，我们姊妹几个没有看见便罢了，看见了肯定不容许摘。而那几个孩子都很不可理喻，好说歹说非要强行摘取，而那几个叔伯婶护短，和孩子沆瀣一气……因为这树花每年孩子之间都要爆发几次大大小小的"战争"，进而大人之间也失去了和睦，祖辈们为了息事宁人而讨安，打击压制的往往是老实善良的人，这助长了霸道的人更加蛮横，父母在那个老宅子里受了不少气。后来，不知是父亲还是妈妈把气撒到了那一树花上，把花树砍了。后来，那个地方成了鸭圈，每年腌了好多咸鸭蛋……砍了月季花树的老宅院了里再没有其他让我难忘的植物了。（即使当年父母受了祖辈的委屈，在祖父退休回老宅没有人养老时，父母还是义无反顾地把祖父接过来养老送终。父母不会忘记祖父的恩情，宁愿受点委屈吃点亏，不愿良心不安。）

后来，我们一家从老宅子里搬到了新的更大的院子里开始生活，那里位于郊区，宅基地本来是蔬菜地，放眼新院子里，除了新鲜的黄土地还是新鲜的黄土地。那时我十岁左右，也是这样的初春天气，傍晚下班后，妈妈简单忙过晚饭后就忙着在院子里栽花，我兴奋地在边上帮忙，弄得满手泥浆，脸上衣服上也溅了泥点，一直忙到天黑透了，在灯光下，仍然意犹未尽。小时候（二十世纪八十年代），对很多普通家庭来说，花草果树是个难得一见的稀罕物。妈妈每年都不忘在院子里栽点一年生的凤仙花、鸡冠花、向日葵等，但是，不知道为什么妈妈再没有在院子里栽过月季花。即使只是些普通平凡的草花在我眼里也是一道亮丽的风景。鲜花那种原始生命的活力彰显的美丽带来的喜悦一直跟随我到现在。喜欢花草应该是从小时候受妈妈的影响，且年龄愈大愈痴迷。

妈妈在石桌边择菜，石桌上堆着香菜堆、蒜苗堆、茼蒿堆、葱堆……春天第一茬蔬菜没有病虫害，长得最齐整最嫩最好吃；旁边的我在一个个花盆里种下草花种子，脑海里浮现出一大簇一大簇怒放中的五彩绚丽草花——它们一盆盆摆放在院子里、一片片盛开在院子里的路边和角落、零星点缀在妈妈种的菜地边……院子里百花齐放、色彩缤纷、美不胜收！

有时候，我内心也有过犹豫，妈妈种菜的地方没有种花的地方大，这样是否不妥？经过几次思想斗争，没有改变，却变本加厉。我曾经商二十年（经过无数坎坎坷坷，但如今是知足的、感恩的），没有锻炼出商人该有的精明强悍，近年却开始持笔（人生难以预料），算不上正宗的文人，却有胜似文人的百无一是的追逐风花雪月嗜好。在生活空闲之余，总想力所能及地追求这一种美——生活环境的理想化，也许还有一种为了表面上的虚荣，不辞辛劳地付出时间、汗水和金钱（种植普通的花草和常见的果木）。幸运的是老公这方面的爱好和我一致。

搬入之前的小院，野草丛生，住进来后每年春天都会去扎下、新河或颜集选些花草树木栽进院里，一晃十年过去了，如今的小院已经被精心布置成了一块点缀各种鲜花果木的绿洲。

对花木这么痴迷，妈妈从未指责过，也没赞许过。妈妈和弟弟住一起，随着小院花草愈来愈多，妈妈来的次数比以前多了，起初，她十天半月来一次，现在一个星期要来好几次。她每次打理一下菜地后，顺便摘一些菜，在院子里树荫下石桌旁坐下来慢悠悠地择菜。已好久没像妈妈这样慢条斯理地择菜了，而是一把菜一刀齐切去根部，又省时间又省事。有时也怀念小时候暑假里随妈妈一起步行去上街买菜，回家后两个人坐着小板凳，围着一堆菜一棵一棵仔细地慢悠悠地择菜的日子。总觉得那样一棵一棵地择菜隐藏着某种隐秘的丝丝快乐，具体是何种的快乐，浮躁的我无法用准确的语言表达。

妈妈择完了菜，把石桌上的菜一堆一堆装进手提袋，再放进竹篮；旁边的我已经在每个花盆里都种下了草花子，把一个个花盆搬到花径边摆齐。养育了七个子女的妈妈有一种老习惯，每次择的菜都挺多，她这辈子也没有养成只顾自己的习惯，种的菜使她每一个子女的碗里每个季节都会增加一些新鲜的绿色蔬菜，这应该是八十多岁的老妈最开心的事情；我种的花草美化了看到的人的心境，这应该是现在的我最惬意的事情。

喜欢流连在春天的小院，这样的季节，亲戚朋友也会常过来转转、聊聊，搬到这个小院十年了，院门从没上过锁，即使我和老公都不在家，亲朋好友也会毫无顾忌地进来，拔点葱或菜，顺便在院里逛逛、看看，有的领着孩子荡荡秋千；丰收或者翻地播种的时候，他们也会一起来分享成果或分担劳动。

小院里没有什么特别贵重的花草，也没有别具匠心的布景，只是高矮、错落有致的树木搭配种植，再点缀上极富生命活力的绚丽多彩的草花……这样的小院，是我理想的小院。几次春节过后，院子里面刚刚有了点初春的景象我就迫不及待地做起了美梦，梦见的是十岁时的大家庭院子，阳光明媚，温暖怡人的天气里，妈妈在院子里肥沃的新鲜的黄土地里栽一大片盛开的五彩缤纷的草花，父亲从院门领着一个扛着爬藤月季的工人走进来，把爬藤月季种到院墙边，开满了美丽鲜花的青枝绿叶的藤蔓奇迹般地向着天空伸展开去……

写于 2018 年 4 月 9 日

农人二憨子

他弟兄仨人，老大和老三都长得又高又帅，相貌堂堂，文质彬彬，都在城里机关上班，而他，五短身材，虎背熊腰，走在路上，人离老远都得躲着他，生怕被他走动带起的风掀倒，他肥头大耳，面如锅底，扫把眉，圆环眼，不怒自威。他长年累月只知道在地里刨食，日出而作，日落而息，风里来雨里去，辛勤如牛马。

不认识的人，无法相信他们是亲弟兄，认识的人都啧啧赞叹，说他不应该长成这凶神样，就叫他“二憨子”。

他这样强悍的人，一天意外地竟让一个弱女子的两句话吓倒了。

事情发生在一个清晨，二憨子正美滋滋地刨着地，忽见一披头散发女子穿着白衣服飘飘然然而来，他还没看清她，她很快撂两句话就不见了。他吓得冷汗涔涔地冒，刚一幕太突然，他回不过神，越想越恐惧，刚还精神抖擞干活的他，哆哆嗦嗦拄着农具回家了。

二憨子回家就倒在床上，脑海里又浮现出他从前的那块风水宝地和满眼绿油油的庄稼……

二憨子家原来那块耕地，两面临水，一面是灌溉渠，一面是芦苇荡，芦苇荡里能听见柴鸡清脆的鸣叫，水面上夏天有荷叶荷花、菱角，秋天有鸡头米、慈姑等，岸上萋萋芳草丛中，间或有各种各样清新悦目的野花，真是让人喜爱的好地方。二憨子家地里不光庄稼长得喜人，野菜野草也长得肥硕招人爱，尽管割猪草的孩子一想到二憨子那可怖的样子就心惊胆战，可还是忍不住偷偷地溜进他家地里，一边割着大棵的野菜，一边眼睛四处瞅着，只要看到二憨子的影子就没命似的逃窜，而二憨子看见这帮孩子，也会炸雷似地大喝一声，跑到自家地头他就站住不追了，心满意足地望着田里。

二憨子每天精神抖擞地到田里干活，人长得结实，活做得也扎实，田地里庄稼郁郁葱葱佳气浮。蔬菜瓜果成熟的季节，他每天上下午去两趟赶集，挑着盛满水灵灵、翠绿鲜嫩的蔬菜瓜果的筐子走路上，他心里别提有多美。到集上，他一放下筐子，生意就忙得不可开交。城里人一看他就知道他是一个种庄稼的好手，他的筐子里肯定都是他自家种的刚摘下来的，且为人憨厚，从不斤斤计较，更不会短斤少两，都争着抢着购买他的。

二憨子会种地，也喜欢种地，他有的是力气，把庄稼伺弄得蓬蓬勃勃，疯了似的抽枝发芽结果，他把自己生命源源不断地输送进田地，这块地就是他的命根子，他在上面播种下他的一切希望，而它也给了他源源不断的回报，几乎年年都风调雨顺五谷丰登，让他有钱用、有东西吃，一家人的日子过得滋滋润润。他与它患难与共，生死相依。

谁曾想到老来，他竟会失去它？家乡那些大片大片的耕地啊！慢慢地消失殆尽，取而代之的是密密麻麻的房子，二憨子家那块风水宝地被征成某单位的家属区。

无可奈何地闲了一段时间后，初秋微凉，他就急不可待地在紧贴家属区的院墙边又整出一小块地来种，他可能不知道这堵墙是一户住宅的后墙。

天蒙蒙亮，他就去种地，双手持着刨地用的农具，高高地挥舞起来，“咚”地落到地面上，又高高地挥舞起来，“咚”地落到地面上，“咚”“咚”“咚”……又听见这动听的久违了的乐章，二憨子的心里真说不出的舒畅。

这屋里的少妇可受不了了，连着几个清晨，她正做着美梦都被连续“咚”“咚”声音弄醒；起初她懵懵懂懂醒来，不知道究竟发生了什么事，哪来这奇怪的声音呢？竖起耳朵仔细听听，好像是从地底下发出来的，她有点毛骨悚然，看看时间，才四点多，一家人还在酣睡，白天问别人听没听到那声音，别人都说没有。

这一天，天蒙蒙亮，她在第一声“咚”里醒来，豁然开朗，立马下了床，衣服也不换，穿着宽松的及脚踝的白睡袍，披着垂腰如绸黑长发，跨辆小自行车一阵风样就到了那地边，突兀地：“这里你不能种地！吵得人觉都睡不好！”清晨温度低，薄雾浸透寝衣，冷得她有点仓皇。她不等二憨子答话，又一阵风似的回家了。

二憨子在那样的早晨被那样的女子惊吓住了，他觉得是鬼又想不是，就真的是鬼，他二憨子长得可比鬼还凶，他会怕？她说那地他不能种，还说种地吵到她睡觉了，难道她住在地下，被他打扰到了……他可是种了一辈子土地的农人啊！种地就是他的快乐，那地他真的不能种？他就这样思忖着，竟然一病不起。

我的新媒体时代阅读

无论是谁的阅读，知道选择什么样的书籍都是非常重要的一点。不同的人有不同的需要，比如作家喜欢看小说、诗歌、散文等文学作品和历史人文类书籍，安全工程师选择看与自己专业对口的安全类书籍，这可说是工具书了。

知道该选哪一类书籍来读是个良好的开端；其次，还要知道如何才能快速地选到一本真正有价值的好书。书籍如浩瀚的大海，人在它的面前渺小如蚂蚁，比如诗歌集就有不计其数版本，来自不同的时代、不同的国家、不同的作者，面对这么多如何选择？一是来自名家或身边人的推荐，二是看作者是不是名家，三是看内容简介，四是翻看目录或书中的内容，俗话说窥一斑知全貌，你喜欢就读，不喜欢就立马放弃。这好比品尝菜肴，看看是否顺眼，再闻闻气味是否投合，满意了才会品尝。

开始读书，有的书看了开头就不想再往下看了，那就扔了吧，不要为难自己；有的书读起来心旷神怡兴致盎然，一口气读了好多好多，那这本书你就选对了；有的书读过了就扔一边了，有的书读过了一遍，还要拿过来再仔细地研究其谋篇布局、语言风格等，这样的书可以放到枕头边，一有空就再拿起来翻翻，直到你熟读、读透，甚至能背下其中好些精美的段落。

以上说的是如何选择一本适合自己的书。

我一直喜欢阅读文学类的书籍，比如中国的古典小说四大名著，还有世界著名作家查尔斯·狄更斯的许多经典作品等。自从手机可以下载听（看）书之后，我的所有阅读几乎都在手机上。手机里书特别多，一个网站等于是一座图书馆，里面有当代的，现代的、中外的作家的作品，有诗歌、小说、散文、相声、评书、历史人文、宗教哲学、音乐……五花八门，应有尽有。从接触读书网起，每天点开网站，点开世界文学经典名著，点开最崇拜的大师，我如一尾小鱼乍然进入了汪洋大海那样自由欢畅，又像爱财的人进入了藏宝窟，心花怒放。

同时，手机上诱惑太多，每次只要一打开，各种各样的信息像山洪、像海啸奔涌而来，腾讯的社会新闻、百度的人间世相、朋友圈的帖子、视频……手机是一座琳琅满目的购物城，是一座霓虹斑斓的娱乐城，是一座汗牛充栋的图书城，是一间柔情弥漫的与亲友促膝畅谈的茶社……每天打开手机还要检查一下有无未及时处理的交际、工作上的信息；还要进朋友圈互动一下，帮好友点个赞、投个票什么的……光看看这些，大把的时间不知不觉就溜走了；不知不觉自己变成了一个“手机控”；阅读了大量的“碎片化的信息”，在脑海里难以留下任何深刻的印象，久之则加速大脑白痴化，最后头脑里留下什么？有几个信息是自己真正需要的？对自己的学习成长是否有价值？几乎没有！

以前，没有手机，每天也没有这些千头万绪的信息牵扯着我跑上乱七八糟的轨道。一个人的生命是有限的，时间是宝贵的，应该把宝贵的时间用在最想做的最感兴趣的最能帮助自己成长的事情上面。

我的新媒体时代阅读，找准自己的目标是第一个重点，第二个重点是要避开网络上令人眼花缭乱的诱惑，于千军万马、刀枪剑戟的围困中杀出一条血路，直奔自己既定的主题。

听书近十年，对纸质书越来越疏远了。许多电子书都是以前梦寐以求又不曾拥有的经典好书，每一本都在吸引我去听一听。以前，几年也看不了几本纸质的长篇小说，现在一年就可以听完好几本长篇小说，简直像吃快餐一样，大快朵颐。时间长了，问题就出来了。

不知道是从几年级开始就养成了一种习惯，一边读书，一边在日记本上抄录书中的锦句，有时候是数行，有时候是几个整段，甚至会把整篇美文都抄下来。经常地，会翻看抄录的本子，一次又一次，一年又一年。那时候，还没有走上写作这条路，只是喜欢看书，喜欢这些优美的灵动的睿智的句子，喜欢书中描写的生动形象的人物，喜欢那些似平常生活又有点虚幻缥缈浪漫的生活场景，那时候仅此而已，从未想过自己有一天也拿起笔来，写自己理想中的人和事，写自己对生活的感悟及希望。

听书时间久了，失去了以前一边阅读一边摘录的习惯。因为听书节奏太快，似乎无法再像以前那样慢条斯理地摘录书中锦句，一开始心里有些不安，但是听书省时间、对眼睛好、还不耽误做家务等益处是显而易见的，特别是对我这样颈椎又不好的人，很多时候舒舒服服地躺着就可听书，不需要长时间低头，更是无法抗拒。久之，我形成了依赖。

近来，发现我对整篇文章的结构的分析比以前进步了，这应该是多听书、听好书带来的益处，美中不足的是发现在写作过程中的语言没有以前流畅灵动了，觉得脑海中的词汇贫乏了，下笔阻塞起来，字里行间的文采也无法和以前相比。

现在，每当听到一本感觉特别优秀、特别心动的好书，就会按照书名和作者购买来纸质书，再反反复复仔仔细细地阅读分析理解。这是我在新媒体时代阅读中体悟到的第三点，网络听书和纸质书阅读应该同步进行，电子书是快餐式的，读纸质书是精雕细琢、深入挖掘、深入理解式的。

腌菜之萝卜干

路遇一熟人提一篮的辣椒、几大捆的圆白菜……

很诧异：“你家又不开饭店，一下子买这么多干吗？”

回答说：“老妈让买的，她要腌咸菜。”

“真是家有一老，如有一宝！”

“早上喝稀饭就点小咸菜，别有滋味，你也腌点试试？”

“以前也常吃；后来听说吃腌菜不好，就……”

“少吃没关系！吃的就是那股子味道，好像跟怀旧有关！”

…………

说到腌咸菜的事，不由勾起我的回忆。

三十多年前，沭阳没有蔬菜大棚，入冬后，天寒地冻，能生长的蔬菜极少，市场上的价格很贵。冬的餐桌很单调。能吃得人厌食。

家庭主妇们在秋末冬初，许多蔬菜丰收时，比如白菜、雪里蕻、辣椒、豆角、萝卜……便宜又美味，为了丰富整个冬天饭桌，也为了避免巧妇难做无米之炊，往往会一次性采购大批蔬菜，有的可窖藏，有的制成腌菜、酸菜、泡菜……

记得父亲在世时，有一广东亲戚送一瓶“人头马”洋酒，我们回礼中就有母亲腌制的萝卜干。值钱点的礼物没得到青睐，却对萝卜干情有独钟，大加赞赏。后又被亲戚几次讨要。每次母亲都慷慨相赠，并沾沾自喜手艺有人赏识，于是下一年就会腌制更多。

初冬，苏北早晚有寒气，中午暖阳高照，一天之中温差十几度，是腌制蔬菜、特别是萝卜干的好季节。

那一年，小学三年级，我们一大家七口人从和叔叔们共有的狭小老宅子里搬出，有了独立小院。那年秋末冬初，我们家第一次开始大规模腌制萝卜干。

只要在家，我们总喜欢跟在母亲后面。凭着记忆，依稀能回想起那时腌制萝卜干的大概过程。

某星期天，我们随母亲上街选萝卜，不要太大，选头尖尖细细的那个品种，名曰尖嘴萝卜。生吃也美味，脆嫩，带一点点辣味，带一丝丝甘甜。

因为一下子买得多，谈好价钱后，小贩要把萝卜送到家。用的是独轮车，车辕两边各有一个辣条框。到家后，再一袋一袋称出斤重。我在边上记账、算账。共约三十斤，一毛多一斤。

付钱，送走小贩。把萝卜投入洗衣服用的大木盆里，压井水泡，用鞋刷子一个一个地洗萝卜，水泡泡，一洗泥土就掉，难洗的是尖嘴上的污垢，需用刀刮才能收拾干净。最后用刀割去萝卜尾巴上的所有根须。洗萝卜的流程到此完成。整个过程中，我的手被冷水刺痛，一开始放到嘴边呵热气暖暖，再双手使劲搓搓使发热。后来，乐此不疲地投入，我也不再觉得冻手了。

接着，是切萝卜。把弄得干干净净的萝卜一个个用刀从正中间一分为二，然后把每半边再一分为二，这样一个萝卜就被平均切割成了四瓣。细瘦的尖嘴萝卜，四瓣刚好不大不小。切开的萝卜，皮鲜红，瓤莹白，堆在一起看着赏心悦目！

往往洗萝卜、切萝卜是我和姐姐的事情，妈妈得忙做饭。我们在院子里围着大木盆一起比赛洗萝卜，浸在水里红艳艳的萝卜看着好新鲜、漂亮！洗干净后更让人垂涎欲滴。一边洗一边开吃。

午饭后，继续干活。下午的太阳暖洋洋地照着，我们不慌不忙有条不紊地切萝卜。傍晚，太阳落山之前，所有的萝卜都切好。

妈妈拿出备好的颗粒大大的粗盐，在盆里一层盐一层萝卜地操作起来。盐洒得均匀，动作优美，像田间播种一样大气！

等电灯睁开明晃晃的眼睛时，爸爸下班回家，看到屋角排着大大小小码着萝卜块的盆，不由得喜上眉梢。

放三天，萝卜块被腌出好多汁水，看起来有点蔫，红皮水光发亮，雪瓤微泛黄。

于是，闲置多时的凉床、凉席闪亮登场，萝卜块均匀地躺上，在蓝天下晒太阳。深秋冷飕飕的风和中午的暖阳，一天下来，使水淋淋的萝卜块被晾干。只是表面。

傍晚，我和姐姐放学到家（爸妈下班迟），第一件事是遵照他们的指示，把萝卜块团起，放菜板上使劲地揉，让萝卜块湿淋淋的，汁出来越充分越好，再放回有卤汁的盆里腌着。

往往我们要做作业，顾不上揉它们，就收拢成几个小堆，拿塑料纸盖好，避免被霜露打湿。

晚饭后，我们在灯光下继续做作业，爸妈坐小板凳上，在菜板上一把一把地揉萝卜块……

次日晨，妈妈再把它们晾着，晚上，再使劲揉过，放回盆里浸着，一直到盆里的卤汁耗完为止，据说这一过程叫吊卤。

我也揉过一两回，要费劲揉好长好长时间才能揉出汁，是难事。

约三四天，盆里的卤汁耗光。萝卜块还要继续使劲揉、继续晾。直到怎么揉都是干的，算大功告成。整个过程约需七八天。

这时候，萝卜块收紧、缩小很多，原来红皮白芯丰盈俊美的萝卜块变成了皮色深旧红、瓤色旧暗黄的“小干鱼”。

口味如何和每天揉它下的功夫有关，揉得越充分，腌出来的萝卜干越脆越香。质量好的可称为人间美味！

储存很久不会变质，是一年四季餐桌上的宠儿，也可作为馈赠亲友的佳品。

那时，小孩子没什么零食，腌制开始就开吃，刚入味的萝卜块像泡菜，咸味重。家长看见并不禁止，只警告说，不能吃多，吃多了会翘嗓子（咳嗽）！

生盐吃多了，嗓子眼会觉得痒痒的，会动不动就“咔咔”地咳。白天还好，夜里咳得厉害。可这吓不倒馋嘴的小孩，每天照吃不误，各种阶段腌制的萝卜块都从嘴里过过，吃到最后，觉得还是腌制成功的萝卜干最好吃。

以前，萝卜干有好多种吃法，用水洗去表面的盐花，就着馒头、饼或饭吃，也可以切碎了搅拌在饭里吃，和辣椒一起切碎了炒吃，切碎了和海带凉拌吃等，唯独没有广东亲戚的吃法。广东可能是因天气热无法腌制咸菜，他们是把萝卜干切碎配肉丝做成汤，据说喝一碗这样咸香鲜香的汤是一种美好享受，又可补充因天热流汗多失去的盐分。

现在，人们餐桌上的菜是越来越丰富、精致。大棚蔬菜经济使种植和收成不再受天气和季节的限制，菜价也没大起大落，想吃什么几乎都可以买得到。咸菜失宠了，但有不少人心里还是念念不忘。

近年来，有人翻新了萝卜干制法。腌制好的萝卜干如挂面细，吃之前用八角、桂皮、茴香等十三味香料细末放一起使劲揉搓，使之入味，再入锅用香油、芝麻、花生碎一起炒熟，如想吃辣，再放点辣椒酱。这样的萝卜干吃起来，啊！好的没说词了！

有一在外地生活几十年的老同学回沭，偶尔饭店小聚，开玩笑说，老同学就如这道忘不了的家乡菜——萝卜干！必须点！

现代快节奏的生活，都想在很短的时间里完成一件事情，在短的时间里实现利益最大化，即使有空余也宁愿去休闲打牌、KTV……这样耗时耗力的事，对急功近利的心灵无疑是一种折磨。

腌菜一度失宠是必然的事情。大雅之堂难见，沦为路边廉价的小饭馆、小吃摊主菜，家庭里只作为一种能带来对旧岁月怀念的点缀。

作为一个现代的人，每天面对的是快速变化、喧嚣的世界，每天都有一种危机感，久而久之，心越来越浮躁，甚至对许多事物产生厌倦情绪，很难能做到像老一辈人的平心静气、细致、耐心地完成一件微不足道的小事，比如腌菜、包包子……

有一阶段，认为这样的生活是消耗，就自我实现来说，没多大意义，时间就是生命，大把大把时间花在琐事上不值得。经过生活磨砺后，又有了新的认识，新的想法。

理想状态是除了吃饭睡觉外，要把时间都投到喜欢做的事情上，比如写字、读书、逛风景。想象和现实之间很多时候无法统一。

这样持续一段时间后，心里越来越紧张，受不了了，渴望放松。打扫下房间，或到外面走走，或约朋友喝茶，或来一场说走就走的旅游……

可能是受上辈人的影响，骨子里还怀恋那种大家庭的生活，一起干家务、腌菜、包饺子……食材的香味，炉灶、锅里温暖的气息，父母在的温馨的气氛，熟了的饭菜四溢飘香，一起品尝美食的其乐融融……这是一种怀旧的思想。于是，近年来试着一样一样地做起了以前认为没价值的琐事，和面擀面条、搋面、蒸馒头包子……

放慢节奏也不是一件非常难的事。原来喧嚣的不仅是时代社会，也是人的内心，静下来，把躁动不安放下，让手和身体忙碌起来。让许多年处于快节奏的身心慢下来，试着达到一种宁静。一段时间后，意外地有了新的认识。

自己动手做的美食，温暖了内心，温暖了家人，三代同堂的家庭里，退了休的长辈偶尔带着年轻人围着一张方桌子一边闲聊着一边包饺子或包包子，那种熟悉的气息又弥漫在家庭里，是家庭成员之间一种心灵交融的温馨气息。自此发现了价值所在。

什么样才是美好的生活？什么样才算成功？流汗流血争取什么？难道不是为了生活得满足和幸福!？

经过了生活磨砺才知道，老一辈人腌制的不仅仅是咸菜，也是在酿造美好的生活！他们具有简单、朴素、无畏的心灵，在辛勤工作之余关爱家人、呵护子女……

一代人走过去了，菜市场也换了好几茬，穿梭在货卖堆山、五颜六色、光彩诱人的菜市场里，眼光逡巡之际，还会看见那种红皮的尖嘴萝卜，和几十年前没什么变化。老一辈人宁静、拒绝不切实际的诱惑、勤劳朴素的品质像水也像血脉，生生不息，融入了子孙后代的身体里、思想里、言行里……

依稀往事

一晚，与老公逛商场，商场规模较大，从入口进去，穿梭在熙熙攘攘、走走停停的人群，来回望着铺天盖地琳琅的商品，要想全部逛完至少要一小时。

逛到中间某一段，不经意地将视线扫向人群，在纷繁模糊的人群中，流转的散漫的眼光却清晰地看见了他——大林，他直直地静默地面对着我站立在人群中，相隔已超出了熟人偶然见面点个头微笑打招呼的距离。飞快地一瞥而过，出于惯性，仍旧毫无思想地随波逐流地跟着老公一起慢慢地踱向出口。

等过了出口，已过了约半小时，有意无意地向商场里一回头，又惊异地看到了大林，他还是那样默然地面对着我的方向，相隔的距离比刚刚远了许多，而我一回眸并没有刻意寻找，仍恍如青瓷白画般地清晰看见他，看见默然又似乎漫不经心的他；我忽然间醒悟，分开的时间太长已经使两个曾经的伙伴变得遥远而陌生，陌生得再也不需要有任何瓜葛，陌生得连打个招呼也显多余。

路遇多年无联系的熟人，不经意间各自随着人潮流逝交错而过的情形也有过，随后就忘了，可总会有那么样的人，让你自责自己的冷漠与不主动，让你感叹世事变幻莫测而伤怀，并让你不由自主地把心灵的目光投向那早已久远的缥缥缈缈的与之有关的往事。

随着姊妹逐渐地长大成人，老屋里住不下去了，十二岁那年，父亲带着我们一家搬到某制品厂厂院里去住，这厂子是爸爸总公司的下属机构。厂门口两侧都是青砖灰瓦房，门西侧那边一溜房子是办公区，门东侧有几起院落，说是院落，也就是一溜房子用树篱笆分隔成几段，我们搬入其中一个院子，父亲说，这也只是暂住，他已在某郊区物色到好的宅基地，准备盖更大更好的房子。

我们搬到厂子里不久，就和爸爸厂里的同事们混熟了，其中有个李姨家就住在厂子附近，经常带我和弟弟妹妹三个小孩去她家玩。大林是李姨的长子，比我大两岁，大林还有一个和我同龄的妹妹小英和一个三岁左右的弟弟小刚。

小英很秀丽也很文静，小刚却顽皮又任性，稍不如意就会哭闹起来，大林总会把他抱在怀里哄着他，而小刚却不知好歹，抡圆了小拳头噼里啪啦地猛捶大林，大林不动声色地挨着，舍不得打小刚一下。

我看到过好几回，一次，忍不住睁大眼睛问大林："小刚打你，你不嫌疼吗？"

大林讪讪地说不疼。大林比小刚大十一岁，竟然就如此地宠着他，弟妹们可不敢这么随意地打我。

当时，心里觉得大林有点憨憨傻傻的，可后来知道了很多事情，才明白说他憨傻是错误的。

首先我了解到，大林学习成绩在班级里一直是前几名，他是他那个小学校里屈指可数的考上县重点中学的学生之一，就这一样，在我们小学生的眼中就令人羡慕不已，他当之无愧就是个聪明人。

还有，我们搬过去的第一年暑假，弟弟妹妹和我三天两头地往大林家跑，李姨夫妻俩基本上白天都上班不在家，我们几个加上小英、小刚在她家，大林就充当了小大人来照管我们。

大林家简直成了儿童乐园，我们爱玩的游戏用具都有，如跳绳、橡皮筋、小皮球，用米做的五个小沙包，用手抓翻花样的一副猪骨头……院子里几棵泡桐树树荫覆盖的地上用粉笔画好的好几种格子游戏，还有相应需要的瓦块……还有棋类，我们常玩、喜欢玩的是玻璃球的跳棋，其次是陆战棋。

那时，每次一起都玩得兴高采烈，小刚即使太小不能和我们一样玩，也在我们之间穿梭来往得不亦乐乎。

这些游戏比的不仅是身体的平衡、灵活、耐力，还有人的智力，谁都想争强好胜，虽然不排名次，只是每个人轮流玩同一种游戏，中途失败就是输了，一气呵成做完整个游戏过程就是赢了。每种游戏，每个人都会有输有赢，赢了当然会高兴也更自信，输了也不气馁，寄希望于下一局，相信自己也能赢。

赢了的会翘尾巴，向输了的挑衅并发出嘲笑，有时也会互相掐架，也不是真打架，只是说笑打闹，每当这时大林就会说，骄傲使人落后，谦虚使人进步。

大林最喜欢玩的是陆战棋，只有我才能和他玩得来。往往都是他赢得多，有时下了几把，我一次也赢不了他，就会死缠烂打，不许他离开，直到我赢为止。

甚至，有那么一两回，李姨他们都开饭了，争强好胜的我由于输得太惨了，还是缠着大林继续下棋。李姨他们也只是好笑地看着我们俩，并不会过分干涉。而大林也多数都会迁就，即使有时也生气，但是我的执拗劲一上来就什么都不顾了，而他也不会和我一般见识，总是迁就妥协的多。在他眼里我得到了和小英同样的待遇。

大林还有一样本领，让我们这些比他小的孩子对他言听计从服服帖帖，那就是会讲故事。

大林讲故事都是在晚上，由于李姨夫妻俩的好客，大林姊妹仨人的容易相处，我们偶尔晚饭后也会到大林家去，小刚不会再捣乱，要么李姨带着，要么已经睡觉了。

我和十岁的弟弟、八岁的妹妹还有小英，四个小孩子，团团围绕着大林，就坐在他家堂屋当门的铺着草席的水泥地坪上，我们几个都陷入了他讲的故事情节里，都进入了一种神游太虚的境界。我坐在地上双手抱着膝盖，仰着脸，对着大林神采奕奕的脸，眼睛看着大林那讲起故事来就像星星的眼睛，我们的眼睛似看着彼此又不全是，我听得那样地入迷，他讲得是那样地忘我。

有雨花台烈士的故事，有像田螺姑娘那样的民间故事，有猪八戒和小猪仔的故事……我曾经好奇地问他怎么会讲这么多的故事，大林说雨花台和猪八戒的故事是他看过这样的书，民间故事是他外公讲给他听的。我也看过书，就不能把看过一遍的书，像流水一样地讲述出来，讲得不仅这么绘声绘色，而且情节讲得这么完整并引人入胜。

那年夏天，刮台风，一个暴风骤雨过后的清晨，父母到屋外看到窗户前一棵蓝边碗口粗的泡桐树被连根拔起倾倒地面，满地的泡桐籽，满地的枯枝败叶，满地被雨水冲露出来的或者被强风刮起的飞沙走石。

李姨也不知从哪得来的小道消息，说是要地震了。到我家说动我父母让我们三个小孩和她家的三个小孩都到她家的一个防震棚里去住，大人不怕，还是住瓦房里。

那个棚子，就像是普通的房屋去掉了墙，光是屋脊梁样子趴在地面上，只不过棚子全用木棒支持，顶上全用稻草铺的。万一地震，屋很轻的，即使倒了也伤不了人。

晚上，大人小孩都聚集在那棚子里，棚子里中间是条窄窄的走道，走道两边是用竹皮做成的榻榻米那样几乎贴地面的床，大人们在拉家常，孩子们围着大林听故事。

不早了，大人们临走时催促赶快安静点睡觉，他们前脚刚走，这边屋里就伙得乱成了一锅粥，这么宽敞的、几乎贴着地面的床，正好玩，个个舒坦得都想翻身打滚，有做前滚翻的，有做后滚翻的，有竖蜻蜓的，有竖了个仰八叉的，都像成精了的猴子，顽皮地拉拉扯扯，打打闹闹，笑笑嚷嚷……六个顽皮的孩子把一间低矮的房子的屋脊盖都要掀起来了……

喧闹惊扰了李姨他们，过来严肃警告大林不准再这样皮了，赶紧睡觉，大林还是能降服这些“猴子”的，李姨走后，他带着小伙伴们果然都老老实实地各就各位躺下睡觉。我睡这边边上，大林睡那边边上，不久，感觉到他用手指轻轻地触及了一下我搁床边上的手，也许是不经意碰上的吧！那时都还懵懂，还不会想太多，一夜酣睡无梦。

第二天，父母说我们仨人不在家，他们一夜都没睡踏实，李姨他们也说，这些宝贝睡在门不安全的棚子里，他们也几乎一夜没合眼，两家大人心里都不踏实，就这样防震措施就实行一晚上，第二天都各回各家睡。

暑假就这么快乐的过去了，上学后接触就很少了，第二年暑假，我们家就搬到了新居里，离大林家远了，加上到新的环境中又结识了新的伙伴，和大林他们接触就更少了。

一个星期天上午，我去找小英玩，好久没到她家去了，想起以前在她家是那么热闹开心，那次去竟然有了生疏感，觉得院子屋子好似都比以前空旷许多。去的只有我，在家的有大林和小英，有点落寞感，可能是少了小弟妹们的吵闹吧！

小英在院子里，靠堂屋门口，坐着小板凳趴在一个四方的高板凳上做作业，大林在堂屋吹笛子。

我不想打扰小英做作业，打过招呼后就径直走进堂屋。大林看见我来，他说："这是我刚学着吹的曲子，吹得还像吗？"

我说，还行吧！不就是"长亭外，古道边，芳草碧连天……"那首歌吗！

听我这么一说，大林特高兴地说："你真能听出来是什么？我刚练了两天，笛子还带到学校里，一下课就练呢！"

我那天也不知哪里来的兴致，对大林说："你吹笛子，我唱歌！"

说实话，那时我唱歌真的不好听，根本不是唱歌那块料，没有乐感，只要记得歌词就行，还不知道用气控制嗓子，直着大白嗓子就唱出去了。

大林吹的笛子阻阻塞塞，我唱的歌有点嘶哑中气不足，短促得跟不上他吹得那么悠长的完整一句，唱了开头两句就唱不下去了。

小英在门口外伸头往屋里喊：“哎呀，没想到你唱歌这么难听，真是的，这什么嗓子！怪声怪气的。”

我朝小英喊：“嫌难听，你就把耳朵捂起来，没人叫你听！”

小英向屋里做个鬼脸，“呕”了一声。

大林也放下笛子望着我呵呵地笑，有小英这一激，大林的笑在我眼里就是嘲笑了。

我的脸上开始发烧，十三岁的我，之前从没有过说在哪个小伙伴面前羞红过脸，遇到小英这样的挑衅，该动口的就动口，该动手的就动手，谁也不怕谁，闹过就算了，羞愧的感觉还从来没有过，那天我又羞又恼地拔腿就从他们家逃似的跑了。

记忆中印象深刻的还有一次，我到大林家，看到一些事情引起了我心里微妙的触动。

那是一个将入冬季微雨的日子，白天屋里光线比平日暗淡许多，在家待时间长了有点莫名的烦躁，就想出去走走。

想到隔好长时间也该到大林家去看望他们一下。

到大林家，看堂屋里大半空间都是人，大林兄妹仨人，小英一个女同学小娜，还有俩姐妹，比我大两岁、和大林同岁的姐姐小娟和妹妹小秀，听小英介绍小娟、小秀是刚搬来的新邻居。

哦，小英一比画我想起我家还住厂里的时候，小英家后有一片正在盖的红砖墙四合院，那时能一下子盖齐四合院瓦房的人家并不多见，盖那院子时，我就听大人们私下议论过，说这是某某人家，也就是现在小娟的家，搬来已经有半年多了。

一群人中，小娜是那种活泼的、健谈的、热情的女孩子，刚和我第一次见面，好像早就认识我似的亲热甜蜜，和我打招呼和我聊天。她说话最快最多，嗓门也高，讲述他们学校今年开的运动会，她参加的两项运动，她得到的名次和班级得到的名次。我还记得她讲她最敬佩的两位长跑运动员，进行马拉松比赛，下午整个运动会全面结束了，两人还没决出胜负。傍晚，走读生回家吃过晚饭，回校来上晚自习了，那两人仍然在跑，谁也不肯先认输，晚自习开始了，每个教室里都有不安静的学生探头向外看，无奈，学校让两人并列第一，才使这场比赛结束。

我们几乎都被小娜的话题和活泼开朗的热情所吸引，都围绕在她身边，只有大林和小娟例外，在离我们有些距离的地方不知聊着什么；大林还是一贯那种随和自然大哥哥式的亲切态度，可我看到小娟和大林聊天时那种少女特有的腼腆的微笑，却使我不由自主地多注意到她。

她是那种古典式的美丽女孩，文雅却不拘谨，和小娜的大大咧咧有天壤的区别，她的谈吐虽然不像小娜那样活泼热情，却也收放自如让人心旷神怡，是一种稳重又温柔的成熟女人的味道，换句话说就是不失大方，有内涵，修养很好。

越留意她，心里越有点酸涩，酸涩到表情和手足都不自然起来。当看到大林对她的话报以微笑时，我的心里竟无端地像被什么刺了一下，自卑和失意一齐涌上来，准确地说，那时那境诱发了心里不谐音——嫉妒，嫉妒像根刺！我觉得当时心里早有个像圈在魔幻水晶球里的温馨的梦境"啪"地破灭了，心里想，以后，这里不要再来了。

心里的变化不说，谁也看不透。面对这种挑战，从来选择的都是退避，除了我自己，我不想也没有自信要去左右任何人，直到现在，仍然看不起争风吃醋的人，当然这样的心态并没有影响追求自我自强自立。

可有时候想想，遇到像我这样经不起一点挫折的朋友也是一种不幸吧！前几年看到罗曼·罗兰有句名言：懦弱的人把朋友推给刽子手。自从看到这句话后，就牢记在心，并时常深刻反省，不想再有那样的事情发生。

如果说心之所欲即是自由的话，那么少年人确实拥有真正的自由，嘴里说的和心里想的一样，心里想的和行动上的也一致，那样的生活是轻松快乐的，可惜那样的时光太短暂，因此也就更让人怀念。

不仅是我会到大林他们家去玩，时间长没见面了，大林他们也会到我们家里来玩。我还清晰地记得其中一次，现在想起来心中仍有愧疚。

那年初夏，我已经十四岁了，一天下午，我穿着父亲出差特意为我选购的漂亮的连衣裙，站在家院外门口的空地上，看弟弟妹妹们和附近邻家的小孩玩那种互相拉拉扯扯，拖拖拽拽的游戏。

我不再像以前那样想和小孩子们一起疯玩了，只是冷静地站边上望着他们玩。

就在那时大林他们来了，他们很快加入了游戏。

大林看只我一人干站一边，就叫我也加入他们的游戏，我拒绝，他可能想不到，那时的我和以前跟他们一起玩游戏的我已经不一样了，青春期的烦恼和成长过程中心理不适的苦闷已经改变了我。

他又叫小刚来拉我，小刚拽着我的裙子，我毫不犹豫一点也不客气地打开他的手。

大林看在眼里，微微皱眉说："你现在怎么一下子变得这么古怪，是不是哪里出毛病了？"

我不屑地回答："你看我哪里古怪了，倒是你们，都这么大了，还像三岁一样玩这些无聊的游戏！"

大林有点生气地说："你怎么能随便说出这样的话，你该知道做游戏玩对小孩子们是非常必要的，哦，你现在长大了，心态高了，不想再和我们一起玩了，你真是越来越古怪了！不合人缘，我们走！"

看着他们含怒而去，我心里也很难过，天知道，十四岁的我和以前比就像是换了个人，孩童玩的游戏也不再能吸引我，我的注意视线也转向别的地方，有意无意地压抑着自己无意识的欢乐，思索着怎样去追求教育中所谓有意义有价值的事情，变得复杂深沉，也变得痛苦。

年龄大了，心智长了，眼界广了，接触的事物更多了，烦恼也接二连三地来了。

和大林他们接触越来越少，直至不知不觉间断了往来。但是大人们还在互相往来，偶尔通报家里人的情况。大林高中毕业后替他父亲的职进某公司当了一个小职员，由于他的性格稳重、胸怀宽厚，做事认真有原则，勤劳踏实，现在已经成为公司的高管。

据说，小英的同学小娜一直喜欢大林，到谈婚论嫁的年龄也还经常到他家玩，小英家里所有人都能看出小娜的心思，小娜也不避开，明摆着对大林好，并帮助他处理各种家务。

李姨有一次到我家里，当着我和我母亲，大夸特夸小娜是如何通情达理，善解人意，又是如何勤快，对她又是如何孝敬，临了，说这孩子这样做真叫人心疼，打算成全她的心意，托我母亲做她和大林的媒人。

那是我母亲第一次做媒人。

…………

回首往事，心里默默地祝福并感谢他们，那段无忧无虑，天真快乐的时光，一直是我的人生中弥足珍贵熠熠闪光的美好回忆，即使今天我也还想重拾那种不为外物困扰，率性而为的单纯心境，可惜只能隔着远远的距离欣赏，那样的时光不会再倒流回来。

写于 2017 年秋

月季花开

春末初夏的月季花，开得大又多，满园似锦看迷了人眼。红得似火，粉的似霞，淡淡的如烟……或雍容华贵似精致的美人，或含苞待放如矜持的少女，或青鄂紧裹着鼓胀的花苞如青涩孩童……蜂蝶循着花的甜香缭绕翩跹，这不仅是一个美丽的季节也是一个忙着酿造的季节。

月季花一朵接一朵地向热情的夏天敞开心扉，先开的花瓣开始蔫了，有几片花瓣已飘落地面，欲零落成泥碾作尘，遁入空门，只留一缕香魂。采收许多许多颜色鲜艳的月季花，晾干，做一个花枕的念头又悄悄地由心底浮上来。这几日这念头越来越强烈地提醒，再不采取行动，错过这几天，第一批花凋谢了，悔之晚矣！

心动不如行动。

剪下一朵朵使完了劲的月季花。拆下一片片花瓣，扔了花蒂，让花瓣在通风阴凉处晾干。

无数绚丽的花瓣堆在一起，很香艳，联想起某个倾国倾城的美女在花海的香汤里沐浴，或有个仙女正在起舞，轻舒广袖，花雨缤纷在空中旋转、翩飞，翩飞、旋转……

晾了四五天，干花制作很成功，颜色变深变暗，似由一个清纯的少女变成了浓墨重彩的妇人，更加鲜艳，香气也更浓郁，且都轻得像羽毛，呵口气就可以让其飞翔如蝴蝶。

自孩童时就深深藏在心底，从未向任何人透露过的心愿，今年，应该得以如偿实现了吧。喜悦无人分享，人漠然视之的眼神，说不定心里还在嘀咕：这人是不是有点疯癫……

做个月季花枕头的心愿埋藏心底，年代久远。月季婀娜多姿的娇态、淡雅的清香、美丽的色彩、朴实顽强的品质伴我走过几十年的风风雨雨。

在记忆的长河里努力搜寻，何时、何地、何人向里面投掷月季花枕的词汇？并激动起美妙的联想，波澜至今仍在一圈圈向外扩散难以消弭的呢？

记忆里，最初听到花枕这个词应该来自一名叫岫的美丽少妇。

十岁左右时，家附近马路的南边有一个曾庄，庄里有一户主是木匠，不知道是因为活好，还是什么其他原因，曾木匠在十里八村很有名气，因他做活时锯掉了一根手指，人送外号“真好手”。真好手膀大腰圆，体格魁梧，白白胖胖，很少走村串户去揽活，基本上是人家慕名找上门来让他制家具。他家的院子就是加工厂，东西厢房里满是制好的家具；他家又是庄里人聚一起闲聊的好场所，有遮阳棚，有板凳，有茶水。真好手带着他儿子大彪和俩个徒弟，每每从天亮忙到天黑。真好手一边干活一边粗声大气和人说笑。不仅大人喜欢来玩，小孩也喜欢聚在他家。闲时，他家是娱乐场，下棋或打牌，绝不赌钱，逢年过节，还请说书唱戏的来。

大彪活像是真好手的模型，只是没他爹那股子睿智和豪爽，有点憨，说话瓮声瓮气。大彪的妹妹大娟和我玩得投缘。

大彪的媳妇就是岫，方圆百里难得见她这么美的女子，让人见第一眼就喜欢，远看联想到四月春风里摇曳的柳条，近看，她脸有婉容，眼睛大而明媚又柔和，眼波似秋水澄清，秋水有一种潋滟的神采，照亮了别人。更难得的是她的气质很娴雅，全身上下没有一点乡下女子的土味。

据说相亲时，真好手没看上岫，说好看不中用，伸手拿不了四两重。大彪却不依不饶一再声明非她不娶。后来，知情者编了个顺口溜：娉娉婷婷门前站，伸手不拿四两也看好，大彪就爱她，非她不娶！

岫外表是柔软的，可是她单薄的肩膀却担起了作为一个大家庭主妇的重担，洗衣做饭，洒扫庭院，样样有条有理，待庄邻有礼有节，众邻都赞大彪有福气。

我和大娟像跟屁虫一样一天到晚缀着岫。五月的一天，岫指着墙根花坛里开得正艳的月季花说："月季花晾干了装枕头枕着睡觉才好呢！"闻听此言，我惊异又羡慕，那得要多少朵花呀?！太奢侈了吧！月季花枕头肯定又香又美，我要是能够拥有多好呀！

那时，不知怎么把岫与月季花联到了一起，岫和那枝亭亭玉立半放半苞的月季花一样美，美得温婉坦然，美得让人容易接近。

从那以后，关注起月季花来，但觉得月季花枕头虽美妙却高不可攀。

那时，一棵月季对普通家庭也是个奢侈物。

后来又发生一件事，让月季花更深地植入心里。

端午节的早晨，我独自去上学（当时小学二年级），必穿过城北菜市场，菜场路头，一个仙女样的陌生的大姐姐拦住了我，把她手里的一束月季花递给我："小妹妹，这花送给你吧！"我吃惊地不敢相信地瞪着她。

她解释："本来和一朋友说好，在这等她，到现在也没来。上班要迟到了，给你吧！"

又惊又喜地接过花，使劲嗅了嗅，连道谢也忘了。五朵月季花鲜枝活叶，还沾着露水呢。

到学校里，同学见了很羡慕，都要把鼻子凑到花上使劲嗅一嗅，其中一个说："我姐姐说过，把花瓣夹到书本里会变成蝴蝶。"

"啊！真的吗?"听到这话，许多同学都很惊奇。我奉献一朵花来试验。

过了几天，一个同学拿着课本对大家说："蝴蝶变好了，你们看啊，我要让它飞了！"说着，他打开本子，呀！我们都惊呆了，只见一只蝴蝶从本子里挣扎着飞出来，飞过我们头顶，翩翩飞走了！

后来，我认真地试验了好多次，也没有成功。再后来，想想，花瓣是红色的，飞走的蝴蝶是玉色的，或许那本来就是一只真正的蝴蝶吧！

一花一世界，月季花的世界自然、美丽、芬芳，让孩童时的我着迷，并体会到一种妙不可言的快乐。

随着经济的发展，现在月季花随处可见，“千朵万朵压枝低”“旧时王谢堂前燕，飞入寻常百姓家”。也更多地了解了月季花，所有落叶植物中落叶最迟、新芽冒出最早，冬天枝条青翠；花期长，一年四季除了冬季都开花……就像一个任劳任怨、踏踏实实的人，不娇气，不自大，只知道实实在在地做好自己。

对月季花越了解越喜欢。

月季花瓣虽不褪色保持香味地晾干了，但枕头最终没做成，不知道如何防蛀。现在，知道月季花可制成花茶，香气可以解忧提神；鲜花可入糕点、粥等直接食用；除了制茶制美食，还常常用于插花艺术，来美化居室。

第三辑

从容地生活

爱的一种表达

一天在街上闲逛，进一店里，看到有一群人，众星捧月般地追随着一对年轻人，一看就知道这对年轻人不是要订婚就是要结婚，双方家里各跟两三人正在置办所需的物品呢。

小女子不高也不矮，白净的瓜子脸上一双水亮亮的丹凤眼顾盼生情。

小伙子身高中等，身材魁梧，古铜色的国字脸，一看就是个勤劳勇敢、有担当的男子汉，粗黑的眉下炯炯有神的眼睛满含深情地追随着正在挑货的小女子。

众亲们在旁边站成半包围圈，就像星星簇拥着月亮，目光里是满意、是宠爱、是笑意盈盈地欣赏着这一对佳人。我在店里也在挑选商品，被这群人的气氛感染，禁不住多看几眼这对情侣。

小女子在随心所欲、不紧不慢地挑选她喜欢的商品，那种果断好像知道她的愿望都会被满足，愉快的态度既不矫情也不做作，看好就拿到一边，看不好就放原位，做事干净利落，一看就是个拿得起放得下的聪慧女子。

在挑到男性商品时，她轻言慢语地征询小伙子的意见，姑娘的询问，聚集了店里所有人的目光，有点窘迫的小伙子慌不择言："只要你看好的，狗屎我都要！"

这话一出，店里在场的人都善意地"哈哈"笑出声来，只有她的脸上仍是那风轻云淡样、喜悦却不过分暴露的神色，只是在他话说出的那一刹那，她眼里有一种异样的神采似要飞出来，随即又被收敛。

不由得感叹佩服现在的年轻人，比起上辈的人，他们要真实得多，敢爱敢恨，爱得理直气壮，不会在家人面前故意制造别别扭扭，拉开一定的距离，在私下却亲密无间，更不会像上一辈的男人在人前故意端起大男子主义，耍一耍大男子的威风，故意给小女子难堪，私下里却有可能是“妻管严”，那种扭曲的心态啊，真叫人心里窝得慌。

虽然小伙子说的不是什么山盟海誓的爱，是听了让人忍俊不禁的小笑话，可我相信在小女子心里，这句话却会远远超过那些海誓山盟的冠冕堂皇的经典情话。

在微笑中衷心地祝福他们。

等待

天已向晚？不，才下午三点。天空灰蒙苍茫，不是太阳落山，是今天就是个阴沉的天气，上午还飘了一阵零星的雨，地都没有湿，雨不知跑哪溜达去了。还有三天就出正月了，虽不是太寒，身上却还觉不够暖和，没有太阳的日子心也觉着冷。

坐在落地窗前，看外面的世界，枯黄的草坪，光秃的褐色和四季常青绿色的树木，浅咖啡色爬藤条纵横交错，堆叠在沉寂的花架上。空空的朱红色亭台，静静的白亮的小河，稀疏林木掩映下的黄土坡，小区可透视的铁艺院墙，墙外的街景，远处沉默着的楼宇群。从天空发散弥漫而下的淡淡的轻烟似的薄雾衔接了天与地。

透过窗口，视野里是灰蒙蒙的世界，似一幅近景写生的水粉画，所见空间不大，却百看不厌，一年四季，只要在家里，闲时，我都会坐在这窗口，捧着一本书，眼睛不适就望望窗外，每每这样的时光里心态娴静。以前，因为有家务事又有工作要忙，难得悠闲。独自拥有的时光会格外珍惜，有忙有闲，生活很充实。

而现在从忙碌的工作中逃离，我本以为心情会更轻松更快乐。在结束工作之前，想到即将要获得想要的自由，有大把大把的空闲时间了，想去旅游，想要去痛快地玩，我兴奋得想快活地大喊大叫向全世界表达喜悦之情。谁知这种喜悦没有来得及享受，首先旅游被否定（好多的理由），自从待在家，我的身体老出状况，不是腰疼就是背痛，或感冒或胃痛，仿佛工作二十年里，这些痛都没顾得上发作出来，现在接二连三地来光顾了，整天昏昏沉沉的，不舒服。不想出去玩了，就宅在家里，以前那种充实、娴静的好心态，正在被另一种烦乱的坏心态撕扯着。

好多年养成的生活节奏一下子打乱了，唉，生活失去了头绪，变得混乱。真是万事开头难。

从事一种工作好多年，发现竟然变成了鸡肋，付出和回报比例严重失调，自己成了别人的挣钱机器，租别人的门面房开店做生意，房租从两万一直涨到十五万，还不许讨价还价，动不动以房子不再租给我相威胁，终于，承受不起十几万，放手了，本来还打算另选房子，最终由于常年累积下来的疲惫，懈怠……各种不良的情绪都来了，决心扔掉这“鸡肋”而后得快活。

如今终于如愿以偿，放下，洗了个一身轻，为何我还快活不起来？

“无事一身轻”，窝在家里已近一星期了，我除了和朋友聚会出去两次，自己竟然没有一次主动离开过家，真懒！

一天到晚在家的日子，时间快得使心里有点恐慌。早上八点左右起来，收拾一下弄早饭，吃过早饭就为午饭而忙，一直到午后十二点以后才有空闲。

午后看看书，或者看看电视剧……要么不看，一看就全身心投入，不知不觉就到傍晚了，特别是阴天，时间更短，又得准备晚饭……这轮再过去，已是晚上近八点。八点到十点又是一个空闲。十点以后就该休息了。上床后，回顾一天，只觉得空虚得慌！

下午和晚上的空闲，很多时候都无法独自安静下来，很多天里，无法做自己真正想做的事情，很烦恼，又想，这就是生活，柴米油盐的生活就是这样的琐碎！

而今，我失去了工作，真正面对的问题是，上有老，下有小，没理由不被烦躁的情绪耗着，之前的美好乌托邦消失了。心里又想，我累死累活的为的是什么呀？还不是为了开心快乐地生活，有个爱好不也是同样的目的，现在该有时间重新把爱好拾起来，这不是心心念念好多年的理想？可是现在，要脚踏实地的过一天到晚柴米油盐酱醋茶之余再从事爱好的读书写字的日子，为什么心情又这么的浮躁烦乱呢？这可是以前披星戴月忙得不着家时的向往啊！

以前，经营一间商店，早出晚归，一晃过去二十年，近两年来（自从那次差点把命搭进去的手术后，我的身体与精神一下子衰弱下来，才真正意识到健康强壮的身体是内心坚强的基础），半天不得不待在家里歇歇，现在一下子整天都待在家里，反而焦躁起来，人真的很奇怪！

计划中新的生活，比如早五点多起来跑步，一天看点书和写点字等，一样都没开始，这几天除了做家务，看了点书，看了四十集连续剧，别的时间只是在发呆，在胡思乱想。旧的习惯被打破了，新的理想生活还没有看见，还在散漫的状态里，等天气暖和，等身体的各种不适消除，等过一段时间……

又是弄晚饭的时间了，忽然下决心，要把春节时人家送的一大袋面粉拆开来，本来嫌做面食麻烦，想转送给别人的，现在不送了，要先安下心来，学着做各种面食，这也是应该过的一种生活。必须学会这样平心静气地生活，放弃以前认为这是在浪费时间的思想。

想做就做，拖过一大袋面，靠墙立着，拆开封口线，取三小碗放盆里，可以说这是我结婚后第一次为家人做面食，又是临时决定做的，做什么呢？有了，做小时候最爱吃的面疙瘩！

小时候，家里的主厨是妈妈，偶尔，妈妈到了饭点还没回来，父亲就要卷起袖子上阵了。父亲爱吃面条，可他不会和面，和出来的面不是团，而是糨糊。这样的糊不能扔了，还得要想办法把它弄成饭。于是，父亲烧一锅汤，用筷子把面糊刮成细条下到沸腾的锅里，就做成了一锅面疙瘩汤。面疙瘩比面条有嚼劲，且越嚼越香甜。是我童年难忘的回味！

就这样做！一顿理想中的美味做好了，他们也回来了。饭菜端上桌，得意地问他们吃这面疙瘩觉得怎么样。老公给面子，说："可！"小雁皱着眉，用筷子挑着面疙瘩，好像受了虐待似的，说："粗得像胳膊，细得像挂面！难看又难吃！"她把面疙瘩都挑到我碗里，就喝了点汤。我的情绪大受打击！现在的孩子太直接了！

开了二十年服装商店，每天早出晚归，做饭是一件让我头疼的事情，一直就不擅长，能弄出吃的就不错了，变得美味还要假以时日！

没闲时特别向往，真闲下来了，却很难真正开心起来！我有点手足无措！心里面似乎还在期待什么，期待什么呢？不知道，只好默默地等待，等待从目前的烦躁中平静下来，重新确立下一步目标，并将其作为新生活的开始！

草成于 2015 年 2 月 27 日，修改于 2022 年 6 月 15 日

简和单

我提着几个袋子在街上走着，刚参加一个生日宴，宴会主角是朋友的一如花样娇艳的女儿，整个大厅满满的都是人，那个小女孩很自豪很满足，就像一位传说中的公主，被人群簇拥着、仰望着，很陶醉也很开心，给我留下了很深的印象，那是个自信阳光的女孩，健康活泼，大方美丽。

宴会的礼品很丰厚，我拿着好几样礼品独自一个人随着人流散去，没注意别人是否成群结队，还是也像我一样孤独。走到半路上碰到一个熟悉的人，站住和他聊了几句，然后他骑着车子继续前行，我仍慢悠悠地踱步。

走了有几米远，忽然觉得不对劲，一查发现少了一个礼包，回头去找，还好在刚与熟人对话的地方，礼包仍躺在地上。

我过去，看礼包的口也散开，地上有一对像熊猫一样的胖乎乎的却光光的——像人没穿衣服的皮肤一样呢，圆润的身体，圆润的头，圆润的喙。一大一小，大的像我的手掌，小的很明显比大的小了一号。起初觉得它们像一对母子，可后来觉得也许这是一对呢？就像人的社会中常见的一对男女，男的总要比女的大一截。很开心很惊讶。就像小孩子得到了玩具一样，把它们带回家，在人前炫耀。给它们取名字，一个叫简，一个叫单。

经常把简单从礼品盒里拿放，让简单在地上自由快活地玩耍。它们似乎也把我当成主人，从来不离我的左右。我很开心也很爱它们。每当简单玩了一会儿，我也倦了，我总是小心翼翼把它们收回礼品盒里，免得丢失。

参加宴会时我是一个成年人，拿到礼品以后我却变成了一个孩子。场景不是现在的家，而是童年时和父母同住的那个老房子。家里除了床，除了用餐的桌椅，几乎没有什么其他的家具，我经常把凉席铺在地上午睡。简和单就围着我，在我边上自由活动。

不久，场景忽然变成了我在玩手机，不知道什么时候，我成了一个手机控，手机是那么的精彩，比小时候的电视还精彩。玩手机有一段时间把简和单忘在了脑后。有一天我玩够了手机，再去打开礼品盒，由于时间太长没有放简和单出来，发现它们已经僵硬了。

当子君（鲁迅《伤逝》里的人物）因为爱把自己变成一个男人的附属品，这是二十世纪三四十年代或者是以前的女性的通病，总以为有了爱情，有了婚姻，就可以把男人当作一个无限期的饭票、房子等，认为找一个爱自己的男人这一生就这样简单地稳定下来了。

可男人也不是神仙，也是一个普通的人，和女人一样有许多弱点，并不是所有的男人都能负担起一个女人的一生。当涓生因生活的困顿把她视为一个负担，鄙视她想甩开她的时候，她也感到了羞耻、恐惧和孤独。子君教涓生一遍遍温习以往的爱，想让他重新对她产生爱的责任，可是一个懦弱的男人在生存的重压之下是苏醒不过来的，不想担负也没有责任担负除了自己以外的其他任何人（我也同情支持涓生，每个人都是独立的个体，没有谁应该对谁负责，除了未成年的子女）。把自己当成附属品的子君的结局注定是失败的。

可怜的旧时代的女人，时代把她们造就成大门不出二门不迈，避世，黑暗中生存，成为温室里的花朵，等于是斩去她们的思想和手脚，可同时又把三从四德、封建贞洁观等的思想灌输给她们，让她们有许多的羞耻和自卑。子君最后选择自杀的原因并不单纯是因为失去爱。

鲁迅的《伤逝》，向女性敲响了警钟，其中也包括我，记得那时还是个中学生，在父母的庇护下，就像简和单一样单纯盲目，无忧无虑。当时阅读后震撼的心情一直延续到现在。

“五四运动”不仅是一场爱国救亡运动，也是妇女解放运动，鲁迅写这样一个以爱情为题材反映五四时期知识分子命运的作品，是呼吁警醒妇女要自立自强。

那时候的女性受封建思想的影响自立自强是非常难的，一个不自立的女人是无法和男人平等的，更无法完完全全自始至终得到男人的爱和尊重，最终只有被抛弃。这好像是很多依赖男人的女人共同的命运。所以，封建时代妇女地位低是有客观和主观因素的。

作为一个现代女性，从来不主张爱是一个女人的全部，更不是一个男人的全部，爱在生活中也不能说微不足道，可事实上许多事让你认识到爱是需要许多条件的，首先就是每个人都要有值得爱慕的地方，值得爱背后的条件有许多许多。爱是一把双刃剑，铸造同时也是磨砺，爱同时也是伤害。爱包含正面的也包含负面情绪，比如嫉妒、自私、占有等，所以爱是一件很复杂的事情，苦与乐，自信与自卑，爱与恨……许多对立面都可能发生，爱和其他事物一样都逃不了发生、发展、消失的命运。只有自立自强才能让每个个体自我保全。

人是群居动物，注定了每个人都有社会性。对于“爱”这个概念，不只是男女之间狭义的爱，爱还有更丰富的内涵。

院子里栽了一棵苹果树，已经五六年了，一直没有开花，别的果树栽后三四年就会开花结果。听说要想苹果树开花结果，必须在年前年后砍它几刀。年前砍了，现在已经人间四月芳菲尽了，还是没有见到它的花朵。又听说要想它开花结果就要在枝上把它的皮环剥，而始终不敢下手，怕把它弄死。

前年，把一根枝上的定型铝条（已经深深地勒进树皮里了）费力地抽下来时，那根枝的皮已经破烂不堪了，谁知第二年，那个枝上竟然开了几朵花，别的枝还是外甥打灯笼——照旧，吃惊又不解。

作为父母，我们总是怕子女受罪吃苦。受到许多苦难，那样自己的心会滴血，总是千方百计把他们保护得好好的。

可有时候也会有某种担忧，怕平淡的生活中有什么突发的意外和难以掌控的意外发生，让不谙世事的年轻人接受不住打击，发生什么我们不能接受的事情。可我们又想不出什么更好地让他们快速成长坚强的办法来。

我们一直都在小心翼翼地保护自己和家人，在我们的意识中，许多挫折也与耻辱相关，就像子君的潜意识——失败的爱、自己受到别人的冷漠，对自己是一种耻辱。我认为她最大的耻辱是来自依赖。

现代男人和女人的区别在生理上，能力大小的差距在缩小，虽然男女平等的口号自“五四运动”就喊出，但我还不得不承认，这仍然是个男权的社会，从男人强势、女人弱势的生理上我知道，从男人那自大的藐视你的目光中知道，从有的女人也蔑视女人的变态中知道，从我自己在这样的目光中还是有点瑟缩知道，虽然男人的底气没有以前的社会那么嚣张，他们也比原来越来越谦和了，还有许多男人和涓生一样软弱。现代的女人如果把自己当子君，下场还会和她一样。

有人是让你讨厌的。孩子两三岁时，我们搬到一个新买的四合院居住，在搬去之前院子里西厢房已经住了一家租户，是夫妻俩带着个孩子，他们的老家是某乡村的，女人一天到晚在家专门做饭、做家务、照顾孩子念书，白天男人出去挣钱，傍晚回家，男人不怎么说话，那个女人一天到晚嘴就没停过。家长里短的，邻家的别人家的事情，她都知道。我一回到家她就围着我转，就开始在我耳边唠叨。可能因为我是女主人，而她是房客，可能想讨好，想搞好关系，但是对于爱静的我真是一种折磨。那时候，白天上班已经很累了，晚上到家，有时想自己做点事情，有时想静静安静下来休息休息。可她边唠唠叨叨地把我所有空闲的时间都霸占了。望着她无辜的脸和热情洋溢的纯朴态度，让我恼火却又无从发泄。啊！特别是早上，我扫地、做饭……她会一直在我身边，什么事也不做就围着我说话。晾衣服的时候，我弯腰低头去拿盆里洗好的衣服，晾到晾绳上，然后，我再低头弯腰去拿地上盆里的湿衣服……她就直挺挺地站在我的面前，我感觉是在向她鞠躬一样别扭。我把盆移到另一边，她也跟着移动……三番五次弄得我真是哭笑不得，心里想这种人真是不知好歹。从那以后，狠下心对她爱搭不理。而她仍然是兴冲冲地，口沫横飞地说这道那的……嗯，这样的女人让人不胜其烦。

刚搬过来时，因为她的挑拨，我和邻居差点发生了冲突。因为我相信了她说邻居的话，然后郑重其事去找人家说明一些事情。幸亏我不是一个急脾气的人，才化解了一场可能发生的争执。

还有几次，她夫妻俩都不回家，让孩子在我家一起吃饭，饭做好时，去西厢房喊那孩子，那孩子就是低着头不搭理我，没办法，我把饭菜盛好端来给他，而他的眼神里除了陌生和冷漠没有别的。饭后，他上学去了，我家的饭碗还在西厢房的桌子上放着，我拿回来洗了。这样的事情发生过几次，那孩子一直那样，我不提，而她夫妻俩也当没有发生过一样。自始至终，大人小孩没有给过一个谢字。

几个月后，她的租期满了，我说什么也不同意她的续租。她走了，我才松了一口气。她去别处租了另一家的房子。不知怎么，后来这个房主和我也认识了，和我说起她来，明显地从她的话里知道，她肯定把我贬得一无是处。

最崇拜的偶像之一是张爱玲，听说她的晚年是在不间断的疯狂的搬家中度过的。我想我能猜想到她不停搬家的理由，她也是一个爱静的人，不仅是她的性格也与她的职业有关，她的生活都要靠写作，她死去以后留下了三十万美元吧？所以她从没有放弃过写作，写作要的环境是安静，没有人打扰。她之所以搬家，肯定是她周围的环境不理想，时间长了，周围的人一旦熟悉了，会不断敲她的门打扰到她，而这些人大多纯朴无辜，我想她躲避的不仅是女人还有男人，她那样心理强大的女人，天才作家，经历了种种，吃尽了生活苦头，可能她内心里有其他的东西存着，已经容不下孤独的位置了。能在一起取暖的人真的很稀少，很稀少。而张爱玲的晚年应该是没有一个男人也没有一个女人给她心中留下一丝温暖，她的心不是普通的人能融化的。世俗的那种爱带给她的只是厌烦和逃避吧!？她没有遇到一个良人，一个良人她会珍惜的，她是有才华的聪明女子，她知道逃避什么样的人，如果她能遇到一个良人即使默默地在一起，一句话也不说，不用任何的语言和动作的交流，也能感到一丝温暖和愉悦的。

张爱玲不是一个平凡的人，是一个天才，注定不与凡俗之人为伍。

我辈一个凡人，一个俗得不能再俗的人，在兼顾自己梦想的同时，也要在红尘中应付各种各样的人和事，在社会中获取更好的生存，为自己也为爱的人。

当我觉得简和单已经不再活过来的时候，我有点伤心后悔了。礼品盒打开，在空气中放了一会儿，它们竟然缓缓开始活动了，我的心情也好了。

它们不用做什么，不用说什么，不必用任何的方式去表达什么，只要活泼地在我眼前玩耍，我就已经很开心了。

它们不需要衣服，不需要食物，可能也并不需要我的陪伴，它们可能什么都不需要，不需吃不需喝，就那么快乐又盲目地在一起。思考它们的目的是什么？没有目的。没有目的就是他们的目的！很冷！很空！可最起码，它们也需要一个伴。

这时才意识到它们是一对，是一对就完全放弃了所有？只要有彼此就行？不对呀！我从来就反对把爱放在至高无上的位置！也可能单身？它们之间好像也没有互相攻击、互相拥抱，没有互相争吵，没有互相嫉妒，它们是一对白痴吗？像空气一样的存在，又像空气一样让人捉摸不透。空气承载的是什么目的呢？人需要它，它却不需要人？它们究竟是为了什么而活的呢？它们看不出痛苦，看不出快乐，这样还有意义吗？

我的肚子咕噜咕噜响了，天寒了，天热了……我需要的东西太多，无法像它们一样生活，这是我的悲哀还是我的快乐呢？造物主就是这样变着花样要让我们感觉到实实在在地活着！

不得不回到人群中，回到人群中的我又恢复到真实的年龄，回到人群中去才有我需要的一切。我要努力地工作，付出我的劳动、我的汗水，换得我所需要的一切。啊！很多时候，往往有许多情绪缠绕着我，失望的、恐惧的、嫉妒的、愤怒的、憎恨的……原因来自别人，也来自自己，来自男人，也来自女人。造物主就是这样变着花样要让我们感觉到实实在在地活着！在一次又一次的伤痛中挣扎和成长、成熟，并以此为荣！

带着这些五味杂陈的情绪再去看简和单的时候，觉得它们和现实的世界是如此的格格不入，怎么也按捺不住心中的一种无名火。上去把他们踩得稀碎，在那一瞬间，它们一下子就化为乌有，我的心也一下子变得更加沉重，失去了简和单，我再也轻松快乐不起来了。造物主就是这样变着花样要让我们感觉到实实在在地活着！

经常想起那个像早晨的霞光一样明丽的女孩，想起她的自信，想起她的无畏，想起她的盲目的快乐，想起她那像清风玫瑰一样的笑容……她就像一束光，给了我珍贵的礼物，而这个礼物对于曾经年轻的我也并不缺少。

流年

“去的尽管去了，来的尽管来着；去来的中间，又怎样地匆匆呢？”

流年如水，静静流淌，带着生命的韵律。子在川上曰：逝者如斯夫！你我只是匆匆过客，是微风吹过水面时不经意漾起的一段小小的波痕，迅疾就平伏。

流年如歌，旋律动人，唱出了心声。每辞旧迎新之际，总心潮澎湃，定下一个又一个的新年计划，期望在茫茫沧海，如一艘帆船有自己的目的地，不随波逐流。

流年如画，色彩斑斓，描绘着生活。生命无非是从千娇百媚的青春到洗尽铅华的老去，戏罢谢幕又是一台新角色粉墨登场。有时，总想描摹下精彩的瞬间，深刻、珍藏进记忆的年轮。

流年如诗，韵律悠长，充满了生命的灵动。春有百花秋有月，夏有凉风冬有雪。开在春光里的小黄花，秋天里变成一朵朵小伞四下飘散。生命拥有着无限的可能性，每一个个体都拥有独特的魅力。

流年如梦，恍若隔世，却又如此真实。妈妈越来越佝偻的背，爸爸挂在墙上的相片。回首往事，曾经的喜怒哀乐、悲欢离合，仿佛在眼前流转，不禁感叹时间的无情和生命的脆弱。在遗憾和痛苦中学会放下和珍惜。

流年如河，绵延不绝，流淌着我们的历史。悠长又波澜壮阔，曾经的挫折与困难，如今都化作河中的沙砾，磨砺着我们的意志；

曾经的胜利与辉煌，如今都化作河里的浪花，激励我们不断前行。

在流年中，我们短暂而微小，无法阻挡流年的步伐，但可以选择如何面对它，学会如何在困境中坚守信念，如何在顺境中保持谦逊，学会如何去爱去关怀，共同去创造一个更加美好的未来。

色彩与我的时尚

好久没动笔了，早就想利用星期天写点东西。早晨醒来的第一时间就欲动笔，但蓬头垢面的我，想到将写的文章里的某些细节，决定还是先梳妆打扮一下，换上漂亮的衣服，以一种舒适美好的心境开始。

欲写这篇文章的想法起源于一年前去一个书友的玉器店里玩，看到一只墨玉手镯，我说真漂亮，喜欢这种玉的颜色，厚重的、浓浓的绿。

她就从柜台里拿出来，往我的手腕上套，要赠送。

我慌忙推辞，说家里边有好多好多的首饰呢，以前经常出差，碰到让自己心动的漂亮东西就会买，如手链、手镯、项链、戒指、耳坠等好多种，有的还是成套的，我极少佩戴。以前真喜欢戴这些漂亮东西，现在心境不一样了，偶尔观赏，往手上、脖子上戴的欲望几乎没有，更不想再买别的，买回家也是扔在抽屉里睡大觉，可惜了，还是留给更喜欢它的人吧！

她说："那时候，你应该遇到过不少好东西吧？你看上的肯定都很漂亮，制作一篇图文吧！让我也欣赏欣赏！"

当时，被她这么一说心里也是一动，但又考虑到现在的时尚和以前不一样了，像那种小女人的心态吧，自认为沾点雅却还是免不了俗，雍容华丽可能是曾经崇尚的美的一种。小时候家里会贴一些古代美女画，比如西施、貂蝉等四大美人，也经常会随母亲去戏院看一些古装戏，那时候电影院里也经常上映古装影片，最吸引我的仍然是那些古代美女，我最早崇拜的偶像应该是这些古装美女——花旦和青衣，她们那种不急不躁、外柔内刚、含蓄内敛、别具一格的美在我内心深处一直都有个影子，从服装到发型，从一颦一笑到举手投足，从裁剪得体、做工精湛的烦琐的衣袂飘飘到钗佃珠翠点缀堕髻云鬓等，可以说整个人就是一件精美绝伦的艺术品。但我眼下崇尚的是简单、简洁、自然。

偶尔看到有人佩戴一两样装饰品，我还是有眼前一亮的感觉，内心深处仍是喜欢欣赏这些东西的吧，在内心里，这些精巧的小装饰品已经与女性的细致柔美、优雅情调、爱美、爱生活、爱自己等连接了起来。

我是一个纯粹的女人，胭脂花粉、珠宝首饰、漂亮衣服等都喜欢，它们确实很美，很精致，流畅优美的艺术化造型，或明丽或柔和的色彩都能打动我。

现在崇尚天然去雕饰，简洁，自然，可能也与这个时代让人抓狂的快节奏有关系吧？人总是无法长时间地安定安静下来，而总是去琢磨无足轻重、带不来效益、又花钱、花时间且与功利性相去甚远的小事情。在这样的审美下，首饰戴起来给人感觉不仅俗，可能还有些另类。

种种原因，写一篇关于饰品图文的念头就一直被按捺了下来。最近不知道为何这个念头又蠢蠢欲动，我终于决定在这个星期天付诸行动。

写这篇图文之前，我头脑里边也会加以思索，要表达的事情与现在和无法预知的未来好像都没多大关系，似乎只与过去有关。

曾经，我非常喜欢这些女性特有的小东西，不仅是因为它们的造型工艺，还因为它们的色彩，珠宝既低调柔和又熠熠生辉，金银有金属的硬度，光泽却又柔媚，既刚且柔。其实无论哪种精湛的饰品工艺造型都来源于大千世界，有的是小动物形，例如小猪、小猫、小松鼠等，还有昆虫类的蝴蝶啊、瓢虫啊……还有花朵啊、星月啊、桥梁啊……源于现实，高于现实，经过艺术变形艺术地创造，更漂亮更精致。

首饰不仅有金银玉，还有许多比较廉价的材质，可是只要精雕细琢，也一样令人珍惜，比如童年时一个淡粉色、半透明的仿象牙（塑料）的小插梳，一个精致的有机玻璃的发箍等，它们精致的工艺造型和色彩让人赏心悦目、爱不释手。说到各种色彩又想起了许多衣服、围巾等，最早给我留下难忘的视觉冲击的就是它们。

在记忆的长河里，第一个印象深刻的应该是童年时（二十世纪八十年代）的一方手绢。那时候不像现在的高消费，用抽纸、湿巾等擦鼻涕擦手，用一次就扔了，那时候除了手纸、饭食，还几乎没有什么是一次性消费的物品，那时候物品更新也非常缓慢，一件衣服要穿好多年。曾经有一首儿歌：南京路上好八连，一条裤子穿九年，新三年，旧三年，缝缝补补又三年！哈！请相信这是真的。那时候，衣服没穿破就换新的，是要被老年人数落的。

扯远了，再回到手绢上，童年时，家长往往会给我们配一条手绢，用别针别在衣襟上。那条记忆中的手绢质地是棉的，四四方方的，洁白底，四角印着四朵绿萼包裹着的小小的花蕾。鼻涕呀，眼泪呀，饭后抹嘴呀等都用它，时间不久就污染得不堪了，洗过了，看着还是很脏，但就是舍不得扔。有一天，隔壁在针织厂上班的大姐把手绢拿去厂里漂白了一下，又挂浆整形了一下，简直太神奇了，比新手帕还要漂亮，即使经过好多次洗涤已经很柔软，但其肌理仍像雪一样莹白，衬着四角坠四朵绿萼包裹着的红花蕾，至今还在我的脑海中留存着喜悦和美的震撼。

第二个至今印象仍深刻的是一个四四方方的头巾，厚厚的提花棉毛织品，像夏天被遗忘的一片浓绿继续漂在冬天里，悦目！

那个头巾在我家已经好几年了，一开始是大姐的，后来是二姐的，再后来又是三姐的，作为姐妹中的老小，大姐和二姐的东西我不敢存觊觎之心，可对只比我大两岁、又和我睡一被窝的三姐的东西，我胆子就大了，有时候还会和她抢东西呢。三姐皮肤最白皙，她围起来也最漂亮。

天冷时，只要围巾在家，我就像得到宝贝一样把它围在脖子上，天热了都还舍不得取下来。那时候，我上小学二年级吧，每天走路放学的时候，一边走一边玩（那时候甭说一二年级，就是幼儿园也没几个家长接送），看哪里热闹了，就会好奇地凑过去看一会儿，路边有什么草啊花啊，小猫小狗的，也会停下来去逗弄。一次放学的路上，不知道是追小猫还是蝴蝶，我把头巾弄丢了。到家里才发现，赶紧回头去找，一点影子都没有。那种丢失了心爱的东西的痛悔心情真的让人抓狂又沮丧。可能正是因为拥有不长时间就丢了，我才一直难忘吧。

第三件记忆犹新的是一件衣服。那时候是小学四年级吧！二十世纪八十年代，小县城里大街小巷经常会刮起一阵阵彩色的风，这些彩色的风与衣服有关，今年流行白色的，于是满大街人都穿白外套，白裙子；明年流行黑色的，呼啦一下，满大街的人都穿上了黑衣服；后年流行黄色的……那时候人们受这种一阵一阵风的影响非常明显，看别人穿黄色的眼前一亮，于是……这些彩色风的源头应该是来源于杂志封面和电影里的漂亮人物的着装，然后，一个接着一个都跟着模仿，款色都要模仿一样的。当然，这些喜欢"赶时髦"的人都是小县城里的年轻人。那时候，县城里有一条很火爆的商业街，又叫自由市场，那条街原来叫工业路，就是今天的南京路，路两边有门面房，街边摆满案板搭的或者平板车改制的临时摊位，街上一天到晚都熙熙攘攘人来人往，家家生意做得都很火爆；那时候某件衣服是明星款，马上就火了，大姑娘小媳妇满市场里寻找同款，一阵风刮似的，县城里许多年轻女性都穿起了同样的衣服；那时候撞衫是非常频繁的事情，没尴尬之说；那时候都是竞相模仿，看别人穿得漂亮也要有一件一模一样的。

不仅衣服有流行款，布匹也有流行的。小学四年级的春天，兴起一种棉布，那种布的色彩，我至今还记得像旧旧的枣红色，仔细看看，又不是纯粹的枣红色，面上似乎又浮着一层较亮的砖红色，两种颜色恰到好处地糅合在一起，这种布适合女孩子穿，妈妈扯了一块这样的布，给我做了一件上衣（小时候好多衣服都是妈妈亲手做的），是方领上衣，我很喜欢那种暖色，穿着觉得挺漂亮。有一天我在家洗衣服，等晾干后，从晾绳上拿下来，在衣服口袋上方，用家里绿颜色的线绣了叶子，用咖啡色的线绣了梗子，用红颜色的线绣了一朵花儿，绣好后，觉得更美了。

说到色彩，红颜色不可不说，传统的中国红。高中时喜欢上了红色，可能也与三姐喜欢红色有关，她穿过的红衣服给了我，秋天春天的衣服都有红色的，红颜色对我形成了一种强烈的冲击，特别在灰蒙蒙的寒冬，更喜欢那样热烈奔放的色彩，以至于那一两年上街买衣服，或者扯布让妈妈给我做衣服，都选红色的。据说喜欢红颜色的人都有几个性格特征，比如性格外向，善于交际什么的，对我而言并不是这样，这些都是我需要好好学习的地方，那时候的我是个比较木讷的人，见陌生人说不出多少话来，患了社交恐惧症似的，即使这样，在内心深处仍存在一份火样的情怀。

结婚时，遵照风俗习惯购买结婚用品，袜子是红的，鞋子是红的，裤子是藏青的，毛衣是红的，外套是红的，耳坠是红的，涂的口红是红的，扎的头绳是红的，手绢是红的，雨伞是红的，包也是红的……结婚专用的那些红色，是传统的中国红，艳而不俗，可谓是疯狂地购足了红色服饰。

从那以后，基本上不再买红色的服饰。随着年龄的增长，心里对红色喜欢、恐惧皆有，几次想，再不穿红色就晚了，可终于还是恐惧占了上风，按捺下想再次掀起红色波澜的欲望，这两年心态也淡漠了许多，对红色更是敬而远之。

牛仔裤的那种蓝，可说是一眼千年，看见的第一眼就喜欢上了，一见钟情，从此相伴到老。我是那种腿的比例较长的，且上身瘦、下身又偏胖的体型，紧身的牛仔裤恰好可以矫正一下，让身材完美些。那时候我是一个初中生，从买第一条牛仔裤开始就一直穿在身上，夏天天气再热也喜欢穿，冬天再冷也会穿。从那时候开始一直到最近，一年四季裤子主打的都是牛仔裤。有人说牛仔裤是工作裤，不算正装，档次较低，而我从来都没有看低牛仔裤在衣品中的地位，穿着不仅体形好，且休闲舒适。

牛仔裤配套的上衣，我多数都是黑色，红色的配牛仔裤也好看。但是，高中后期，黑色上衣基本上代替了红色上衣。黑色上衣配蓝色牛仔裤到现在仍然是我最喜欢的一种搭配。牛仔裤几乎可以起到塑身衣的效果，应该是长期以来一直喜欢穿牛仔裤的又一原因。

2000 年左右，我开店做服装生意，一个熟人带着她十六七岁的高中生女儿到店里面买保暖衣。保暖衣是内衣，当时颜色有黑色的、杏色的、枣红色的、浅豆沙色的、浅莲色的，颜色丰富又漂亮。我知道现在小女孩不喜欢红色，推荐了浅莲色和浅豆沙色，这两种颜色都是淡淡的彩色，特别是浅豆沙色像陈旧的粉红色，柔和又不失靓丽，觉得挺适合小女孩穿。

当时那个小女孩的反应让我现在也难忘，她对粉红色那种厌恶的态度，好像看见的是什么有毒的东西一样，好像这种颜色能把她的品位、人格都降低到不能忍受的程度。粉红色在自然界中也应该是一种漂亮的颜色啊！也是二十世纪八九十年代人眼里的一种浪漫温馨的色彩。呵！ 2000 年左右的一个高中女生的色彩审美观，比起二十世纪八九十年代已发生了翻天覆地的变化。

粉红色是一种年轻化的，让人轻松愉快的色彩，至今医学心理上也会用到，比如妇产科病房运用粉红色装饰，连护士服也是粉红色。粉红色是许多二十世纪八九十年代年轻女性的最爱，代表着一种低调的浪漫，当时，有一首歌名叫《粉红色的回忆》，是一代人的流行歌曲。

最终，她选了黑色的，也无可厚非，只是她当时对粉红色那种厌恶排斥的态度，让我很深刻。

现代男女都面对着同样的生存压力，都同样在社会上打拼，女性的心态已经发生了改变，女性不再钟爱暖色系的色彩，中性的灰、卡其色、黑色等得到了偏爱。现在的女人已经不敢像以前那样依赖一个男人，现在的女人和男人一样，为了自己为了家庭而拼搏。现在的女性在压力下，不得不做出一些改变，包括对色彩的喜好。

一切都处于变化之中，变是恒常。自然在变，人也在变，从幼儿到小学生，到中学生，到成家立业，到中年到老年，一个人的心态，对外界的认知一直在改变。而自然界的色彩、日月星辰、草木花卉的色彩变了没？

物资贫乏的时代，衣服的色彩也很单调，二十世纪八十年代经济发展，衣服、布料等质地色彩大开发，一个接一个的流行元素被开发出来，一个流行元素过去了，但不会消失，随着时间推移，越来越多的流行元素出现……直到今天，色彩是缤纷的、斑斓的，款式是现代的、复古的，异域风情的……乱花渐欲迷人眼，漂亮的东西有好多，你可以按照自己的爱好，按照自己的气质来选最能烘托自己最好一面的服饰。

以前喜欢的白色、翠绿、红色、粉色等也没有完全保留下来，在色彩的选择上也改变了，但仍然不喜欢太暗的颜色，像以前那样强烈地喜欢某一件衣服，或一条头巾，深深刻在心里的喜爱的感觉好多年没体验了。

现在，淡淡的冷静、清新的彩色都喜欢，比如淡淡的蓝、淡淡的绿、淡淡的灰、淡淡的天青色、淡淡的卡其色，这些色彩看着冷静，让心也沉静如水。色彩是分季节的，夏天清爽些好，秋冬艳丽些好。岁月沉淀，我在色彩选择上也变得理智冷静，学着色彩搭配，比如黑白灰三种颜色搭配起来比较好看自然，比如黑色的上衣最好是搭配米灰色的裤子等。我要求视觉上的舒适和色彩搭配上的协调，不再单单从对某一种色彩的喜好去穿衣服了。

以前，一件衣服穿好多年，现在一个月要买好几回衣服。

大千世界，缤纷的色彩给人滋养，给人热情，给人无尽的想象。生如夏花之绚烂，死如秋叶之静美，都多么美好。

金有太阳的光芒，银有月亮的光华，在没有灯光的夜里，月光陪着我和小伙伴一起游戏了整个童年，衣服、围巾等则有大自然中树木和各种鲜花的色彩，柔软又给人体贴温暖。

喜欢太阳的金色光芒，也喜欢苍凉的银白月光，喜欢蓝蓝的天，喜欢像棉花一样蓬松的白云，喜欢各种颜色各种形状的鲜花，喜欢小草的青翠，喜欢水的透明，喜欢各种金属的光泽……世界上所有的东西都有色彩，生活也因为有丰富的色彩才显得更加美好。

存在即合理，颜色没有好坏之分，没有高低之分，也没有贵贱之分，只有你喜不喜欢。

据说对于黄种人来说，适宜的颜色是淡紫色和粉红色。

其实无论哪一种色彩只要自己喜欢就好，用不着在意任何人的眼光，是为自己选，不是为别人。

夏天

茁壮的、浓密的、无所不在的绿，一天天满溢、满溢，大地在一点点沦陷。“孟夏草木长，绕屋树扶疏”，我是深陷“青草窠”里的一只“蚂蚁”，甘心被征服、被陶醉。热爱这充满活力、又令人熨帖的绿！尽管，“炎炎日正午，灼灼火俱燃”如处桑拿房，一天到晚，汗津津的。

夏天有一个好处，可简单地穿一条中裤、一件短袖 T 恤。穿这样单薄，还是热。

小时候，没有空调，有蒲扇和电风扇，做事情时，这些往往派不上用场。男人们往往就穿着大裤衩而光着上身，女人敢吗？对门的邻居就敢。暑假的一个中午，无风，太阳躲在云层里，闷热得墙壁都出汗。五十岁左右的她在厨房里忙一大家人的午饭（家里唯一的电风扇在堂屋服务丈夫和五六个儿女），煤球炉喷着旺旺的火光，不久，小厨房似变成了一个大火炉。室外三十五度，厨房内就有三十七度，知道中暑的后果吗!？出来透透空气吧（厨房连着进院子的走道），她不进院子，却站到南北通透的路边（也是她家大门口），像男人一样穿着大裤衩光着上身，脖子上挂一条被汗浸透了的毛巾，挡着上身，像男人一样从容自若。一瞥之下，有点惊讶，有点滑稽，却无丝毫龌龊下流之感。夏天的酷热，把她从普通妇女中区别出来！许多年了，还记得她，一个忙碌的母亲！一个忘我的家庭主妇！

真庆幸现在有空调，让人不再无可奈何地受酷热折磨。

“瓜果扑鼻香于眼，舌尖回味添生趣。”瓜果使夏天令人回味无穷。

西瓜是解暑降温必备的瓜果之一。近年来，听说吃一瓣西瓜等于喝一碗米粥。听这话心惊，小家小口，吃西瓜都一切两半，半个半个地用勺子挖，一不留神就吃多了，怪不得发胖！得换别的瓜果。黄瓜特清香，又无甜味，倒是不错。空腹吃了，是不是错觉啊？没有饱腹感，却觉得更饿了！又望望圆溜溜的小香瓜，隔着金黄的皮都能嗅到浓郁的香甜味，有甜味不是最佳选择。又看羊角蜜，刨去淡绿的外皮是一层浓浓的翠绿，咬一口酥脆，中间熟透了的金黄的囊络着种子，囊中的汁水也是金黄，舔一口，香气从嘴里一下子上窜脑门、下到脚踝，简直香透了！一瓣瓜几口就吃完了，仍意犹未尽！俊俏标致红嘴的油桃也很诱人，洗干净，放在盘里，看着就赏心悦目，咬一口，嘎嘣脆，特别的微酸微香！说到桃，还得提一下以前难见的从《大闹天宫》里落入凡尘的大仙桃，大且好看得不真实，也特解馋！六月初，还可以吃到紫红的鸡心大的樱桃（车厘子），是近几年的新宠，据说，是从山东那边运过来。

苏轼说：“江山风月，本无常主，闲者便是主人。”喜欢独自静静地坐在浓浓的树荫下，喜欢清风带着树馨吹拂在汗津津的面庞，喜欢看阳光透过树隙洒落在草坪上的明亮的金色光斑，喜欢欣赏天地间自然的锦绣和繁华。小径边、花坛里有各种各样的草花，月季、绣球、栀子花、雏菊、大小木槿，还有许多叫不出名字的，它们明媚地点缀在铺满地面的草丛间；还有院墙上、门廊上、秋千架上爬满的一大片一大片的凌霄正在开花，说它是开花机器一点不虚，绿藤绿叶间到处有钟玲状的红花冒出来，热闹喧腾得就像约好一起来赶庙会似的。“夏条绿已密，朱萼缀明鲜。”多彩多姿的鲜花使简朴的院子变成了花园。

院边有一小块菜地，里有辣椒、西红柿，还有一棵冠约脸盆大的栀子花，花开满枝，香味扑鼻，浓郁得让人担心嗅时间长了会不会晕倒！早饭后，采摘辣椒时，心里隐隐地担忧。

午后，在手机上写字，坐沙发里，不经意间就变成了懒散的“葛优躺”，嗐！振作起来！写点有趣的事吧！

最难忘、最喜欢小时候的夏天傍晚，等太阳成了又大又红的夕阳，眼睛可以凝视、欣赏时，用刚打上来的井水洒扫庭院，为了迅速降温，整盆整盆地泼水，都很快被黄土地吸干，地面上只留下些许碗大的水点。院子里暑气消了大半，父母姊妹都到院里，或摘两个丝瓜，或给蔫了的花草浇浇水等。

不久，饭桌、板凳一个个搬出来，电风扇、竹皮编的凉床抬出来。家具准备停当，父亲会捞出一个早浸泡在井水里的西瓜，切成十几个小块，被姊妹六七个很快消灭。能吃上一两块西瓜降暑清热是一件幸福快乐的事情！那时候除了西瓜，其他的瓜果都不是必需品，或者说是不作非分之想。

晚饭，值得期待！父亲拿手的几样冷拌，炭火烤熟的青椒剁成泥和腌萝卜干末、花生碎，浇上芝麻油，加椒盐凉拌；茄子上锅蒸熟后，撕成丝，拌上蒜泥、芝麻油、味精、生抽……每顿饭都比较丰盛。母亲煮一锅不稀不稠、香香的杂粮稀饭，再加一份薄薄的两面都烙成微黄的蛋饼，饼里卷着青椒凉拌，真是美味！

为了苦夏的小儿女，父母在饭食上下了一番功夫，平常的食材也能做成美食。父母俱健在的日子，齐心合力做好每一顿简朴却丰盛的餐饭，把日子过得红红火火！把浓浓的爱隐藏在一日三餐里！在平凡琐屑的生活中增进亲人间的和睦和幸福！

与现在的富足冷清的日子比，更喜欢以前充满了浓重的世俗烟火气的日子！

又忆起夏夜乘凉的事情，只是怀念，没行动。怀念凉床的舒适，怀念夏夜夜空里眨巴着亮晶晶眼睛的繁星，怀念夏夜里夜凉如水、更深露重、微微凉爽的惬意。

长大后才知，每次在屋外乘凉，父母在屋里是睡不踏实，回忆才清楚，每次都被催促进屋。

现在，我只能怀念小时候乘凉的惬意，不敢再尝试，怕被外面的蚊子吃了。

因为天热，我一天到晚几乎都待在空调房里；晚上，有时间的话出去散散步吧！

小区门口的广场舞、街边公园的健身广场都很热闹。如果加入沭河风光带的徒步人群，说不定还能遇到几个老熟人。美丽的沭河从县城中央逶迤向南，近年政府斥资在河两岸打造集观景园林、健康步道、休闲娱乐为一体的风光带，除了大量的错落有致的绿植、鲜花，还有小桥、亭台、水榭、花廊、各种球场、儿童乐园、各种灯光效果、音乐等，满满的观赏性、健康性与趣味性，使人乐而忘返。散步在其中，河面送来微风拂面，使人身舒神爽，逸兴飞扬，一扫倦怠与疲乏。这时，我才真正领悟到“春有百花秋有月，夏有凉风冬有雪”诗句的精妙之处。

心有千千结

一

窗外，和着冷风的秋雨淅淅沥沥，没完没了地下着，暮色渐浓厚，屋里看什么都模模糊糊。她昏昏沉沉地躺在床上，心中的希望像屋外光线一样从有到无。

长期心情抑郁加上天气突然降温，又感冒了，像她这样的弱女子总是成为病魔施虐的玩偶。

今天是星期天，几乎一整天都躺在床上，相较于被病痛折磨得疲乏的身体，精神上却有点亢奋，胡思乱想了许多，这次哭和笑都省略，在回忆中沉思。

这些年和他在一起的许许多多如电光石火般一一闪过脑海，曾几何时，那些两人世界里让她情不自禁甜蜜微笑的大大小小的事情，逐渐地被伤心流泪掩盖，直至今天，心情抑郁成疾。

今天是她的生日，以为他会来，前几年他都陪她过生日，也总带给她惊喜。这次竟然连一个电话都没有。

本应该早做决断，心软又傻的女人，面对自己心爱的男人还心存幻想，做不到干脆洒脱。女人对男人说："我怀孕了。"男人惊慌失措。女人由此判断男人不是真爱自己，于是毅然决然挥剑斩断情丝。

女人问男人："我们俩会白头到老的吧!?"男人说："在爱情中我们都是瞎子，只能摸着石头过河。"女人想，你现在都不能把握自己了，和你这样的男人相处，不会有好结果。于是也一刀两断。

优柔寡断的人！唉！长叹一声，开灯。不能再这样想下去了，得起来去外面透透新鲜空气。

二

拉开厚重的窗帘，大都市璀璨的夜世界尽现眼前。繁华地带的十九楼单身公寓，视野开阔，白天望远，晚上，看“闪烁的星河”在四通八达的立交桥、大路上成群流动如误入萤火虫的世界，陌生而遥远。

以前看着都觉得生活是这般的多姿多彩，让人热血沸腾，但不知道从什么时候起，失去了静静欣赏的能力。

到梳妆台前，洗了脸，梳理凌乱的长发，拢好。镜中曾经饱满红润的面颊现变得苍白、瘦削，曾经常常充满对新生活盲目乐观的神采奕奕的杏核眼里有了挥之不去的荫翳，像历经沧桑的少妇。三十岁算美好的时光，镜中人眉宇间锁着轻愁。

收拾好，下楼，打着伞出门，往大街走去，高楼林立，风在肆虐，病弱的身体在深秋的风雨中似不胜寒意，幸亏出门前随手搭了条紫色的羊毛披肩，不由得裹紧了些。

走入风景里，风景就失去了远观的神秘，都市喧嚣忙乱，拥挤匆忙的车流、娱乐城、大商场、餐饮城……一个连着一个，摇滚乐、轻音乐……在旋转。记住了几句歌词，“……菊花残，满地伤，你的笑容已泛黄，花落人断肠……”

不知道此时的他会沉醉在哪一扇门后。

三

大都市里的人和小县城的人不一样。小县城的人晚上闲得无聊了，会呼朋引伴到小饭店借着酒气，天南海北地胡吹乱侃，聊一些自己身边的人和事，听朋友说一些街头巷尾的秘闻。在胡吹乱侃中把胸中所有的不快情绪发泄出去，在酒足饭饱的深夜里，嘎嘎地笑着、满足地互相道别，期望下次再相见。大都市里的人夜晚闲了，会孤孤单单地到人群最疯狂、灯光最晦暗、有音乐的酒吧里，看着素不相识的人快活，让不知道为什么而疯狂的喧嚣驱赶内心的郁闷。

孤单的夜晚，她也曾到酒吧消磨，遇到他几回，没和他打招呼，只是躲在暗处，心情复杂地观察着深爱着的他，在一群帅哥俊男堆里显得普通，可在这一堆人中第一眼看见的是他，视线一直追随的还是他。曾经在她的眼中发现的都是他身上最闪亮、最迷人的优点。

他在喧嚣的人群里显得那么孤独、疲惫。

不知道从什么时候起，发现了他的空，这种空平常人发现不了，也不是发现不了，而是除了爱他的人，没有人会在意；有点心疼又有点恨，即使不再爱她也可以，知道爱无法强求，可总该爱着什么才行呀！比如爱着一个小动物，爱艺术，爱花草什么的，但绝不要空！

偶尔，有男士来礼貌地邀她喝酒或者去舞池里跳舞，都拒绝了，此时，她需要一个人静静地待着。不是说有多理智，而是，从一个苏北小县城的乡村里一路走来，不喜欢许多华而不实的事物。在大城市生活五年，也学会了跳舞，可此刻，她的心情 high 不起来，她任凭它坠落，她需要仔细品味坠落到地面的那种撕扯的阵痛。

回忆大学里的相恋多么美好！

他们是属于一见钟情又有缘分的那种，同届不同班，却经常能碰面。和许多谈恋爱的大学生一样很平常，可在她的心里这份恋情是独一无二的，这是她第一次勇敢地和男孩子以恋爱的关系交往。

第一次相遇是在开学的第二天，下午最后一堂课后，所有同学到学校操场上去除夏季疯长出来的杂草，两个班级的劳动场地挨在一起，与他一起平行向前除草，超过了他，一会儿他又超过了她……如此三两次后，开始留意起他，他身上有一种与众不同的气质，可能是一直在大都市里生活中养成的，具体是哪里不同，又说不出来，是长期优渥生活养成的从容、散淡吧，又有男子汉的伟岸和阳光。有点被吸引，不由得多看了几眼，而他也在看她，仿佛其他所有人都不存在了，只有他们两个人在操场上一起除草。她竟有些许别扭。

第一次对话，是不久后的一个周末，在人来人往的食堂门口，他就像是早就相熟似的叫住了吃过早餐的她，问："今天有空吗？想请你一起去南博转转，去吗？"听到邀请，心咚咚地跳，震得她脸红、羞涩，眼里却有隐藏不住的喜悦。

此后，他们相伴着度过了四年大学生涯，一直到现在。时间越长，她越依恋，越爱得热烈，而他却背道而驰，眼里一开始的喜悦和热情渐渐地被焦躁和不耐代替。

慢慢地，她整个人也发生了改变，从前无忧无虑、对未来充满乐观主义的她，日益忧郁沉默。

四

大都市，从下午三四点钟，街上就车满为患，五六点是下班高峰，更是水泄不通，七八点是吃饭，购物的人潮，九十点是往娱乐城的车流，十点以后才是夜生活的开始，一直到十二点以后车流也不见少……只有在黎明前三四点钟才呈现点夜的宁静。

打着伞走在人行道，路上的水把五彩斑斓的城市扭曲得光怪陆离。

大学一次假期，他第一次到她家，农村天地广阔，到处是绿色，空气清新。她家的环境也很整洁，唯独厕所是家院后的蹲坑，他用不了，憋得难受，第二天就逃跑了。她是乡村富裕人家的女儿，他是大都市里普通工人家庭的儿子。在家庭的亲情与他的爱情两者中，也曾犹豫。在临近毕业的假期里，面对着家人和好友，一次次设想：毕业后回家乡，从此离开他，以后的生活里不会再有他，可是心里却产生难以排解的恐慌和落寞，就好像要失去全世界一样；可想到去往一个陌生的城市与他在一起，互相关心、互相照顾，即使过着极平凡的日子，心里都充满了向往。最终，她遵从了内心的选择。

她是乡村里飞出去的凤凰，家乡许多女孩子羡慕她，父母虽然不舍，但是去往大城市料想应该有一个好的前程，也就不加阻拦。

到上海以后，他把她安排在独居的外婆家里暂住。偶尔，他那些七大姑八大姨来了，每次都是她主厨。他们爱吃饺子，她剁菜、剁肉、和面、擀饺皮……看他们吃得开心，即使累得腰酸背痛，脸上仍微笑。七大姑八大姨都嫌包饺子麻烦又费时间，她想一大家子的人聚到一起热热闹闹一起动手做个美食，能耽误什么？不做事，时间就不会浪费了?！一开始，他们都夸赞，几年过去了，他们看她的眼光发生了改变，夸赞声听不见了，代之而起的是探寻和鄙夷，乡下来的傻女子，这样做无非是想巴结大家！

读懂他们眼睛里的语言，没有畏缩，是的，没错！之所以这样卖命地付出都是因为和他相亲相爱，为了爱他，付出点劳动怕什么，而你们又是他的家人。

她知道不能再继续寄住下去了。不久，她靠着自己的积蓄和家里的资助，支付了一个单身公寓的首付。更对生活充满了信心和热情。和他聊到婚事，他总是说还没有准备充分。

五

自问并没拖累他，一直在工作，工资不比他少。真正地爱一个人不会嫌弃他什么都没有，只要他有一份稳定的工作，一直在努力就好。相信一切都会慢慢有的。

天真地以为爱情开了花就会结果，像许多普通人的爱情一样。到这时间不长就意识到了危机，他的七大姑八大姨加起来有十个家庭，除了一家年龄最小的刚结婚不久，还有一家年龄足够老的家庭健全外，别的家庭都散了！倒吸一口冷气，大城市人的离婚率真高啊！家里十里八村的听说离婚都稀罕并觉得可怜，且觉得可怜之人必有可恨之处，在这里却见怪不怪！

慢慢地，又了解到他的亲朋好友哥们里竟有好多三十大几了还拒绝结婚，不由心里发冷，在家乡别说三十，二十四五岁的人孩子都有了。这么大的岁数，这么多人不结婚，怎么回事？看他那一群人有男有女常聚一起，似乎也很开心。

结婚不是一个人的事情，她三十岁了还孤身一人，让远在小县城的父母操碎了心，愁白了头。自己的现状，亲朋好友们应该也能猜到个大概，最初的光环消失了，她可以猜想得到那些人会如何议论她，或者同情，或者幸灾乐祸……保守闭塞的家乡她再也回不去了。

现在，家人的电话都不敢接，他们最关心的就是她的感情是否有结婚的可能。家人开始质疑他的人品，什么道德、责任、担当啊，都提到了。她无法给出满意合理的解释，无法和年迈的乡村父母谈尊重现代人的个体的自由意志与新的价值取向等问题。大都市人随心所欲地生活，不像小县城的人遵守社会统一的规则和价值取向，没有人闲得去管别人的私事，用舆论逼一个人就范。

她的生活规划不是这样，少女时代情窦初开时幻想的爱情就与家庭有千丝万缕的关系，爱情都围绕着一个温馨的家庭而展开，而今，这竟然成了可望而不可即的梦！

像是在旋涡里不能自已，旋转，旋转，头晕眼花，在迷失中身心交瘁。

在一公交站台的长凳上坐下休息，眼前来来往往的汽车就像急匆而过的甲壳虫，恍惚自问这是人间吗？最初与他相亲相爱亲密无间仿佛是大梦一场，他在向前飞驰，而她却被抛在路边，独自惆怅。

在一起时间长了，最初的羞涩和激情像潮水一样悄悄地消退。有一首歌唱的“相爱总是简单，相处太难！”从浪漫的空中楼阁回归现实生活，争吵不时发生。

当爱面对现实，面对要不断附加的条件，如婚姻、房子、金钱……还有诸多的义务和责任……她一次一次地催问婚期，他逐渐地变冷。

第一次争吵，是因为公司集体出去活动，结束后上司开车送回来，碰巧被他看见，他非常生气，责怪：“你干吗不打车？以前你外出有事从没要谁送过！你是不是看上人家豪车？你是不是嫌我买不起车……”从没想到他竟然会这样无理取闹，她被气哭了，但，还是耐心解释：“作为职业女性和男性接触避免不了。”从那以后，他脸色就更阴了。

关系逐渐发展成从相爱之初的几乎天天都见面，（有时候，有事无法相聚，只隔了一天，就如俗话说的一日不见如隔三秋）到时常十天半月不见。

这对心中有火一样爱恋的她是一种煎熬，慢慢地，她也学会从容淡定地面对现实——聚与不聚，都保持平常心态。

六

一阵冷风挟着细雨袭来，不禁打了一个寒战，冷全身而透彻心肺，孤独伴着痛苦，拿出手机翻出他的号，犹豫再三，就是无法拔出去。需要一个温暖的家，他给不了。

在这个城市五年，她有一份不错的工作，也有好的人际关系，身边也不乏异性追求者，为了和他的爱情，总是在拒绝。此时，只要拔出一个电话，就不必自陷于孤单和这令人窒息的困境。

有一阵，真想豁出去了，冲破这虚伪的平静，放弃一切与思想有关的，就当是空壳，放纵一次。转念一想，既然成空壳了，一切还有意义吗？现在的她身心不完整，心在痛苦中游离、破碎，不爱任何人，包括他！与不喜欢的人在一起暧昧是对自我的一种戕害！这样做只会更深地迷失自己！她不是爱情至上的人，但相信爱，一旦爱了，就会坚守初心。想起他空的眼睛，最恨的就是没有灵魂的虚假殷勤！最终，还是收起了手机。

关系已走到了尽头！今晚，他来与不来其实不重要，只是，为何还有割舍不了的眷念？多年的关系，已超越了情侣的局限，心里对他有了不是亲人胜似亲人的情义。而他竟然如此决绝。

爱情消失了，流连踌躇到今天，或许是期望他回头，或许是等自己心里的爱一点一点地熄灭，直到不再感到痛苦。

绝不会与他反目成仇，不带着恨生活，不是为他，是为自己。

一次，他竟然主动谈起了婚事，他说到丁克什么的。她一听就觉得头“嗡”的一声，瞪视着他，仿佛才认识他，他是那么陌生，原来一直就没有真正地了解他。个体至高无上、绝对自由、独身主义什么的她从没有认真想过，她是个普通人，只向往普通人的有烟火气的幸福生活，生活中的苦累她从来不会抱怨！

她有个中学时的闺密，在家乡和丈夫一起办厂，两个人齐心合力，同甘共苦，有已上幼儿园的孩子。每次回家，见到闺密与可爱子女的亲密关系，见到相亲相爱的闺密妇唱夫随的幸福生活，她真是羡慕。有情有义有合作有尊重有最亲密的关系！彼此陪伴、呵护、扶持到老、两情相悦、琴瑟和鸣。男人不是随便选一个，而是在自己的眼里是独一无二、除了他谁都不行的不可替代。幸福的婚姻生活验证男女婚恋不是填补生活的空虚，而是填补生命的空白，在艰难的生活里彼此扶持、彼此温暖。

一个平凡的女人，想要的也只是一种平凡的生活，想要好好地去爱一个人，也想被一个人所爱。即使卑微渺小也决不放弃追求幸福的权利！

在这个大都市里，为了守候一份爱，她愿意去付出，去奋斗，她不会忘记自己是如何来到这个世界上的！

还有再留恋他的必要吗？可以放在心上百般呵护，也可以彻底放弃！

终于明白，失去了爱情的相聚是最喧嚣的孤独，分手是明智的选择！

相信以后还会再遇到爱，但愿他也能再遇到。

七

默默地望着夜晚极尽妖娆的城市，当霓虹灯熄灭后，一切虚幻退却，城市回归真实，冷冰冰的钢筋混凝土堆砌的火柴盒里，那些点点的微弱的光是一颗颗跳动着的温热的心。

雨停了，从站台里的椅子上起身回家。

选择继续沉沦，还是在踽踽独行的道路上一点一点整合破碎的自己、让自己再次拥有爱的能力？应该不是一个难题！

雪花飘飘

一

站在落地窗前，看漫天纷纷扬扬大朵的雪花飘飘，眼前似又出现一个无忧无虑的少女，在簌簌寒风中，仰面朝天，兴奋地大笑大叫着："啊，下雪了，格格……快出来看啊，下雪了……"一边伸出纤纤素手去小心翼翼地接等着这些飞舞的精灵，等到一团洁白就把手缩到眼前仔细地观赏着，喜悦又惊奇，脸容漾成一朵花，由心里向外地赞叹，惊艳一朵朵小雪花的精巧美丽。可惜，到手心里只一瞬，就化了；又再去用手接，每一次都有新的惊喜和发现，原来，雪花不全是一个模样，各有各的美。她是那么快乐地任性地追逐着雪花跑。它们飞到她白里透红的脸上，飞进嘴里、眼睛里、睫毛上、长发里……

二

追逐着雪花来到路边，瞧，不是她一个人在兴奋，这里有三四个孩子在你推我攘地抢着接雪花，抢恼了，就互相你追我赶地打闹起来。十八九岁的她虽然心智仍似孩童，但言行上还是比较矜持，微笑着看着他们闹腾，一女孩指着她教训打闹的弟妹说："你们看看人家多温柔老实。"边上的他望了望她，嘴角浮一抹揶揄嘲笑说："她这样也算是老实，皮笑肉不笑的，哼！"从小就听惯了别人的夸奖，听得都没有感觉了，这还是第一次听到有人这么说她，脱口而出："你胡说八道什么？"他却给她一个鬼脸，她怒得伸手抓起路边雪和泥的混合物掷向他……

三

到处被厚厚白雪覆盖的夜晚是一种诱惑，魅力远胜于满月的夜，雪光不输于月光，整个世界变成了一张洁白的纸上画着的水墨画，特别是在郊区，站在城市的边缘，望向那一望无际的旷野里点缀着三三两两的小树林，远远的稀疏的房舍……若不是偶尔传来的狗吠，还真以为自己站在一幅画里。

四

这样的夜晚，可以极目远眺。洁白的纸上的画，真的很安静，难得见到人影，偶尔远远地见一人走过来，心里害怕。拉着好说歹说还不情不愿陪着出来的他，可以放心大胆地想逛哪里就逛哪里，对他的什么烟花风月、风花雪月的酸言酸语似充耳不闻，怕破坏了自己的好心情，心想这么美的雪景，他应该像我一样懂得欣赏，身临其境地看过了，不会再后悔出来。默默地走着，脚下"嘎吱，嘎吱"的声响，有点落寞。赏着醉人的雪景又什么都不注意了。

五

漫天纷纷扬扬大朵的雪花飘飘，下了两天多了，视野里一片苍茫的白，世界被涤藏若虚。厚厚的白皑皑的雪地上，是他刚离去的脚印，那脚印一直向前，一直向前，从门口伸向远方，没有踯躅，没有凌乱的痕迹。在这雪花飘飘的日子，无须猜测他的思想。

六

站在落地窗前，看漫天纷纷扬扬、大朵大朵的雪花飘着，看着看着，内心里似乎又有了一种雀跃和兴奋，微笑着向门口走去……

一个小雨的午后

我静静地坐在书桌前，眼睛很快地浏览着面前的一本小说，偶尔用笔在心动的句子下面打上标记，偶尔在簿子上记录一些书中锦句，手与笔在书和本子上摸索，有断续的窸窸窣窣的轻微声音。

窗外，又下起了小雨，细碎的淅淅沥沥中，夹杂着院墙外马路上过往车辆发动机震耳的轰鸣。下了两三天雨，机车穿过积蓄着水的马路，"嗤嗤……"溅起的水刺穿空气的爆破音，拖曳着，由高到低，由近到远，渐弱，渐不可闻。这个还没有完全消失，那个又起……

也许是不专心，让院墙外的声音牵动了神经，那循环往复的"嗤嗤……"由高到低拖曳着的声音，像一支连绵不断的催眠曲，听得久了，我头脑渐昏沉。书读不下去了，索性走到落地窗前，漫不经心地向外眺望。虽然已经是十二月初，下着小雨的空气迎面而来，并不觉得有多寒冷，却可以说是温润的。四季常青的树，还可以说是枝繁叶茂，却没有以往的锋芒毕露神采飞扬，别的落叶乔木就更显得狼狈不堪了，像褪尽美丽羽毛的鸟雀，黑瘦枯槁，让人心生哀怜。

路上少有行人，只有车辆是活动的，拖曳着声响，一闪而过，其余的都是静默的，包括站在落地窗前的我。一切是那么地单调，寂寞的家院，寂寞的马路，寂寞的小雨，寂寞的我……站在世界的一个角落里，窥探着世界，仿佛已经把它遗忘了很久，仿佛现在才想起来要打量打量它。默默地，在那此起彼伏的“嗤嗤……”拖曳着渐消的声音中，站得久了，那种催眠的意味又弥漫过来，努力定了定心神，屈起胳膊做几下伸展运动，不行，还是抵消不了整个身心里瞌睡的倾向。哦，想起来了，上午近十点时候，吃了治鼻炎的药，那药里有安眠的成分，现在是下午一点多，药效上来了。

昨天晚上，赴一友的生日宴会，喝了点红酒，今天早上刚醒来就觉得鼻子发痒，接着是喷嚏，再接着是清水鼻涕止不住了。那一刻，我心里厌烦的同时竟然产生了恐慌，原来鼻炎发作真的和喝酒有关系！一个礼拜前，也是这样，头天晚上喝点酒，第二天早上鼻炎发作。自夏天结束，天气刚变冷，就老是鼻子痒、打喷嚏、流清鼻涕，一开始以为是要感冒了，将感冒药吃了一星期，没起作用。一天到晚仍然无数次地打喷嚏流鼻涕，头晕乎了，鼻子皮肤磨破了，真是一种折磨和痛苦。过了好几天才意识到应该是鼻炎，于是我才对症下药，两三天后好了。后来又莫名其妙发作一两次，一个月内吃了三次大把大把的药，我现在想起来都恶心。这次，确定无疑酒精是罪魁祸首，诱发了鼻炎！

书是静不下心看了，心里不由有点懊恼，一本书一个月前就开始看的，每天好多琐屑的事情，总是耽误了，今天还下决心不午睡多看点的呢，现在又……

想想作为一个女人，因为喝酒诱发了鼻炎，说出来真是丢人！对喝酒，绝对没有什么特别的嗜好，喝或不喝都无所谓，可是亲戚朋友到一起，总是会喝几杯的，我最大的酒量是半斤八两，可是，每次在酒席场上都喝一两二两的，陪人喝点就算了，如今这鼻炎和酒挂上了钩，真是太蹊跷了！

说出来是丢人，可憋在心里不说，又害怕下次再和亲戚朋友相聚，陡然一下子不陪人喝酒了，别人会不会有什么误会？

因为，有的人派酒的说辞会和一些让人扛不动的话连到一起，比如，你不够意思，或者你瞧不起人等，特别是那些在乎的或对我又有过帮助的人，都知道平常能喝几杯……这次鼻炎发作，开始恐惧了，一个多月，吃了这么多药，伤了身体不说，万一以后药不灵了，天天就这么鼻涕眼泪一大把的，岂不是要活活痛苦死？酒真的不能再喝了，酒精过敏的事情即使丢人，也还是要说出去让亲戚朋友知道，相信，她们会理解！

午饭时，对老公说鼻炎和喝酒有关系，他冷笑着说：“好，让你从此戒了酒也好。”唉！听听这话，倒显得我以前就是一个酒鬼似的，唉！真是哑巴吃黄连有苦说不出。

还要声明一下，对酒没有一点点依赖性。只是赞同少喝点酒有益于健康，特别是冬天，酒能驱寒气暖胃，能促进血液循环，从而促进新陈代谢，老觉得有位美女皮肤阳春白雪一样美和她也喝点酒有关系，所以每次和亲戚朋友聚到一起，不反对少喝点。话说到这里，要尊重申明：坚决反对拼酒酗酒！

不反对少喝点酒，还有一个原因是酒像咖啡，不是像，而是比咖啡更强烈的兴奋剂的作用，不要太多，只要一两杯就有效果。

我不是一个外向的人，见人说不出多少话来，有时候连一句话都说不利索，可是喝了一点酒以后，状态就会改变很多，不但蚊子样让人听不清的声音大了起来，而且话题也多了起来。我总希望亲戚朋友到一起，气氛活跃些，关系亲密些，总希望可以带动起理想中的气氛一些……我的酒场很简单，不是官场，不是名利场，也许在一些个别的酒场上，有的人会争风吃醋，会哗众取宠，会自我标榜……都可以包容，以旁观者局外人的眼光看待，像看一场电影或者一场戏。心里不把它当作名利场，不去妒忌别人，也不责怪，毕竟，平常很少聚到一起，聚到一起就是缘，要珍惜，以后说不定好多人不会再见，有的就是约，也不见。

其实，还是更喜欢一个人的时候，一个人的时候，可以自娱自乐，可以莫名兴奋，也可以放一段热烈的音乐助力，也可以安静地捧一本书，卸下所有的思想，让自己的身心专注于当下，也可以忧心忡忡，也可以像一潭死水，波澜不惊……无论什么样都行，在我的世界里，要一种率性而为的自由。一个人的时候不会受别人情绪的左右，沉溺于想要营造的氛围中。

可一个人久了，有时候难免会有一些莫名其妙的寂寞和孤独，不厌世，更不想逃世，一个人久了，还是会想念某些人和某些人群；一个人孤独久了，更觉得人与人其实是有很多的区别的，不是每个人都能谈得来的，有道是，话不投机半句多，遇到能和自己惺惺相惜的人是该珍惜的。

从容、淡定、宁静是心灵的避风港；风趣幽默、快乐开朗、和谐友爱是和朋友在一起相处的追求，也是送给朋友的礼物，两者是否可以共融？

一颗心从出生到死亡，要经历多少悲欢，多少沉浮，才能与时光安静地流逝相一致，不动心，不动声色，无喜无悲，即使在喧哗的人群里，也能安之若素，怡然自得，保持心灵的宁静，和周围和谐相处，是宁静，而不是死亡般的孤寂，因为寂中有孤独，寂中有悲哀，孤独和悲哀都不是我想要的，我的独处是宁静、是怡然自乐、容不下孤独。

在不熟悉陌生的人群里，一贯不仅是沉默的多，且有点忧郁，许多人说像林黛玉，听了只是展颜一笑不置可否。林黛玉表面柔弱不禁风，内里却是尖刻有反骨的自视清高的人。前几年，不谙世事的我常常被王熙凤式的泼辣自信热情所吸引（她的刁钻刻薄毒辣自私除外），并被感动，后来经历过许多不想经历的事情以后才明白王熙凤真正是什么样的人。于是我不再羡慕，只想遵照自我做一个真实平凡的人就好，可在平静的外表下，内心却像是一个在暗暗活动的火岩洞，燃烧、沸腾、撞击，是太敏感了，心里的思绪太多太乱，可能力有限，我不是一个思想家，有时候很痛苦，有时候又想，思想多，感触多，说明我还没有石化，是好事情。

三天前和一个女人聊天，她质疑：现在的你，还是从前的你吗？

听了不知该高兴还是该难过！高兴的是我的确是有所改变了，难过的是早就听说一个人一生中有一个知音都是奢侈的，许多人一辈子一个都没有。千古知音最难求，现在相信了。许多时候，人只看到你的表象，许多时候，人会听信流言而怀疑……

想提升自己做人做事的能力……并未引来好感而是质疑，质疑背后的眼神和心理，也能悟到几许……

不管怎样，质疑使我冷静下来，开始重新反省自己，写下这些啰里啰唆的话。

究竟想要谁满意呢?

此时，谁会在意我呢？整个世界好像已经把我这个默默站在窗前眺望它的人遗忘，千万条银色的雨丝淅淅沥沥从天而降，似乎在梳理着时间，梳理着季节，也梳理着人的心情，我在梳理自己的心情，再次确定，追求的热情、自信、勇气和人勇敢交流沟通、和谐相处的目标是对的……在整个社会面前，也再次认识到自己的渺小，也再次认识到一股潜流的力量，也再次确定无知的可怕!

雨，迷蒙了天与地，像要把世界凝固。冬天的阴天像垂暮的老人，神色凄楚，没什么活力，它的灵魂往往追不上它的生活，可像我？这会儿，它和我一样止瑟缩在这个灰蒙蒙的角落里静止发呆。

不知道在哪看到过一段话：这一生中，我们会遇到无数人无数事，99% 的都与我们无关，真正成熟的人，只过那 1% 的生活。读过后沉思，深以为然——时间和精力的限制也不容许我们过那 99% 的生活。

安眠药的效力并不能阻止胡思乱想，书是看不下去了，还是屈服吧，去睡个午觉。刚坐到床边，手机响了起来……是我选择人群，还是人群选择我?!

写于 2016 年 11 月一个下雨的午后，修改于 2018 年 11 月一个小雨的午后

第四辑

晶莹的泪珠

爱，庇护稚嫩的生命健康成长

下班上街去买东西，宅的人不太喜欢上街，现在好多东西都通过手机网购解决，上街次数极少。

一、新生命蜕变之痛

走到沭河风光带的其中一座桥，被春天的风光迷住了。春天万物从沉默中苏醒，爆发的那种蓬勃昂扬的生命力，在晴朗明媚的天气里，那种光与影在大自然中微妙变换，在天地间营造出气象万千的景色，想停下脚步，站着静静地欣赏，这么想就这么做了。我停下车子拿出相机拍了一两张春天的美图，心中被震撼得隐隐发痛，震撼来自从冬天的废墟中挣扎出来的纯净、完善之美！

这是来自热爱生命、热爱自然的痛，一种痛快淋漓的痛——来自从冬到春从无到有的突破，来自春天万物坚韧不拔地成长并渐渐茁壮起来！联想到破茧化蝶的那一刹那，蝴蝶颤巍巍地挣扎着、抖动着美丽的翅膀，新生的翅膀还皱皱巴巴，还很娇嫩，还无法驾驭清风、还无力展翅飞翔，在破茧的一刹那爆发力似乎要把它的力量耗尽了，可是一旦停滞就将前功尽弃，不能停止生命的力量，它一直在拼尽全力，一直在抖动绚丽的、稚嫩的翅膀，翅膀在抖动中渐渐地平展了、坚韧了、成长起来了，下一刻，它终于完全脱离了茧，看啊！它飞了起来！世界因它而变得美丽、轻盈起来!!

在起飞的一刹那，什么恐惧、痛苦、忧伤都可以忽略不计!

二、在痛中去除麻木并反思

到了商店，买东西的过程中，听老板娘一直在唏嘘，说哪里哪里又有学生自杀了……三两顾客和老板娘一起叹息，说现在这些孩子都太脆弱了，太没有抗压力了！是不是父母太宠以至于这样娇弱……叹息着，埋怨孩子，埋怨家长……

花一样的年纪，生命像春天一样刚开始起步，就夭折了，真让人惋惜！也不由得感叹、沉思——现在一些少年人为什么没有抗压力，遇到一点挫折，就选择结束生命呢？有结束生命的勇气，为什么没有面对困难的勇气?!

回家的路上，浮想联翩……现在的孩子都是独生子女多，我们那时候姊妹五六个，整天在一起吵吵闹闹，受的委屈，最终也锻炼坚强了自己，还有那时候贫穷落后的经济条件，羡慕嫉妒恨的对象很多，求而不得的事情很多，并没有失去信心和勇气……一路上的思绪中始终有一种淡淡的忧伤，挥之不去。这种忧愁善感已经好久没有过了!

近来，我被一种末日要尽量狂欢的情绪冲击着。这应该是来自对许多不如意的事情的反抗，反抗的方式就是要尽量快乐，无论什么事情一笑而过，久而久之，似乎抛弃了烦恼，只选择了盲目的快乐。久而久之，似乎也忘了为什么快乐的，人渐渐变麻木。麻木是小时候骂人的话其中之一。麻木是无所谓痛也无所谓快乐，对许多事情不想再认真。说年龄大了是借口，说生活中没有什么太值得追求的事情也是借口，那究竟为什么麻木？求而不得后的放弃？看破红尘后的淡然？想到这也是阿Q式的一种愚昧自欺，内心不由得一阵悲凉！可是转念一想，是阿Q精神保护了自己，也是阿Q精神愚弄了自己！个人如此渺小，个人的欲望又是如此强大，这种矛盾该如何调整？如何正确地取舍？做一个正常人。

三、爱保护了稚嫩易受伤的生命

史铁生的一生，充满苦难。二十岁，是人一生中最斗志昂扬的年纪。史铁生却因一次高烧引发了腰病，后来恶化致双腿瘫痪。一个生龙活虎的精神小伙子，不能跑，不能跳，只能坐在轮椅中度日，无法工作，失去了希望。这巨大的打击，不仅摧毁了他的身体，更击垮了他的精神世界。几度想要寻死，都被他的母亲拯救过来。

《秋天的怀念》里，慈爱的母亲，深深地理解儿子的痛苦，包容儿子的暴怒，想方设法宽慰儿子，多次央求儿子出去散散心，到北海看菊花，盼望儿子早日走出内心的绝望，勇敢面对生活的苦难。她的无私和坚忍体现在她自己身患绝症，肝疼得整宿整宿翻来覆去地睡不了觉，却从未向儿子提及，她承受着儿子终生截瘫的残酷现实，承受着儿子痛苦绝望的心情，却从来没有对儿子说过“你为我想想”。她懂得人生无论遭遇什么厄运，都要“好好的活”。

正因为，母亲这种伟大的爱，才激励史铁生好好地活下来，并且活出了尊严，找到了一条走向自己幸福的路！

生命很多时候只是在一念之间。

…………

那个时代坚韧与顽强的意志来自哪里？那时物资贫乏，精神的享乐也不丰富，可去的娱乐场所更少，几乎没有。坚强的后盾是父母对年幼子女的爱，有责任、有担当，让孩子健康快乐地成长；孩子感受到了这种爱，又把这种爱用来爱自己、爱父母、爱家人、爱生活、爱大自然。如果父母不爱子女，处处挑剔，处处打击，比如说不如别人家的孩子，说如何如何缺少能力和努力，年少时那么脆弱的史铁生还能活下去吗？

说独生子女没有姊妹多的好处，也只是一个假设，关键还在于父母对稚嫩、脆弱的孩子的态度。

我们小时候的条件并不好，父母最关心的只是我们是否吃饱穿暖了，是否正常去学校学习了。至于学习成绩，他们也会问，但并不强求。他们也知道能否考上大学差别很大。但是他们并没有使用非常的手段对待孩子。许多70后、80后不是一样也有很多优秀的人才吗？这样说并不是提倡对孩子放任自流，而是想说不要太粗暴，要用正确的方式来促进孩子的成长，爱和尊重孩子必不可少。

因为有爱，所以心里就有了责任。自己的和父母的病痛、艰难都会落在眼里，记在心上，心里就会渐渐萌生一种将来要如何如何的决心，这决心是在爱的环境里产生的！那时候忧愁的事情真的太多了，一点点小事，不该想的事都会忧愁，天天有一种淡淡的愁在眉尖微蹙着眉头。正如一首词描写的那样："少年不识愁滋味，爱上层楼。爱上层楼，为赋新词强说愁。"

因为爱而有了责任，因为有了责任而反思自己，在反思中清醒地看到自己不够强大。如果都保护不了自己，怎么能保护父母及所爱？手中要有利剑才能护佑！这利剑就是自身的能力！在追求才能的途中渐渐强大内心！有强大的内心才能不断进步！在这样的意念下，不断改造自己，让自己内心强大起来。如今，终于把自己心的表面磨成硬的、厚的保护膜，这保护膜不仅由冷漠、麻木等物质组成，还有智慧。把爱包裹在内核，不再轻易暴露，忧愁爱憎都不再显山露水。就像以前有形容中国男人是暖水瓶一样！有壳是保护，保护自己！保护所爱！虽然有时候也会有心痛的感觉，可每次都及时止损，用盲目乐观、大无畏、敢于直面一切的心态。

四、别把孩子当达到目标的工具

活着，不愁吃喝，要求也不高，不追名牌，不追求不该拥有的，最基础的生活满足就可以了。就生活在这样知足常乐的心态中，觉得也找到了幸福。

今天一种忧愁又占据了我，才发觉这种忧愁已经好久不见了。

随着社会的发展，青少年心理问题频发。

现在许多父母溺爱孩子，把孩子捧在手心，养出来的是温室里的花朵。孩子总要去外面上学或工作，许多事情都得自己去独自面对承担。孩子生下来是一张白纸，在他们的心灵上，在他们的精神上，要给他们添加什么？让他们认识什么？让他们具备什么？都是由家长、学校和社会加上去的。社会日新月异地发展，而每个时代的社会都有其特点，俗话说十年就有一代沟，尽管每一代人都要面对不同的社会，但总还是有一些东西是共通的！比如家庭元素、与人沟通、合作等。

现代社会信息爆炸，每天打开网络，有人是为学习，有人是为娱乐，有人是为工作……各种各样信息满天飞，成功的、炫富的、一夜暴富等都有。有的普通人看到这些心理难免会不平衡，每个人能力不同，所要走的道路也不同，如果总是哀自不幸，怒自不争，或者自己做不到把一切的期望转而寄托给孩子，希望孩子争一口气，希望孩子像那些人一样，后果会怎样？这些信息对普通人来说是一种心灵上的折磨，但是，社会就是一个金字塔，有顶尖生活的人，也有底层生活的人。底层生活的人羡慕金子塔尖上的人。他们不认命，但改变命运不能蛮横地加在孩子身上。在孩子身上发现一点小问题，就会无限地夸大后果，就会觉得自己的希望要破灭了，于是就会用言语或肢体暴力对孩子进行伤害。现代市场化的经济社会里，人普遍存在一种浮躁的心态，想一夜成名，一夜暴富，什么都拥有。许多人的发家致富之梦也像天方夜谭——芝麻！芝麻！芝麻开门！要求到孩子身上就是拼命地学习，家长之间对于孩子的攀比，让孩子学这样学那样，根本不考虑孩子是否有这个兴趣。没有兴趣去硬着头皮学一样东西是折磨、摧残。放过孩子吧，孩子不喜欢不要勉强。

五、正确的教育后来者也可居上

从小学习不好也不能就定性孩子的将来。爱因斯坦、达·芬奇、爱迪生小时候在学校学习都不好，都是出了名的差学生，可后来，患有读写障碍的爱因斯坦成了科学家，患有读写障碍的达·芬奇成了画家，被学校退学的爱迪生发明了电灯、电话……像这样的例子还有很多，这些小时候不被看好的孩子后来为什么会变成这样的大人物，其背后都有一个优秀的、懂得珍惜、培养孩子的家长……不要急功近利，更要有耐心等待孩子循序渐进地成长，在成长的过程中，兴趣是孩子的最好导师，兴趣能让事半功倍，找到感兴趣的事情，就成功了一半……

呵，总算找到乐观的想法。陪着孩子成长是一种快乐，是一种重新活过和再活一次的喜悦。我们都是从那时候过来的，年少无邪，天真快乐，那种阳光烂漫的心态，是孩子所具有的，而成年人在生活中逐渐丢失的。陪着孩子一起成长，再重新找回到年少时的感觉，重活一回年轻状，是快乐的事。快乐生活，快乐教育孩子，让孩子在快乐中成长是家长的责任，也是一种能力，一种要经过锻炼才能得到的能力。为了培养出更优秀的孩子，活到老，学到老吧！

对于成年人都知道太用力地生活很痛苦，成人成熟的心态可以承受，但不要把这种痛苦强加给稚嫩的孩子。虽然面对现代社会的竞争、生存压力，肩上扛着许多责任，有一百个理由说生活沉重，一个一天到晚生活在沉重里的人会变成什么样的人？得学会快乐生活。努力与孩子快乐沟通，快乐交流。

对孩子当然要有忧患意识的教育，有不经寒霜苦哪得腊梅香的吃苦耐劳意识的教育，更主要的是爱的教育。

正确的教育是保证孩子成才的前提条件之一，否则天才也有可能被毁，比如伤仲永的例子。

六、成长是一辈子的事情

把人生分为几个阶段，人生前二十年为第一个时期，这个时期是学知识、学本领的阶段，也是长身体、锻炼身体的重要时期，更是锻炼心智、才智，初步建立三观的重要时期。并不是要求非得在这个时期一步到位，在以后学习也可以，这是一辈子的事情，慢慢来，不能着急。二十岁到四十岁是第二个时期，工作、成家立业、在社会上找到自己的定位。四十岁到六十岁是人生成熟期，许多事情看得通透了，看开了，看淡了，许多观念或许会发生转变。六十岁以后就可以颐养天年了吧？其实，学习是一辈子的事情，有些人小时候让人着急，但也还有大器晚成。

对于成功的定义每个人都不一样。不一定要处处都与别人比较、比别人强才算成功。世俗上的成功是赚到大钱了、住了大房子、开着豪车、当大官之类的。而现代社会成功的定义很多，成功的范例也很多，还是那句老话——三百六十行，行行出状元！关了一扇门不可怕，还有几个窗呢！

定一个小目标，一段时间后实现了，这也是一种成功。一个一个小目标的累积成更大的成功，古语说“不积跬步无以至千里”。无论是娱乐，还是工作，或学习才能方面，短时间可以拼尽全力，太长久时间会变成一种负担。

家长是否有正确的认知对孩子的成长很重要，拥有正确心态才能引导孩子在轻松快乐中健康成长。得了解您的孩子是什么样的孩子，他适合什么样的教育，我想一百个孩子一定就会有一百种教育方式，不能一概而论。无论哪一种方式，都请让孩子健康、轻松地成长。找准自己和孩子的位置，制定计划，一点一点争取进步……

人会抱怨说，为了生活，太忙碌，根本没有时间去陪伴孩子。其实，再忙的工作也会有闲暇的时光。比如一天三顿饭，也可以用来和孩子待一起，谈心，讲故事。只要你心里有孩子，总会有时间，不一定要大把的时间，生活中的碎片化时间都可以利用。

听说过拔苗助长，知道后果是什么。正如那只正在破茧的蝴蝶，看不下去它那么颤颤巍巍地挣扎，不动手去帮它破茧，它能健康地活下去吗？事实证明被帮助的蝴蝶只能停滞在虫子的阶段，再也无法展翅飞翔了！

教育家说过，教育是给孩子一个方向、一个动力，让孩子自己去开辟属于自己的一片天地。

白天忘了夜的黑

一

石林妈望着儿媳妇桂枝匆匆离去的背影，觉得她和往日不一样了，一改呆板和迟钝，还有刚才她眼睛里满溢得似乎要飞出来的一种异样的光芒……

石林妈的心里“咯噔”一下，像一脚踩空了，头有点晕眩起来，桂枝这个样子，打她嫁过来，她就一直希望看见，如今见了，却好像不是她希望的结果。她喉头像被什么噎住了，心里闷得慌。

她记得进屋时，桂枝正站在床前弯着腰，拿着毛巾，小心翼翼地擦拭石林爸嘴边的污秽，后者正在床上呼呼大睡。

石林妈年近五十，青春的影子在她三十岁时就无影无踪了，现在，你说她五十岁也像，说她六十岁也像；总之，她是那种在乡村里极普通的妇女，见过她一面，不会留下什么特别的印记。只记得是一穿着灰上衣灰裤子的年龄较大的家庭妇女样，灰蒙蒙的大众化的中等个子，齐耳短发，黄白的皮肤，五官平平淡淡。

石林妈进来没有回应桂枝“妈，你回来了”的问候，在刺鼻的气味里，她烦心地望着床上的丈夫，抱怨地说：“怎么又让你爸灌多了，你就不能看着他点？作孽呀！”她一把抢过桂枝手里的毛巾，桂枝松手给了她，赶忙从床边让开。

石林妈抢过毛巾，移到桂枝让出来的地方，一边擦拭一边抱怨：“这作践的，床上地上全弄脏了！”她转头看着桂枝说：“去，你去过道炭炉旁取点炭灰，打扫下。”

说完，她本想把视线转到老伴身上，可是她立马又转过头来想再仔细地打量一下今天晚上的儿媳妇。可桂枝领了她的吩咐，只回望了她一眼，抿紧了嘴唇一声不吭地去过道了。

桂枝踏进西屋的脚步声，让正在发愣的石林妈恢复了常态，继续低头擦拭床沿。

重新站在石林妈面前的桂枝恢复了平常的状态，板着脸，紧抿着嘴，似乎意味着该说话，她也不想吱声，只顾埋头做事。

石林妈也不看她，一边用毛巾擦拭床沿，一边问桂枝：“你爸喝醉了，白士义呢？他什么时候离开的？”

桂枝的头低得更低了，她嗫嚅着回答：“他吃过饭就走了。好像也喝了不少，他走的时候，踉踉跄跄的。”

桂枝把煤灰放呕吐物上踩几脚，干干的碎碎的煤灰很快变湿了，煤灰的分量刚刚够用。桂枝一手拿着扫把，一手拿着垃圾簸箕，只三四下就把地面打扫干净，地上只剩下个碗口大的湿的印记。

桂枝提着东西就往外走。石林妈在后面说：“你去烧碗汤给石林喝，这几天老是加班，他累坏了。”

桂枝头也没回，只漫不经心地“嗯”了一声，径直出了西屋。

石林妈回头“啪”的一巴掌打在石林爸的胳膊上骂道：“你个酒鬼！你个死人！一沾酒，你就不顾死活！”

整夜，石林妈在床上翻来覆去胡思乱想，心里叹气：“真是作孽呀！”

石林妈和石林爸的婚姻依靠的是媒妁之言。那时候，自由恋爱的婚姻是稀少的，石林妈婚前和石林爸只见过四回面，第一回是相亲，第二回、第三回是双方父母带认认门，第四回是定亲，后来很快结婚了。

石林爸家是半商半农，家里有耕地，又有两间小商铺在镇子里的小街上，能嫁到这样的人家，石林妈是有福气的。

石林爸家的上辈就有酗酒的毛病，石林爸年轻时没这毛病。随着年龄的增长，这毛病才偶尔发作出来。平常不沾酒，只要一沾酒，几乎每回都醉。好在不胡闹，只是呼呼睡到第二天日上三竿。

石林妈为这事情也烦恼过，可是在男尊女卑的家庭里，石林妈的话根本不起一点作用。只能唉声叹气，该伺候还得伺候着，嫁鸡随鸡、嫁狗随狗吧。

二

第二天早上，石林妈起床头晕沉沉得几乎要跌倒，漱洗时，看见镜子里的自己不由得惊叫起来，镜子里的她嘴角有点歪了，一只眼睛似乎也有点斜了。

到医院一检查说是轻微中风，必须住院治疗。真是祸不单行，刚出现一件窝心的事情还没有整理出头绪，人又病倒了。

住院期间，石林妈几次想好了一些话要责问老伴，可惜边上都有人，俗话说家丑不可外扬，多次到嘴边的话都生生地咽了回去。

每次老伴来看她，她只是反复问道："桂枝在厂子里吗？"

"桂枝今天都忙什么了？她都和谁在一起？"

石林爸被她问得一头雾水："在厂子里，她还能和谁在一起？"石林爸睁着牛眼睛反问她。相对石林妈的黄瘦，石林爸显得白胖，他鼻头是肉肉的圆，脸原来是长方的，现在也是圆的，甚至，他的身材给人的印象也是圆的。

他继续不耐烦地说："真奇怪，你怎么一下子这么关心起她了？她每天送饭，你自己问她吧！"

石林妈被老伴的态度和话噎得直翻白眼。那些在发病头天夜里就反反复复想好的话又无法痛快地倒出来，她现在又恍惚起来，自己是不是在捕风捉影，老眼昏花看错了？

想想，还是不说了吧，自己有了心病，还是不要再给老伴心里添堵了吧。以后自己多注意点，对桂枝好点，这孩子和那些不正经的风骚女人一点也不一样。

石林妈心里的这件事也就算是暂时告了一段落，心里有了另外的计划，病也很快就好了，约十天后，她出院了。

石林妈在家里歇了两天，又开始早出晚归到厂子里去。石林妈不像以前那样只守在门口收购家禽家畜的地方，她现在一个个车间来来回回逛逛。

说是车间，其实也就是三座砖瓦房子，一座是分割车间，一座是打包、过秤、装箱车间，一座是冷库。

正常情况下，石林在门口管收购，石林妈按照石林报的钱数付钱给养殖户，桂枝管理打包、过秤、装箱车间，并负责管理进出冷库的账目，石林爸和白士义负责推销和接待。

这个厂子的前身是一个废弃的小冰棒厂，冰棒厂的旁边有两间房，一间是石林妈开的杂货铺，一间是石林爸开的磨坊。

十年前两种生意都不错。后来，乡村里人数骤减，剩下老弱病残，小街也一天天冷清下来，冰棒厂兴旺了几年也倒闭了。

石林家在艰难维持。一次，省城来了一亲戚，石林爸向他讨教赚钱的门道。

石林爸的原意想跟他去省城打工，不料亲戚却给他出了一个租下冰棒厂、利用农村养殖的便利做分割肉的主意，并且说他有一朋友在省城里做着分割肉的销售，各个大中小型饭店都是他在供货，供不应求。

做了两年，石林爸看到了更广阔的生意前景，只是需要多渠道去拉业务，这时，石林爸深感有点力不从心，和大城市里的那些人打交道，他有点无所适从。儿子石林也是天生木讷且又年轻没见过世面，见人说话就笨嘴笨舌。

于是，他想到了招聘。

选来选去，挑中了县城来应聘的白士义，相貌堂堂，白白净净，个子中等，宽背细腰，虽然刚见面时，石林爸觉得他有点油头粉面，有点腻味。

一番交谈过后，石林爸不由得暗暗赞叹白士义的能言善辩。他能慷慨激昂，也能温言细语，说得每一句话都说到了石林爸的心坎上。

白士义说，如果自己被录用，他会如何去联系大城市的销售厂家，他会如何说动他们买下石林家的产品，以后他会如何去维持和那些销售厂家的关系……

石林爸动心了，想自己要的就是能言善辩会交际的人才，至于，长什么样，应该问题不大，再说，白士义看久了，气质上倒像个白面书生和江湖义士的混合体，难看倒不算难看。于是，就把白士义留在厂里做推销。

石林妈到打包，过秤，装箱车间去，本想看看桂枝的，桂枝不在。

她无意中发现，做事情的三两个妇女在交头接耳地窃窃私语。她走进车间时，她注意到她们在互相使眼色，看她走近了，就和她打着哈哈说些不着边际的话。

她很奇怪，从这个车间绕了一圈走了，趁这几个妇女没看见又偷偷回来，不声不响地站在门口。果然，那几个妇女看她走远了，又头聚到一起聊起来。

石林妈虽然听她们的话不是十分清楚，可也听出了个大概，她们聊的是："你们看见没，她的嘴角还是有点歪，一只眼睛看人有点这样。"说话的妇女学起石林妈看人的样子，惟妙惟肖的，其他的妇女哈哈笑起来。

另一个妇女有点同情地说："石林妈真是个老实人，要是换了别人发现男人和儿媳妇不轨，还不闹得鸡犬不宁鸡飞狗跳啊！"

"是啊，也真亏了她，据说，那晚，她到家正碰上桂枝和老板两个人在床上呢，老板喝醉了，唉，酒能乱性啊，一点不假！"

"这些话你是听谁说的？"

“我一个亲戚在那个医院当护士，老板娘那个病房正好在她的监护范围，我那天去医院探望老板娘，在走廊上遇到她聊起来的。”

“那她又是听谁说的呢？”

“她说她是听常去看望老板娘的一个三十岁左右的男子说的，我估计那男的是白士义。他经常到老板家里去喝酒，只有他知道老板家里的风吹草动。”

…………

石林妈听到这些话，头再一次晕乎起来，白士义和老伴到底谁和桂枝有瓜葛？

…………

车间里边还在继续聊着：“嗨，你们知道吗？石林的媳妇桂枝可是老板先看好的，然后，托媒人说合的！”

…………

前年，石林爸到很远的一庄子里去赴一老朋友儿子的结婚宴。

老朋友一见面，石林爸又喝得烂醉，结果当天没有回家，第二天又在人家又喝上了瞧亲的喜酒。

就是在老朋友家里，石林爸第一次看见了桂枝。

桂枝是老朋友的堂侄女，在老朋友家里帮忙布置桌堂，端端来收收桌子等。桂枝做起事情来手脚麻利，很轻巧，招呼客人也很大方得体。

据石林爸说，他第一眼看到桂枝就觉得眼前一亮，心里舒畅，就像看到了一株亭亭玉立的水仙。

当即，石林爸就联想到了自己的儿子石林，要是把这姑娘配给石林多好。当时，他拉着老朋友开始打听这姑娘是谁家的？多大岁数？许配人家了没……

石林爸把桂枝和石林撮合到一起，桂枝那边倒没有费多大的周折。桂枝当时二十岁，因为家里只有她一个女孩，单纯，老实又善良，父母没有舍得让她和周围同龄人一样去大城市打工，怕她吃苦，更怕她上当受骗。寻思女孩子还是早早选个好人家嫁了才是最要紧。

石林爸托媒人上门，桂枝父母觉得石林一家人也是本分人家，且都知根知底，家道又殷实，石林又是独苗，觉得桂枝嫁过去不会有罪受，就答应了这门亲事。

倒是做石林的思想工作，石林爸加上石林妈费了好大的劲，费了许多口舌，石林到最后才点了头。儿子不点头，他们当然不敢把儿媳妇迎进门。

石林还没有从失恋的阴影里走出来。

十九岁的石林还像个少年一样单薄羸弱，腰细得如少女，一张骨感的具有东方人特色的长方脸，只是一双眼睛里一天到晚布满了淡淡的阴翳。

他曾经刻骨铭心地爱过一个女孩子，可是人家考上大学走了，而他却留在家里。

他要追随到她的城市去打工，可是父母死活不让，家里的厂需要他。再说，他即使去她上大学的城市里打工，不一定就能见到她。

他一直在自怨自艾，正像哲人说的，眼睛盯着天上的星星，却不留神践踏了地上的玫瑰。

乡下人的婚姻，只要双方都同意，礼金到位，从相识到结婚快得就像闪电一样。桂枝进门，石林只是消极应付，就好像家里刚添置了一件新家具一样。

桂枝虽然二十岁，却没有谈过恋爱，她像一支没有被点亮过的白蜡烛，还没有遭遇过爱情这把火。

她像所有的祖辈一样，只知道女人大了，该嫁人。既然亲朋好友都说不错，自己看石林也没反感，那就嫁了吧。

石林是被点燃过的白蜡烛，可和桂枝结婚时，火已熄灭，正在冒黑烟。桂枝无法让他复燃，他心里仍然是被焚烧过后的一片狼藉。

儿子结婚是一大喜事，石林爸觉得神清气爽，心里别提有多高兴，做起事情更觉得全身有使不完的劲，他决心要让生意更上一层楼，于是，决定招聘业务员。

也就是在桂枝进门不久，白士义进了石林家的厂里。

石林妈从打包、过秤、装箱车间出来又转到了冷库那，这里也是三间房，头一间是收货发货的办公室和冷库的入口。

屋里围着几个人，一个是管冷库的人，一个是搬运工，一个是白士义，一个是桂枝。

办公桌上放着一精美的大袋子，桂枝手里正托着一件藕荷色的有型有款的上衣，翻来覆去地看着，嘴里啧啧地赞叹，脸上有意外的惊喜，潜在的语言是："哇！多么漂亮啊！它属于我了！真不敢相信……"

边上人都说："桂枝穿上肯定很漂亮，桂枝试试吧。"

白士义说："这个样式和颜色现在是大城市里最流行最时髦的。"

石林妈走进去，几个人都不吱声了，只是都望着她。

她走到桂枝面前，把衣服从桂枝手里拿过来扔进办公桌上的大袋子里，有点不讲理地对白士义说："我们家桂枝的衣服石林会帮她买，下次就不要你再多事了！"

桂枝的脸有点红了，但是，她还是勇敢地反抗道："妈！你这是干什么？我可是给白大哥钱的，让他顺便到大商场给我捎的。再说，石林一年也没有出去过两次。"说完，她到办公桌前，把被扔乱的衣服折好，整整齐齐地放进袋子里。

每个人都很奇怪，这个老妇人今天是怎么了?！这又不是第一次，不就是捎个衣服吗，至于吗?

在乡村里，让经常跑大城市的人带东西是很平常的。

三

又过去一段日子，石林妈每天都格外留神桂枝的一举一动，可也没有发现她有什么不正常的地方。

早饭后，总是石林父子俩先到厂子里去。

出了门，穿过一边是农舍，一边是田野的乡村小路，约三四公里路，就是小街了，石林家的小厂就在西边五百米左右的街上。

石林妈生病以后，桂枝每天早早起来先把早饭备好，好让石林父子俩先吃，吃完就到厂子里去。

桂枝不是那种白白净净俏丽的美女，她小麦色健康的皮肤，一头如黑缎的齐腰长发，她不娇气，但确如石林爸所说，像一株水仙，没有开花的水仙，朴素淡雅，不轻易言笑，低眉顺眼的样子，可以说是恬静素雅。她一旦开心起来，就像一朵水仙花一下子开放了，黑亮的眼睛里飞扬着星星般的神采，洁白整齐的牙齿闪亮，弯弯上翘的嘴角盛满了蜜糖。

婚后，她开心的时候并不多，特别是在石林的面前，她甚至可以用拘谨来形容，也可以用相敬如宾来形容她和石林的关系。

桂枝一边把早饭放炉子上，小火熬着，一边又麻利地把积攒了几天的脏衣服洗了，打扫屋子，洒扫庭院，桂枝都见缝插针地一起做了。再把自己收拾整齐，就和石林妈一起到厂子里去。

桂枝到厂子里，约十点，石林忙完了上午一轮的收货，就来换她回去，她就该到街上买菜回家备午饭了。

现在，石林妈每天都陪桂枝一起去买菜。

桂枝挎着篮子，不吱声不吱气地陪着石林妈在小街的菜摊子前慢慢逛。桂枝大多数时候都是低眉顺眼的，对石林妈的话，不支持也不反对。

“桂枝啊，你看这条鲈鱼怎么样？清蒸鲈鱼，我知道你最喜欢了！买了吧？”

“多少钱一斤？二十六啊?！贵了吧?”

“这个大，好，贵就贵点，老板！请帮我们抓这条大的！”

买完菜，石林妈和桂枝一起回家做饭。

厨房和过道连在一起，婆媳俩一起在厨房里忙碌，石林妈把一捆芹菜放在地上，拿过一条小板凳坐在过道门口择菜。

石林妈一只手拿着一棵芹菜，另一只手机械地一片一片地楸掉芹菜叶子，心思却不全在她做的事情上面，注意力一半在桂枝的一举一动一颦一笑上面。

石林妈希望自己对桂枝的好能让桂枝对自己亲热起来。

石林妈从那天晚上以后，左思右想才恨自己是老糊涂了，桂枝进门一年多了，自己怎么就没有把心思放在她的身上，细细琢磨，总觉得自家的儿子似乎是慢待了桂枝，而自己和桂枝的婆媳关系也若即若离，一家人一天到晚光顾着在厂子里拼命地赚钱，当然这很重要，现在，家在这个小村子里也算是富裕的了。

石林妈想，不怪老头子一眼就看好桂枝，越和桂枝相处越发现桂枝确实是个好孩子。

在外人的眼里，会过日子、能过日子的女子就不错，桂枝当然符合，而且，桂枝性格也随和。

石林妈希望对桂枝格外地体贴和关心，希望桂枝在自己家里做个更好的更合格的儿媳妇。

桂枝在厨房的水池旁边洗菜、切菜、剖鱼。婆媳俩一边准备午饭一边有一搭没一搭地闲聊。

石林妈说：“桂枝啊，你上次回娘家是什么时候？你爸妈的身体还好吧？如果那边有什么事情，你可千万要尽早让我们知道！我们一定会竭力相助！”

桂枝对于婆婆近来的过分热心似乎是有点不习惯，只能是婆婆说什么，她就答应什么。

婆婆越对她好，她的心里就越发慌张，不知道婆婆这突发的热情背后，是不是发现了什么破绽？

她努力保持表面的镇定，只是低头做事情，不敢多说什么。忽然她“哎呀”了一声，把一只冒着血珠的手指举到眼前仔细看，还好，只是不小心被刀切掉了点皮。

石林妈赶忙到面缸里抓了一点面，到桂枝面前，把桂枝的手指头放进手掌心的面里，血只是渗出一点点，遇到面就凝住了，石林妈打趣道：“怎么这么不小心，是嫌肉买少了吗？”

桂枝也不禁莞尔。

石林妈说：“去找点布片包扎一下，歇歇吧，弄好了饭，我喊你。”

四

白士义的上班时间没有具体的限制。

一天下午近五点钟，他不知道从哪儿一下子冒出来，提着两瓶五粮液，拎着一包南京桂花鸭和一袋水煮花生米，约石林爸一边喝酒，一边汇报他近一段时间在外面跑业务的情况。

石林爸一看到五粮液，肚子里的馋虫就蠢蠢欲动了。自从白士义来，隔段时间，某个晚上，到家里一边喝酒一边谈业务似乎成了一种习惯。

还和以前一样，石林爸和白士义先回家，桂枝去街上买点新鲜蔬菜，然后回家清炒几样下酒菜，再烧个汤，弄点饭什么的。

石林妈站出来对桂枝说：“桂枝留在厂子里吧！我去买菜弄饭。”

桂枝只是用眼睛望望婆婆，并不接她的话茬，然后她调转目光望着石林爸，希望石林爸说句话，决定自己去留。石林爸望了望桂枝，对老婆说：“我和士义都喜欢吃桂枝烧的菜，还是让桂枝去吧。”

石林妈看没人愿意听她的话，再坚持下去似乎也不好，她用手指点着石林爸的额头说：“你听着，今晚再喝醉，我和你没完！”她又转向桂枝和白士义：“你们俩也听着，今晚再让老头子喝多了，我可不饶你们！”

白士义连忙应承说：“老板娘，你就放心吧，今晚保证不让老板喝多的。”

石林爸也打着哈哈说：“不喝多，不喝多还不行吗？”

石林妈只好听任他们去了。

入秋几场冷空气后，生意开始忙起来。这几天都要忙到九点左右才忙清，当天收进来的销出去的货品，当天就得登记完，不能拖到第二天。

石林妈想早点回去，平常晚上一家四口一起回家，遇到这样的晚上，她和石林一起回家。可那天晚上，不安又悄悄地涌上她的心头，她有点焦躁起来。

看情况，今天晚上还要拖到九点左右，好不容易挨到八点，石林妈再也坐不住了，不管怎样，她都得回家看看。

她跟石林打个招呼，就独自回家了。

从宽阔的马路上下来步入通往村子的狭长小路，走了一会儿，大路上的路灯光就与行人告别了。乡间的路有点崎岖不平，两边林立着树木和庄稼，一切都黑魆魆的，胆小的人夜里不敢走在这样的路上，林子里和庄稼地里看不透的黑暗，会不会隐藏着什么，随时闯出来吓人。

二十分钟后，石林妈到了家门口，木扇门没有像以前那样虚掩着，而是被从里面结结实实地闩上了。

石林妈用力推门，没有用。她站在门口从门缝里向里张望，过道厨房里、西屋里、堂屋里都亮着灯，只是不见一个人影。

她把耳朵贴在门上，隐约能听见西屋里传来石林爸的鼾声，那鼾声更显得院落里的静。静，不正常的静，一种让石林妈有点毛骨悚然的静。

怎么办？喊门吧！翻墙头，自己绝没有那样的本事，再说，跌出毛病来可不得了。

“桂枝！桂枝！开开门！”

“桂枝！桂枝啊！听见没?!”

…………

石林妈喊了好多遍，里边还是一点动静都没有。

她又喊：“老头子！开门啊！”喊了好多声，里边还是老样子。

石林妈这时候也没顾忌了，一边放开嗓门大喊，一边把木扇门捶得“咚咚”响……

折腾好久，没一点用，石林妈累得趴在门上欲哭无泪。

她的家在村子的一头，一天到晚忙着生意，在家时间不是忙着做饭、吃饭就是休息，很少和邻居串门，时间久了，邻里疏远。

喊门的声音邻居能听见，可喊门这样的事情别人似乎也无能为力。尽管石林妈喊了半天，隔着路、隔着墙，邻居也没听出什么异样动静，就是觉得今晚喊门特别，竖起耳朵听，也没发生什么呀。

石林妈喊了十几分钟就泄气了，再说，她也心虚，还是害怕惊动村里的人。

想了想，还是回厂里找石林。

到厂子里，石林妈见到石林时几乎要支撑不住了，石林看她疲弱和心急火燎的样子赶紧迎上来搀扶她。虽然，石林已结婚一年多，但从外表上看，还没有完全脱离孩子气。男子汉的沉稳和睿智，老天爷不会随随便便地赋予年轻人。石林小心地让她在椅子上坐下，一边不解地询问：“妈，怎么了？发生什么事情了？”

石林妈喘息着、带点哭腔说：“我到家，大门被闩起来了。喊桂枝不答应，喊你爸也不答应，你爸肯定又喝醉了，一醉就跟死人一样，什么事都不知道；可桂枝和白士义，我到家时，她俩应该在家的呀，怎么喊都没人答应，我担心肯定出了什么事情！”石林妈蹙着眉一边说一边潸然欲涕。

石林听她这么一说也有了一种不好的预感，皱起了眉头：“妈，你坐着歇歇，我回去看看。”说完，他立刻急匆匆一路小跑着去了。

石林妈坐着略定了定神，起身跟在后面往家去。

五

石林妈到家时，院门开着。

石林妈进了门，神色惊慌的石林从堂屋跑出来喊："妈妈，你快过来看呀！屋里是不是遭了贼了？"

石林妈一听三步并作两步到堂屋里。堂屋当门饭桌子上乱七八糟地放着的餐具、残羹冷炙，菜肴只有白士义拎来的南京桂花鸭和花生米等几样冷碟。

里间，石林和桂枝小夫妻俩原本漂亮整洁的卧室里箱子、柜子都被翻开了，地上、床上都是被拉扯得乱七八糟的衣物……

石林妈的头"嗡"的一下就大了，随即不禁悲从中来，眼泪噼里啪啦落了下来。

她哽咽道："真没有想到！她怎么敢！怎么敢……"石林妈想起刚一进门厨房案板上一堆没动的蔬菜，桂枝傍晚才买的原封未动的菜："天哪，难道是我的过分热心造成的，这一切他们早就计……"

石林这时候也醒悟过来，他恨恨地骂道："想不到平常看起来那么老实的一个人，竟然也敢做出这样见不得人的事情，白士义这个杂种，真冤了我们家对他这么好，想不到……"石林拉着母亲的手说："妈，别哭了！不值得为这样的人伤心。"

石林妈怜惜地看着儿子："傻孩子，我早就提醒你对她好点……"

"妈，你现在不要再说这样的话了。我还要怎么样对她好？她在我们家已经当了半个家了，大事小事几乎都由着她，再说，她对我也不冷不热，就没有想到竟然有这样的事情发生……唉，真丢人，我现在就去把她找回来！"石林有点愤恨又有点懊恼。

石林妈有点失神地低语："到哪里去找？你知道桂枝能跑到哪

里去?”

石林忽然决绝地说:“妈,事情发生得很突然,如果现在去找找不到,过了今天,以后也不用再找了。我们分头去找吧!你去桂枝家,我去白士义家。”

石林妈抹了一把眼泪,长出了一口气说:“这时候,桂枝绝不会跑去娘家的,我们先去白士义家吧!”

经过西屋时,推开门进去伸头朝里间看看,石林爸正睡在床上打呼噜。

这次卧室里很干净,没有发现呕吐物。石林妈叹息一声,想弄醒这个酒鬼吧,又怕他醒了,不能帮忙说不定还会添乱,石林妈心里叫苦:“真是作孽!不知道上辈子做错了什么?碰到这样的冤家!”

石林妈转身出来带上门。

石林皱着眉头,恨恨地又厌恶地说:“我爸他怎么会是这样的人?真是……”羞恼得想把头往墙上撞。

石林母子到小街上找到跑电动三轮拉客的老李,时间很晚了,石林母子俩说了许多好话,最后,老李才勉强答应载他们到县城。

几经周折,石林母子俩在水泥方板铺成的一个简陋的偏僻的小巷子里找到了白士义的家。

石林母子俩简直不敢相信,在一片砖瓦楼房中间的一座连家院也没有的三间陈旧茅草屋是白士义的家,这样陈旧的茅草房在乡村都很少见。

屋前拉着一道晾绳,绳上搭着两条毛巾,绳下有一水泥板搭的台子,台子上放着两三个瓷盆,这就是他家平常洗洗晒晒的地方了吧。

白士义相貌堂堂,衣着光鲜,举止谈吐都不俗,要不是亲眼所见,石林母子很难把白士义和这样的家联系到一起。

已经将近夜里十一点。屋里黑灯瞎火,想必里面的人已经休息。

“白士义！白士义……”石林妈一边敲门一边大喊。

随着石林妈的喊声，屋里的电灯亮了，随即，里面有了拖沓的脚步声伴随着一阵咳咳喘喘的声息，磨磨蹭蹭了一会儿，门被打开。

一个披着外套夹衣、身形佝偻的老人顶着稀疏花白头发的脑袋，一半身体从打开的一半门缝里探出来，他苍老的满脸皱褶，惺忪的上眼皮耷拉着，佝偻的身体努力站直，费力仰着头，打量辨认半夜不速之客，看了半天也不认识，他睁着茫然的眼睛，声音沙哑地低沉地问：“你们找谁？”

只是问，并没有请客进门的意思。

石林妈带着一肚子恨和怒而来，看到破败的茅草屋里只有一个衰老得行将就木的老头子，强压火气问道：“白士义呢？他在里面吗？”

石林妈强行推开半掩的门进了屋，那老人知来客不善，也只好让他们进来，他说：“不知道，好多天没回来了。”

石林妈在屋里转了转，看到一头房间是老人住的，另一头的屋里只有一张床，一个旧衣柜，一张旧三抽桌，床上的被子叠得整整齐齐，不像有人在的样子，问道：“白士义在哪里？他今晚回来过吗？”

老头子回答：“不知道，我也管不了他。”

“他是你儿子，你怎么会管不了？”

“是我儿子不错，可我现在什么事情都不管了，老没用了。”老头子面色从容，不动声色地继续说：“我不知道他在外面做下了什么事情，你们要找还是找他去吧。”说完，走到门口，手扶着一扇门，明显有了逐客的意思。

石林愤怒地指着他骂：“你个老东西……”

石林妈看这老头子一副死猪不怕开水烫的架势，他可能真不知道白士义在哪，也不知道白士义会做出什么事情，即使知道，也不会把儿子供出来，再说下去也于事无补。她拉下石林指向老头子的手说："石林，我们走吧。"

六

下半夜，石林妈回到家，石林爸依然在一个呼噜接着一个呼噜。

今晚觉得他的呼噜怎么那么刺耳，怎么那么让她不堪忍受。

石林妈推他，啪啪地打他，他只是拨开她的手，哼哼唧唧嘴里不知嘟囔什么，翻个身又打起了呼噜。

石林妈刚刚遇到事情心里还坚强地东奔西跑，现在她觉得自己一下子又软弱起来，她弄不懂，本来和和美美的家，怎么会遇到这样的事情，眼泪一下来，就更伤心。

哭着，哭着，想不能就这么算了，得弄醒他，再想想办法。

端来一碗冷水，照石林爸的脑门泼了上去，正睡得浑身热气腾腾的石林爸被冷水一激，像打癔症一样哆嗦了一下，猛地睁开血红的眼睛，迷迷瞪瞪地看着石林妈，搞不清到底是什么状况："你、你哭什么？"

石林妈抽抽噎噎地说："桂枝跑了！跟白士义跑了！"

石林爸像见了鬼一样，一下子瞪大眼睛："桂枝跑了？你别瞎说！"

"你到堂屋看看，翻得乱七八糟的，她的贵重东西都不见了，肯定是和白士义私奔了！你个死鬼！动不动把他带回家吃喝，还拉桂枝陪着……"

石林爸"哎呀"一声，一骨碌下床，鞋也顾不得穿，直奔窗台下的三抽桌，拉开抽屉，双手伸进去在里面急切地翻着什么。

石林妈也吃惊地跟了过去，她知道，这个抽屉里面藏着准备收货的现金和存折。她恐惧地问："怎么了？难道……"

翻了一会儿，石林爸一下子瘫坐到桌前的一板凳上，喃喃道："没了，什么都没了……记得刚要睡着的时候，桂枝问我，我们家银行存折密码是多少。我说了……”

石林妈哭得更厉害了，一边哭一边催促石林爸：“事到如今，你赶快去报警吧。”

报警及时，存折上的钱还在。只是，虽然报了警，桂枝和白士义带着石林家抽屉里的两万块钱现金好像人间蒸发了。

石林妈和石林爸再去白士义家，还是碰了老头子的软钉子，恨恨地骂几句也没其他好办法。

去桂枝家，白白地被桂枝的父母羞辱了一顿，更是让她又气又恨。桂枝父母说，自己家好好的女儿嫁到他家，怎么会跟人跑了？全是石林爸为老不尊，做下糊涂事……桂枝妈哭着骂着要石林家把桂枝交出来！

石林妈这时也顾不得什么家丑不可外扬了，通知四面八方的所有亲戚朋友寻找桂枝和白士义。

一段时间过去了，没有任何结果。

桂枝和白士义跑了，石林家的日子还得照常过下去。一家人仍然是早出晚归一心扑在厂子里。

石林妈又恢复到一年前，没带儿媳妇进门的生活状态，洗洗涝涝，买菜做饭，兼顾厂里家里的事。只是，她的身体和精神没以前那么好，常常会唉声叹气，有时会流眼泪，有时嘴里会咒骂什么。

她的嘴角和一只眼睛有一天早上更斜了。虽然又住了一阵子医院，只是阻止了病情恶化，没像上一次那样基本恢复。

一天，石林爸买了半边钱集老鹅和几个冷菜又在家里喝酒，喝到二八盅时，一边拍桌子一边大骂白士义，又骂自己瞎了眼引狼入室。他一边喝酒，一边怒骂，忽然，他“啊”地大叫一声，从坐着的板凳上翻跌到地面。

石林妈吓得赶忙扔了筷子，俯身到他跟前：“老头子！你怎么了？你别吓我啊！”石林妈看他脸色痛苦，眼睛瞪得溜圆，脸色渐渐变得紫胀，鼻孔里缓缓流出一条红色的小溪，恐惧得“哇”的一声大哭起来，边哭边对慌慌张张也俯身过来的石林喊：“快！快去请医生！越快越好！”

惊慌失措的石林转身疯了似的往门外跑。

医生来了，伸手探了探石林爸的鼻息，又号了号石林爸的脉象，摇头说：“唉，人已经走了。”

七

不知道过了多少年，可能有十年吧，有一个熟人来家里，对石林妈说，在一个不起眼的小城里，看到过桂枝和白士义两人带一个约十岁的小孩逛商场，桂枝似乎变白了、更漂亮了，白士义还是像个书生和江湖义士的混合体，那个小孩子也挺可爱，他们一家三口有说有笑买了一大堆的东西。看见她却装作不认识她，躲远远地，很快就走了。她也没有看清楚，他们往哪个方向走了。

石林妈听了，没做任何表示，好像她说的事情与自己无关。她现在家里做些家务，带带孙子，厂子里的事情完全交给石林夫妻俩，不再过问任何事情。

《第一炉香》香艳诱惑背后的凄凉

周末晚饭后无所事事，忽然决定去看电影。电影院在城市老城区商业中心繁华地带。

商业街门前的广场很开阔，路边排满电动车、汽车。在某大商场门前，忽然在人群中看到有一个儿童骑着一头驴，很新奇，这种动物的真容久违了，我执意要停下来仔细看看。我说是驴，老公说是矮马。仔细看那动物的头，没有标志性的兔子样的长耳朵，嗯，确实不是驴。

看到一个七八岁的男孩很得意地坐在马鞍上。牵着马慢慢走的一个人应该是出租马的人，紧跟在后面的应该是孩子的家长。

这一行人因为一匹马在广场上显得很特别。再往前面走，又看到两匹白马和一些人，马上都有小孩子。不由得感慨，太聪明了，怎么想到这个办法来赚钱。

一路上，还看到许多小摊子，吃的、喝的、穿的、戴的、玩的，五花八门；还有流动摊点，人手里拿着一束气球，一闪一闪的，煞是好看，儿童追着要买，不便宜，二十八元一只，一会儿，卖出好几只；或抱着一大捆鲜花，有小情侣在买……

到了电影院的售票处，看到正在上映的几部电影海报。看到其中一部电影名字是《第一炉香》，便想起张爱玲的同名小说（没有看过），不知道是不是其改编？一时间不知道如何选择。

因是张爱玲的粉丝，相信她的作品不会让人失望，所以，坚决推翻老公其他的选择，坚持选看《第一炉香》，宁可错看，不可错过。

电影里，乔琪乔与薇龙刚发生过关系，乔琪乔在院里遇到女佣人，又与之发生关系……观众席里发出嗤嗤的笑声和调侃声："一个清纯的女大学生竟然看好一头种驴，臭……"。

接着，电影又放到薇龙在痛苦中徘徊，她纠结是否应该放弃乔琪，回上海穷困的老家？却又放不下不劳而获、纸醉金迷的生活，于是重回姑妈家。姑妈是逝去富人的小妾，后沦落为富人中的交际花。薇龙要姑妈去乔琪乔家提亲，她不在乎他是一个什么样的人，她要供养他（在恋爱前乔琪乔就警告过薇龙，他无法养活自己，他不会结婚，也不会只爱一个人，请薇龙离他远一些）。姑妈说："你知道他是什么样的人，你拿什么去养活他？司徒给你一个珠宝手镯的时候，你就像被咬手一样……"薇龙面无表情地说："现在我知道如何去赚钱，不会像你那样只会用死人的钱……"这时候，观众席里又传出嗤嗤的笑声和调侃声，有声音说，姑妈要向薇龙传授技艺了……

电影看到这里，开始怀疑这是张爱玲写的小说？要表达什么？

又看了一会儿才醒悟，哦，前面的只是铺垫，重点在后面，原来讲了这么一个故事。

正因为前面有了在姑妈家里的一段不劳而获、穷奢极欲的享乐生活，才有后面三观尽毁的婚姻和生活方式的选择！

《第一炉香》是由许鞍华执导，王安忆编剧，马思纯、俞飞鸿、彭于晏、张钧甯等主演的剧情爱情片。

该片改编自张爱玲的成名作《沉香屑·第一炉香》，讲述了女学生葛薇龙被姑妈梁太太利用，利用她的年轻美貌吸引有钱的老男人，而她却意外地与花花公子乔琪乔展开了剪不断、理还乱的爱情拉锯的故事。

一个原本清纯的女孩的堕落史，一个坠落的天使。生活这袭华美的袍子上爬满了虱子。

这是张爱玲一贯的写法，一个美丽善良、敢爱敢恨的女主角，配一个富贵人家不得宠却被娇惯坏了的、颓废的、放荡的、没有责任心的、只知道一味享受荣华富贵的纨绔公子。

爱是什么?

让一个原本清纯的女子甘愿跳入深渊!

我与老公议论道，这个女子太傻！爱的只是一副好看的皮囊，名副其实的绣花枕头。乔琪乔已声明，他没有本事赚钱养活自己，也不会只爱一个人，除了享受荣华富贵，他什么都做不了！而她竟然甘愿向那些富人出卖自己来供养他！当然，她也是想要过这种纸醉金迷的生活……现实生活中，似乎也有这样的人……张爱玲写的几部小说都涉及这样表面香艳、内里却是颓靡腐烂的小资情调，这和她生存的环境有关。

其实，爱上一个玩世不恭、穷奢极欲的花花公子的行为，何尝又不是一种堕落呢?!

张爱玲于 1920 年 9 月出生在上海公共租界西区一幢没落贵族府邸。张爱玲家世显赫，祖父张佩纶是清末名臣，祖母李菊耦是朝廷重臣李鸿章的女儿。父亲张廷重（张志沂）属于遗少型的少爷，母亲黄逸梵（黄素琼）是新式女性……（这里不再细说）。

虽然是没落贵族，但是，围绕在她身边的一群亲戚与普通人相比较，仍然没有放下贵族的心理和小资情调，也还生活在幻想中的贵族生活中，打麻将、跳舞、宴会……这些没落的贵族都成了张爱玲笔下的原型。

在《花凋》里描写川嫦的父亲，穿上短裤子就变成了吃婴儿药片的小男孩……自从民国起他就没涨过岁数，虽然也知道醇酒妇人和鸦片，心还是孩子的心。他是酒精缸里泡着的孩尸，连演四十年的闹剧，他夫人则是一出冗长的单调的悲剧……

在《倾城之恋》中，如果不是一场突如其来的战争带来的灾难，白流苏的爱情也难以修成正果。

张爱玲父母的婚姻是一场悲剧，她与胡兰成的爱情尽人皆知，也是一出悲剧（这里不再细说),《第一炉香》也是一个悲剧，一个美好的女孩毁灭史，一个女孩坚贞不移的爱情（初恋）付错了人（外表风流倜傥，内里早已腐烂），没有尺度地悲剧性地沦陷！

问世间，情为何物，直教人生死相许。

少年人盲目又无知的爱恋呀！刻骨铭心！爱情毁了自己也就毁了！人生何其短！

聪明如张爱玲也没逃脱这样的厄运！

张爱玲的故事太凄凄！笔下的故事也太凄惨！

可细想，这也是一种存在着的人性。喜剧看多了让人麻木，对社会丑陋、残酷等面的人生停留于肤浅，悲剧更有震撼人心的力量，更令人深思！

电影散场出来已近十点，老公打量密集的人群，说都是年轻人多。

仔细一看，确实都是些二十岁左右的年轻人，虽然已经很晚了，他们仍然充满朝气，兴致盎然地奔赴下一站。

不由感慨，年轻就是不一样。

不知道刚刚这些年轻人都看懂了什么，表面上看这部电影是浮华的、小资的，充斥着许多香艳诱惑的场景……

虽说一部电影，仁者见仁智者见智，但是不谙世事的年轻人能品味到奢侈浮华背后的凄惨吗……

红尘迷惘

2000 年左右，苏北的一个小县城，伴随着自由化的市场经济放开搞活中，发廊、KTV、洗浴中心等如雨后春笋般接连涌现。

一

无论天冷或是天热逛街，总会碰到一两个异样装扮的女人，猩红的唇，烟熏眼妆，长长的假睫毛闪呀闪的，厚厚的粉，苍白的脸，颊上兀落桃花，超低的领口，衣服大尺度暴露，透视的曳地长裙，路人可窥见朦胧的大腿，那翩翩姿态，像个魔女。

走在大街上人人侧目，成熟的正派男人、女人的眼能看穿美丽诱惑的画皮下的真实，都远远地躲开。

却还有一些不谙世事的或被外在的美色迷惑昏了头的男人不由自主被勾去了魂魄。

这样的女人，拖着曳地的透视长裙在街上荡了一圈，经过的街上的垃圾都被她的魔力吸着随着那长裙，忽悠悠地连成一长串，随她而去。

二

某大酒店三楼的大厅里，天花板下悬挂着几溜精光四射琳琅满目的枝形水晶吊灯，整个大厅被照得辉煌灿烂，里面正在大摆酒席，宾朋畅饮正酣。

几个顽童穿梭嬉闹于从厅门口一直延伸到大厅主席台的红地毯上竖立着几道饰满轻纱和鲜花的拱门。

地毯两边的酒桌上已经杯盘狼藉，满桌的宾客三三两两互相谈笑着。

主席台上的婚庆主持人已经完成了所有该进行的婚礼程序，现在在台上为宾客们演唱，他唱了几首歌后，问台下有没有人愿意上台为新娘新郎献歌的。

有个七八岁的小孩上台，自告奋勇要唱歌，从主特人的手里接下话筒。

随着他的歌唱，全场人都静了下来。

…………

伤不起，真的伤不起

我算来算去算到放弃

良心有没有，你的良心狗叼走

我恨你恨你恨到彻底放弃

…………

稚嫩的童音，声嘶力竭地唱出伤感情歌，好似这歌他之前就唱过无数遍，颇有一些谴责和悲怆在声音里，男孩自顾自唱着，一点也理会不到台下的变化。

人们都好奇地伸长脖子去辨认这是谁家的孩子。

很快人群中就有人在交头接耳议论起男孩的父母。

三

夜晚的城市，充斥着光怪霓虹灯所营造的虚幻繁华，许多的欲望在夜色的掩盖下泛滥成群魔乱舞。

某酒吧里，旋转的彩虹灯光掠过神色各异的来自四面八方的红男绿女，夸张的衣着，奇特的发型，空气里弥漫着香水味、烟草味、酒精味、人体腐酸味……偶然晃过眼前的是男人涂满摩丝的脑袋、女人妖艳的脸与疯狂的音乐在酒吧里飘浮交融……

淳柱已经喝了不少酒，还是没有要离开的意思。

今晚是他表哥结婚的日子，他害怕那种喜庆的场景，即使选择落荒而逃，却已揭开了他心里的伤疤，似又看见那个丑陋的窟窿。

烟雾在头上肆无忌惮地游荡，酒精灌满胃，也抚慰不了他的屈辱与空洞。

他的心跳加速，痛苦中，全身血液似要沸腾。又喝下一大杯酒，他的姿势虽还安稳不乱，但蒙眬的眼里的醉意却是一点一点地扩散，大脑却异常地清醒，许许多多往事蜂拥而来……

忽然间，他眼前掠过一张熟悉的女人脸，他眨巴眼睛定神仔细搜寻，不错，在一堆疯狂的人群中那个打扮得花枝招展的女人就是他恨之入骨的人。

他起身摇摇晃晃地向她走去。

四

陈辉是那种像玛丽莲·梦露却又瘦削一点的性感美女，对不经世事的年轻男子具有很大的吸引力。

二十岁的陈辉遇到十九岁的淳柱时，她之前经历了什么，我们不得而知，怎么会成这样的人？没心没肺。既不怜惜自己更不会为失去小生命而变变脸色，好像这一切都顺理成章。

她每天最高兴的事是逛街买华丽的首饰、名牌时装、昂贵的化妆品，把自己打扮得香香艳艳，珠光宝气。再就是出入各种娱乐场所、酒店，尽情游戏享乐。

而当时是花花大少的淳柱与她第一次见面就沦陷了，他为她花钱阔绰大方。淳柱家境不错，当时，他的父亲开办的工厂正是黄金时期，母亲又是事业单位的在编人员，家里有两套房子。

一段时间后，淳柱的情况被陈辉摸得透透的，特别是淳柱表面看流里流气的，其实，真实的他心智幼稚单纯、善良。自打两人好上以后，对她可说是一往情深，不能自拔。这都是她精心策划想要达到的效果。一个久经风尘的女子想控制一个未经世事的青年，可说是易如反掌。

两个人在一起没有多久，淳柱就对父母提出要和陈辉结婚。得知陈辉的真实情况后，对他的父母来说简直就是晴天霹雳。

可他们只有这么一个宝贝儿子，从小就是捧在手心里长大的，从来都是要什么就给什么。这次没有爽快答应，也不能答应，说这样的女人玩玩可以，绝不可以结婚……但闹来闹去，最终还是儿子胜利了。理由是杜十娘都可以从良，卖油郎还要娶花魁呢，自己为什么就不能……

婚礼的场面很豪华，亲朋好友都来捧场，比表哥的婚礼还要热闹。那天，穿上洁白婚纱的陈辉看起来是那样的纯洁高雅，淳柱是那样的痴迷，也志得意满，颇有吴三桂得到了陈圆圆的满足。

婚后几年，陈辉的确与过去一刀两断，在淳柱家吃的、穿的、用的样样都好，而且不用她操一点心。

她变得规规矩矩，孝顺公婆，敬重丈夫，和亲戚近邻和睦相处。

一年后，孩子出世，淳柱家人也就不把她当外人，而当自家女儿一样看待了。那几年的生活可说是美满幸福。

天有不测风云，好日子过了三年，淳柱爸被人骗了，自己的钱不但光了，还一下子欠了别人不少的债，生活一下子陷入了困境。

她也不得不出去打工，即使这样，其实温饱也还不成问题，只是她不想过紧衣缩食的日子。

挨了两年后，她抛下五岁的孩子，抛下丈夫，抛下公婆，又重操旧业，给淳柱一纸离婚书，两人脱离了夫妻关系。

一晃几年过去了，淳柱从来不打听她的消息，她的离去，使他颓废了，同时心里也充满了仇恨。

没料到会在半夜的酒吧里意外再看见她。

五

夜里十一点多了，参加完结婚典礼的淳柱父母带着那个在大庭广众之下唱伤感情歌的小孩回到家。

爬上三楼，夫妻俩已是气喘吁吁，虽说五十多岁也该是人生年富力强的时候，可这几年接二连三的打击，使他们从精神到肉体垮掉了大半，整个人看来老迈迟缓。

夫妻俩安顿好小孙子上床睡觉，自己睡不着，咕哝着，都半夜了，儿子怎么还不回家，这么晚了到哪里去了呢？

近十二点，电话响了，喂，是淳柱家吗？你家的淳柱在某酒吧喝醉酒闹事，被人打了，被扔在酒吧门口的马路……

接完电话，淳柱爸哆哆嗦嗦地穿戴整齐，嘱咐惊慌哭泣的老伴在家守着小孙子。

半小时以后，淳柱爸架着烂醉如泥嘴里还在哼哼唧唧骂着脏话的淳柱回到家里，把他安放到床上，帮他脱鞋脱外套，这才看清他鼻青脸肿的样子，不由得心疼得落泪。他对儿子是又恨又爱，恨他不争气，恨他鬼迷心窍，一根筋不拐弯。尝试了好多办法，想让他重新振作起来，都收效甚微，唉……他毕竟才二十八岁，今后的路还长着呢。

夜已经很深了，夫妻俩一边护理照料儿子，一边止不住地流泪，心里都在哀怨，唉，这究竟是造的什么孽啊！

红帕

直到现在也没有想明白，去世好多年了，为什么还没有魂飞魄散。

大多数时间里沉浸于哀伤中。

这里潮湿又阴冷，一年三百六十五天有三百六十天都笼罩在死亡的沉寂里，人迹罕至，连叽叽喳喳的鸟雀都不飞过来。

蜗居着，周围冷清寂寞，按理说我也应该如死水波澜不兴，沉沉安眠，可却被一种痛苦浸淫难以平静。

叶丽按照我的请求把红帕给我陪葬。每当想到红帕，就会有一种酸甜苦辣的滋味涌上心头；每当看到红帕，就会想到叶丽，想到叶丽就会流泪。

每天都在等待着，等待着特殊的日子，等待着叶丽的到来。

眼巴巴地计算着太阳从东边地平线下一点一点地挣扎着爬上来，又缓慢笨拙地划拉过半个天空，悄悄挪移向西边，沉入烟霞缭绕的碧河里的日子。天气冷了、又暖了，门前的小河是淙淙拨着琴弦，还是冷酷板着面孔沉默着，日复一日地数着、熬着。

春暖花开、漫天飞絮，在暖风吹，人欲醉的季节里，与叶丽初次相遇的情景就常浮现在眼前。

那一年春，二姨才搬了新家，前去祝贺。

那是一个午后，和煦的暖风中有零星的柳絮懒洋洋地飞着，大太阳晒得我面颊有些发烫。

走到二姨家的巷口时，一个年轻貌美的女子撑着一把粉红色的太阳伞，从巷子里边娉娉婷婷地迎面走了过来。

显然是刚洗过的半干的头发，用一块红蓝相间的丝帕随意地束着，垂在纤可盈握的腰肢上；花瓣一样白皙细致的肌肤，不施粉黛的脸似清水出芙蓉，双颊微红；眼眸像清亮亮的溪水中偶有潋滟的光彩闪烁；她身材高挑纤细，气质文雅娟秀。

她就那么不慌不忙，脚步轻盈、款款，像蝴蝶一样飘了过来，径直飞进我的眼睛，飞进我的心间，让我怦然动情。

她忽闪着明亮的美眸，经过身边时有意无意地瞥了我一眼，可能是当时的表情有些呆傻，走过去的她却回过头来又瞥我一眼"扑哧"一笑，是因为赶时间上班或因为素不相识，她脚步没有稍许停留，一笑而过。

这灿若惊鸿的一瞥一笑，似魔力定住了我。

感谢上天故意安排！就在那时，一片彩云样的丝帕从她身后悄然滑落地面。而她竟然毫无觉察，一径离去。

看着地上的丝帕，心里兴奋得如小鹿乱撞，捡起那柔软美丽的红帕，举近鼻子。

嗅觉中至今还储存着丝帕上那洗发水的香味和另外一种特清雅的味道，那种味道是所有的馨香都代替不了的。

回首往事，仿佛就是发生在昨天。

美好的回忆成了寂寞岁月里的安慰。

春天昼夜温差大，白日暖风熏人欲醉，晚上，气温陡降，寒意侵人。

这时候，黑暗中传来"嚓嚓"的脚步声，引起了我的注意。这么晚了，谁会到这黑咕隆咚、寒森森的野外墓地来？

不一会儿，一个背着大包袱的人来到我的墓前，卸下包袱后才认出，天，竟然是叶丽。

两年没见，她变化竟然如此之大。

原来完美精致如花的面颊，被岁月摧残了，布满了沧桑的皱纹；美丽窈窕的身材由于长期操劳，佝偻了点。

我禁不住心疼如刀割。

可她的眼神没变，待我的心也没变，我感觉到了，一如从前的温热。她终于来了，可是为什么会选择漆黑恐怖的晚上？

抚摸了一会儿墓碑，然后，她打开那个大包开始搭帐篷。

天，想干什么？这里阴森森的，荒凉又诡异，荒郊野地里，怎么可以在这夜宿？

搭好了帐篷，她又摆出饭菜和酒水，然后，又抚摸着墓碑上的名字，未曾开口已泪流满面，哽咽地说："东民，我来看你了，你可记得今天是什么日子？"

叶丽这么一说，我就确定无疑今天是第一次相遇的日子，又是结婚纪念日。

那时，捡到叶丽的丝帕以后，心里真是喜出望外。在一个傍晚，在一个叶丽下班回家必经的路口，拦住了她。

叶丽有些吃惊地瞪着我："干吗？我又不认识你。"

我笑了："我们见过的。"从口袋里掏出一个信封，从信封里拿出一个干净的白纸包，拆开纸包拿出红帕递到叶丽面前："这是你的吧？"

叶丽吃惊地接过红帕："怎么在你手里？一直纳闷丢到哪儿去了。"

仔细地讲了拾到红帕的经过。

叶丽有些好笑地说："一条旧手帕，用得着这么精心地保管吗？"

我勇敢地盯视着叶丽美丽的眼睛，真挚地说："只是遗憾无法更好地保管它。它在我的眼里并不是普通的红帕，它不仅仅是我见过的最美红帕，而且它的香味也让我神魂颠倒。"

听这样大胆地表白，叶丽的眼睛望着我，露出羞涩和一丝灿烂的光芒，在我火辣辣的凝视下，低下头脸颊绯红。

我趁势邀请她一起去吃晚饭，然后，逛逛街或者看一场电影。

叶丽拒绝："对不起，我从来不和一个陌生人随便出去。"

犹如一盆冷水泼上熊熊燃烧的炭火，但是，我不能气馁。

猜测叶丽是属于那种矜持保守的女子，看来想和她继续交往下去得采取另一个方法——托媒。

托人一打听，听到她虽然没有结婚，但是已经订过婚，并且男方家庭很好的消息，心里别提有多失落。

明知道她已经订过婚，还是隔三岔五鬼使神差地在叶丽上下班必经的路口溜达，每一次见到叶丽，心情仍然是抑制不住地猛跳。为什么每次见到她，心都是又慌乱又喜悦。如果哪一天要没有看到她，一整天都魂不守舍。

慢慢地发现，叶丽和那个男朋友很少约会，即使在一起也不像其他有婚约的情侣那样亲密，估计他们的关系并没有发展很深。

断定那个人没有我对叶丽的感情深，这样冷漠的人怎么能让叶丽幸福？重新又鼓起追求叶丽的信心。

白天空闲时思索，晚上熬到深夜，花了好多的心血和眼泪，用对她狂热的痴迷和真诚的爱，写了厚厚的一封足以可以打动叶丽的信，选一个适当的时机送给了她。

在信里约她见面。

见面的那天，我早早来到说好的咖啡厅，眼瞥着入口处紧张不安地坐等叶丽的到来。

悠扬、欢快，偶尔喑哑低沉的巴洛克小提琴奏鸣曲在咖啡厅里缓缓流淌，恰如此时的心境。

一时想我那么爱她，她会来的，一时又想她那么保守，不会来的。

谢天谢地，在约定的时间过后不久，叶丽来了。赶紧站起来向她打招呼，迎请她坐到对面。

那天的叶丽更漂亮了，她身上有一种古典文雅的气质让人倾倒，她的美丽难掩天性的纯洁和善良。

相对望着，激动得千言万语一时不知从何说起。叶丽是那一贯的矜持。对叶丽说了早想说的一句话：“不管我们以后是否恋爱，请你把那红帕送给我吧！”

叶丽有些故作惊异：“为什么？”

微笑着：“那是老天爷冥冥之中安排好的厚礼，我非常非常喜欢呢！”

叶丽也笑了，犹豫了一下说：“今天没有带在身上，改天吧。”

似乎又遭到了一些打击，受伤失望的情绪瞬间抵挡不住，表露无遗。连忙端起杯子掩饰。

叶丽注视了我一会儿，然后，她从口袋里掏出一样东西，向我眼前一晃：“呵呵……逗你的。”

我立马也笑了起来，叶丽是个冰雪聪明的女子，当然会明白我的意思。我欣喜地抓住红帕顺带也握住了她的纤手。

一丝羞涩的红晕染上了叶丽的面颊，她微笑着低下头去，没有要抽开手的意思。

天遂人愿，叶丽与我情投意合。虽然她和那个未婚夫解除婚约费了点周折，但是一点没有影响到我兴奋的心情。

从此，与她出双入对，她是那么可爱，整个身心都因为拥有她而陶醉。她在我的眼里是天下最美丽最动人的女子。为找到这样一个美好的女人而欣喜若狂。

我每天接送她上下班，除了上班和夜晚休息以外，我们难分难舍，花前月下一起游玩，一起看电影，一起做家务……

第二年春天，在第一次相遇的纪念日里，我们举行了婚礼。婚后更加缠绵缱绻。又一年后，笛儿出生了。

笛儿的到来，使小家庭更像一个家，也更温馨了，可也加重了生活负担，促使我更加努力工作。

不久，我在单位被提拔重用。重心慢慢地移到工作上和人事的应酬上。

叶丽成了专职的家庭主妇，除了家务，笛儿几乎成了她生活的重心。

几年之后，曾经如胶似漆的我们，渐渐地每天被淹没在柴米油盐里挣扎，慢慢地变得像很多夫妇一样，关系平淡。

我也像那些在机关单位里混出点人模狗样的大多数男人一样开始频繁应酬，开始麻木起来，把家当成了旅馆，几乎整天泡在外面。

有一个艳丽的独身主义者李晋，她是我交际圈子里的焦点。几乎每天都会聚到一起吃喝，她大胆泼辣，着装前卫性感，在酒席桌上是个颇能掌控全局很有气场的火一样的女人。李晋是那种你无法漠视的女人，她的美貌，她的引人注目的谈吐，起初只是欣赏，后来是爱慕。开始抱着绝不做对不起叶丽的事情的决心。随着交往的加深，这原则逐渐地丧失了。

时间长了，叶丽还是捕捉到了什么。

叶丽没有像一般女人那样去侮辱我和李晋，她只是说："当初很干脆地答应你的求婚，以为你是个重情重义明辨是非的好人，不会平白无故地去伤害一个人。如果，我们之间已经没有爱情了，如果，你已经厌倦了，你可以明明白白地告诉我，我不会拖累你的。等我们之间的事情了结了，你爱谁，跟谁怎么样，都不关我的事情。可你现在是我的丈夫，我全部身心都给了你，你对我，对这个家是有责任的。你不应该背着我做出这样的事情来！"

那段时间，叶丽备受痛苦煎熬。

她是那种宁愿自己承受痛苦也不会随意去伤害别人的人。她只是在伤痛中保持沉默，在沉默中她用她那纯真的眼神，受伤的眼神，敌对的眼神默默地重新审视着我。她那嫌恶的神情，让我们决定要彻底分开了。

离婚那天，下着蒙蒙的细雨，叶丽收拾好属于她的所有物品，然后撑着那把粉红色的伞转身离去。

在她决绝地转身离去的刹那，我忽然有一种撕心裂肺的疼痛和不可遏止的哀伤，忍不住喊住了她。她回头，眼神中有我留下伤害的痛苦之外，还有那种清高和冷傲，看得我心里一片冰凉。

强忍住泪水请求道："请你把那个红帕留给我，好吗？"

没有叶丽的日子里，才发现，最爱的还是叶丽，后悔怎么会轻易割舍下她。在痛苦和思念里，有点神思恍惚。

一段时间后，回头再去寻找叶丽，她已离开了小城。是不想听到有关我的任何消息，更不想在小城的街上不期而遇。

她独自一人去异乡漂泊。

叶丽到南方一个城市去打工，由于人生地不熟，除了上班以外，一个人总在屋子里待着回忆往事，因为爱得深，恨也深，而这只能增加她的痛苦。

慢慢地，她觉得心脏好像出现毛病了，老是不由自主地抽紧疼痛。她恐慌起来，想改变。

闲暇时，开始经常出去漫无目的地闲逛。

那边，她没有朋友，又无法融入那些娱乐场所去麻醉自己。她选择逛街区公园或者风景优美的地方。宜人的风景使心情似乎轻松些。

只要有空，都会去闲逛。

一天晚上，那种不可抑止的哀伤又漫上心头，久久地排解不开，她渴望到湖边，湖水似乎能使她平复心绪。

在湖边，不知不觉逛出去很远，很远，竟然迷路了。一直到很晚，她还没有回到住处。

夜晚的郊区，没了行人，出租车也极少经过，偶尔看见一辆招手也不停，里边客满。

她慌乱得不知道该往哪个方向走。

这时候，一只狗向她跑了过来，紧跟着狗的主人也出现了。

叶丽不敢相信自己的眼睛，怎么可能，他怎么会出现在这里？而且是这种时候！

叶丽看到了狗的主人不是别人，是曾经和她订过婚又分手的前男友高青。

高青是个木讷得有点迂腐的小学老师，每次和叶丽说话都有点拘谨甚至脸会微红，以至于那时候虽然和叶丽订了婚，他还是那样的古怪。

叶丽开始认为，这人虽有点古怪，不喜欢随便接近人，除了工作，整天就知道埋头绘画。那时候家里的长辈都说老实巴交的人可靠，以后过日子安稳。叶丽遇到热情的我以后就不认可木讷的高青了。

迷路的叶丽看到他的出现心里不由得一动，又有点不可思议。难道他早就跟随自己来到南方？难道他一直在默默地关注着自己？在这人人只顾自己、冷漠陌生的环境中，孤苦无依的状态下，她心里又不由得一热。

如果，那时候我到南方某小城把叶丽找回来多好！一个单身的女人，一个受过创伤又孤苦无依的女人，碰到了一个如此痴情的单身男人，心动了，谁也无法去责备她。

第一次失败婚姻的阴影，叶丽还没有完全清除。即使是这样，一对孤男寡女，一旦擦出火花，那样的事情迟早会发生。

那个时候，我正摩挲着红帕，思念着叶丽，痴心妄想着她又一次意外地出现在面前。

叶丽喃喃地叙说："今天是我们的纪念日，请原谅这么长时间没来，不想因为欠亲朋好友的债而每天心里不安，你走后，我打了双份工。再过几个月，就可以完全还清了。你不用再担心。我现在什么都好，唯一的遗憾就是一想起和你离婚，后来又分别那么长时间，就非常非常后悔和难过。生命如此短暂，你是我最亲的爱人，你犯了错，我该去纠正，而不是抛弃你……"叶丽泣不成声，过了一会儿，她哽咽继续："那段时间里，想忘记你给的痛苦，想重新开始一段感情，可是，无法从心里把你彻底抹去……当初不该那么心高气傲，不该容不下有瑕疵的你。即使婚姻失败，也不该把你当作仇人而远离，一别就是好多年而不再关心你……"

叶丽悲泣，我也心如刀绞，这都是我作的孽呀！原本好端端幸福的家庭让我愚蠢的虚荣和自我放纵给毁了呀！从那以后我单身一人。只有那块红帕陪着我，我用透明的袋子把它仔细地包好。

夜晚，睡觉，它在枕边；白天，上班，它在办公桌上。

每当一个人孤苦寂寞的时候，就拿出红帕，那上面有叶丽清雅的香味。这样的时候，就觉得叶丽并没有离开我，她在我心里。

想念叶丽，常常回想那年春天，与她第一次命中注定的相遇，幻想着有一天她能又意外地出现在眼前。可是理智时，她那清高冷傲的眼神又令我绝望。

几年以后，我身体不适，一查竟然是癌，而且是晚期，知道我快不行了。这时候，只有一个愿望，那就是死之前能够见叶丽一面。

厚着脸皮托人捎话给叶丽。叶丽一听到消息，立马回到了我身边。

那是分别五年后第一次见面。叶丽还是那么文雅娟秀，岁月在她的额头和眼尾刻上些许印记，轻盈仍然是她的体态，善良依然是她的天性。

而我，由于病痛的折磨几乎面目全非，让人目不忍睹。叶丽没有嫌弃我，看到我这样，她反而心痛得压制不住地哭起来。

我厚着脸皮拿出红帕对她表白倾吐这些年的思念。

叶丽轻抚着红帕说："它就是我们之间的红线，从它离开我发梢那刻起，我就已经爱上了你。从今以后，再也不会离开你。"

我们泪流满面紧紧地拥抱在一起，一切前嫌在泪水里和亲密的拥抱里消失了，仿佛又回到最初的相恋。

我的病我不再抱任何希望，而且，我也没有那么多的钱来治病。

叶丽不答应，她拿出所有的积蓄为我医治。

我内疚地说："我对不起你，你不应该再对我这样好。"

叶丽哭着说："不，我不能眼睁睁地看着你去死，而我待在一边什么事情也不做。我要你陪着我一起活下去，我要把你从死神手里抢回来。"

那以后，柔弱的她担负起了里里外外所有的事情，照顾我的生活起居，给我做最适合的各种各样可口的饭菜，给我买昂贵的营养品，比如灵芝粉、野山香菇等；给我找最好的医院，给我请最好的医生。

很快，她花光了所有的钱，又背着我去找亲戚朋友借。彼时，我已躺倒在病床上阻止不了她了。

最后这一个月零六天，虽然短暂，却是如此的珍贵。

我又幸福又难过，幸福的是叶丽又回来了，经过了磨难，她仍然爱着我；难过的是又拖累了她，眼睁睁看着她四处奔波操劳，心力交瘁，而我连多陪她聊聊天也力不从心。

后事是叶丽一手操办，估计她为此又借了债。

听见叶丽还在哭诉："当初不该那么任性地离你而去，你的病肯定是由于长期的郁郁寡欢而造成的，要知道是这样，无论如何也不会离开你的……"

善良的叶丽没有追究我的不负责任，反而检讨起自己来了。她的苦、她的泪都是我的错！年轻气盛自私轻狂又不检点毁了自己，也毁了唯一深爱着的她。致使在人生最美好的时光里分离，在分离中受尽痛苦和煎熬。可惜人生不是彩排，无法再重新来过！

看着哭泣着的叶丽，想安慰她，可使尽全力，却是无声无息。微风还是淡淡的，无一点变化。我化成一股小小的气流，拂到她的面颊，想为她擦去眼泪，可是不行。轻轻地抚摸着她饱经沧桑的面庞，而她也没有丝毫觉察。这还是叶丽的脸吗？两年时间她怎么会沧桑这么多？

如果当时……如果还有如果……

也许不该托人传递信息！

我将死的消息，就在他们决定婚期的时候传到了。

叶丽听到这个不幸的消息，眼泪马上就下来了。她对高青讲："他是我的前夫，是我儿子的父亲，他得大病了，活不久了，我必须回去。对不起了。"

我已经死了两年，不知道叶丽和高青现在关系究竟怎样了？

唉，如今是两个世界的人了，什么都做不了，看着她痛苦干着急。

这都是我作的孽呀！躺在这里对叶丽什么用处也没有！红帕呀！红帕！你要是有灵性，请你早点让我魂飞魄散、消失殆尽吧！让叶丽从此再不把我牵挂！让她重新得到幸福吧！

红帕听到祈祷，变成白色，发出惨白的光，我轻飘飘地被它吸附进去——红帕上缓慢地出现一枝鲜艳的桃花。

美女的铠甲

题记：社会是个大舞台，生、旦、净、末、丑一起粉墨登场，谁又能把谁一眼看透？谁又能一手操控自己的命运。很多时候只凭着一时的信念、情绪、好恶……信念有时又是如此不堪一击。

街灯像城市的一串夜明珠项链，把夜空和街景衔接起来。

某市中心临街一个中型酒店的门，不时“吱呀”“吱呀”地叫，提醒里边的人又来客了。

一楼102包间里，四男三女年龄在四十多岁的客人早就聚到了一起，其中四人坐一起饶有兴致地“噼噼啪啪”地在掼牌，其余人围观。

酒店的门每响一次，包间里就会有人伸头望下，希望是自己等待中的人来了，一圈牌眼看就要打到底了，心里有点燥。有的包间里已经传来碟碗杯盘的叮叮声，韩雪韵一边打牌一边瞄着门口陆续进来的人。

她微卷的长发盘成一个优雅的发髻，完全显露出她白天鹅般修长的迷人颈项，薛宝钗式富贵的脸上，黑白分明的大眼睛，亮亮地看人，像是可以把人一眼看透。若不是眼睛周围的皮肤泄露了四十多岁年龄的秘密，一打眼之下，别人会说她年轻又漂亮。

她饿得沉不住气了，对围观的一胖子说：“姜丁源，你打电话看看这两人现在到哪里了？这么长时间就是爬也该到了吧！”

“不会先上旅馆去了吧？哈哈……”大腹便便、肥头大耳的姜丁源一边翻号码一边打趣："喂，到哪了？等你黄花菜都凉了！不等了啊……"一会儿他挂了手机说："还要十分钟才能到。"

韩雪韵一边打牌一边说："也不知道是什么样的女朋友？今天他神秘兮兮打电话说要带过来让我为他长长眼。"

姜丁源不屑地说："肯定是出去跑业务在哪旮旯里旋上的。"

黄秋莹奇怪道："看不出来于文琪人长得不咋的，倒很会旋小女人，是不是手里很有钱？"

韩雪韵沉吟了一下，然后说："高鼻大眼的，长得还行吧！他跑销售十几年要说一点钱没有也不可能，但是他像他老子一样喜欢搞小女人，钱败不少，现在他手里也不会剩多少。"

姜丁源无奈地叹口气："曾经借过我钱，好多年了，我找他要多少次，都要恼的了，他才还给我，还剩一点没还，唉，那一点我也不要了。"

韩雪韵诧异道："他手里又不是没有钱，干吗欠钱不还？"

姜丁源耸了下肩："他这人，唉，怎么说呢？"

韩雪韵骂道："于文琪就是猪，半个多小时之前就说到城里的，下车爬过来的也应该到了！"

姜丁源："如果到城里下车打车过来十分钟都用不了，是不是迷路了？"

几个人正在七嘴八舌地议论，酒店门又被"吱呀"推开了，韩雪韵瞄了一眼，立马把手里的牌扔到牌桌上："不打了，来了！"

众人赶忙转脸望过去，只见近一米八不胖不瘦风流倜傥的于文琪和一个年轻的体态高挑玲珑有致的少妇肩并着肩，一边说笑一边径直向着包间走了过来。

于文琪带来的是一个三十岁左右的美女，靓丽含笑，纵然是初来乍到，她也是一进门就客气地向包间里的众人点头示好。

众人也都含笑回礼，一边好奇地打量着她，只见她顾盼生辉的丹凤眼上微扬着细蛾眉，颇有几分自觉得美丽而从内心滋长的自得和傲气，衣着艳丽时尚，披肩长发如丝如缎，一缕如蜿蜒小黑蛇般的长刘海随意飘拂在瘦削白净的瓜子脸旁。

众人都觉得包间里一下子亮堂了许多，不由得多看几眼，同时也把含有某种意义的微笑的目光投向于文琪。

于文琪从众人含笑的目光里似乎也接收到了一种讯息，知道这个女人不仅博得了他朋友们的赞赏，而且他也似乎同时得到了一种荣耀和满足。于是，他也开始飘飘然起来，向献宝一样介绍道："这是我新的合伙人，叫柳月眉，三十二岁。"

他说到岁数时颇有得意的样子，目光扫到韩雪韵时，有意无意地笑着盯了她一眼。韩雪韵接到于文琪那发亮的眼神立马就意识到了什么，随即转过几个念头，心里不由得冷冷地笑了，暗自庆幸，一直和他保持一定距离是对的。

她嗔怨地撅了撅红唇，狠剜了于文琪一眼："跟你一起吃饭就遭罪！我肚子早就饿得难过，快请美女坐吧，叫服务员上菜！"

宴席开始，姜丁源给各人面前的杯里斟上酒："于总，和柳美女初次见面，她不认识我们，你介绍一下呢！"

于文琪站起来首先指着姜丁源对柳月眉说："这位是姜丁源，是我市印刷厂老总，和我从小尿尿和泥玩，一起长大的。"他接着介绍下去："这美女叫韩雪韵，本来和我在一个销售科里，现在自己开旅游公司。这位是黄秋莹，这位是朱坚强，这位是高子兴，本来都是一单位的，现在他开某公司……"

柳月眉听于文琪介绍后，心想这些人都是企业家和成功人士，都是社会上有素养有身份的人，一起共进晚餐该是件让人愉快的事情吧。来之前紧张的心情不由得放松了些，担心和忧虑减了大半。

柳月眉把于文琪看成贵人，她有喜有忧，喜的是她从此结交上了好运，忧的是，自己并不善于与人周旋，万一处理不好关系怎么办？她之前是拒绝于文琪的邀请来见这些人的。可却耐不住于文琪再三邀请。

几个月前，柳月眉沿着城内大街的一溜印刷门市推销自己的业务，每到一家，她都是机械般地把自己要推销的内容复述一遍。多数情况下，没有人愿意搭理她，只是礼貌性地漫不经意地对她“哦”了一两声，就没有下文了，她也就抬起腿来再进另一家的门市。

一天，她照例进了一家印刷门市，对着店里人推销了一遍自己所跑的业务项目后，向店里人挨个送出名片，谁知道其中一个中年男子伸手接下名片，对她上下打量了几眼后，竟然很热心地和她聊了起来。

这个中年男子就是于文琪：“美女你推销的是代印名片，现在这个项目越来越淡了，虽然不花你一分钱本钱，可你一天到晚辛辛苦苦地跑来跑去，赚不到几个钱，也终究不是个事儿！看你老实巴交的样子，你是刚出来搞推销的吧？这样吧，我介绍个业务给你顺带跑跑，你这个也不扔，想不想试试看？”

柳月眉看眼前的中年男子气度不凡，猜想肯定是这家印刷门市的老板，看着他一副眯眯带笑热心肠的样子，心里嘀咕，天上掉馅饼了？真有这样的好人好事？转念又一想，多一样也是多条道，试试又何妨：“不知道老板要介绍什么业务？”

“这里只是我的一个小门市，我还有一个印刷厂在城北，可以承接各种各样的印刷产品需求，我做了好长时间，知道现在最好跑也最赚钱的是大开的印刷品，一般印刷厂或者没有更新机器的老印刷厂，即使接下业务也无法自己完成，你不妨去跑个试试！”

试试就试试，反正也不要自家拿本钱出来。

果然，正如于文琪说的那样，柳月眉没花多长时间就联系到了一两个这样的业务，盈利差价总额之大是小名片无法比的。

可是，由于自己没有牢固的业务关系网和资金资源等，没有人愿意把订单交到她手里。于是，她联系于文琪，于文琪出面协助她，问题立刻迎刃而解。在尝到了一点甜头后，柳月眉决定投靠到于文琪的门下，给他的印刷厂跑业务。

于文琪也不拒绝，觉得她不仅人长得还可以，在业务上应该有点潜力。

从此，她拎着坤包，涂脂抹粉，兴冲冲地随于文琪出入各地去跑业务，也不可避免地出没在酒席场上，接触各地方各单位的关系户。不久，她像看到的某些她羡慕的那些强势的高傲的女人一样，锻炼出了酒量，跷起二郎腿徐徐地吐起了烟云，吊起眉梢，从眼尾余光中看人。

开始，她刻意和于文琪保持着一定的距离，而于文琪也似乎没在意，对她总是客客气气。

两年过去了，柳月眉在他的指点下，从一个门外汉变成了推销高手，在客户面前搞起推销来游刃有余。

柳月眉对于文琪谈起自己那穷困潦倒的家庭，丈夫在工地上跌伤，至今卧床。为了过日子，她不得不出来谋生。

于文琪对她表示同情，许诺会在业务上帮助她。果然，在于文琪的带领下说是合伙跑单，其实跑到的提成几乎都划给了柳月眉一个人。

这让一个乡村里出来的贫困女子有点诚惶诚恐，坚决只取自己该得的一半。

不久，她以前的戒备心理渐渐消失了，眼里看到的都是于文琪好的一面，如随和、亲切、体贴……

这次出差在外投宿，于文琪事先也没有跟她商量，竟然只订了一个标间，而不是以前的两个单间。

她心里很慌乱，不知道为什么，站在他旁边，看他交钱拿房卡，她嘴张了张，又没说出反对。

她恍恍惚惚跟在若无其事的他后面，犹犹豫豫地进了标间。毕竟，她这样的贫穷又弱小的女子在社会上想好好谋生，也希望背后有一个强大的男人来倚靠着……她心里很慌乱，最终借口出去有事逃离了，去了另一个宾馆。

第二天，两人谁也没提前晚的事情。

这次出差回来的时候，于文琪说要领她见几位老朋友，她起初的反应是不妥，拒绝。可是，还是拗不过他的坚持，说要见的几人是他的朋友，也是搞印刷的，以后会有生意上的往来，迟早会见的。柳月眉勉强地、忐忑不安地来了。

今天晚上似乎和以往的关系户不同，在座的都是于文琪的老朋友，看她柳月眉的眼睛虽然都眯眯带笑，可背后都似乎隐藏着什么暧昧不清的成分，不知道是不是由于自己的心虚。

她想不管背后隐藏的是什么，自己又没做什么坏事，和于文琪只是生意上的合作伙伴。她第一眼感觉大家还都不错！

即使自己不是很会交际，可他们都是有素养的人，都是能包容自己的吧！在众人的笑靥中，她似乎也放松了。

肥头大耳的姜丁源从柳月眉进门到现在，他那一双大圆眼睛就在她脸上身上"骨碌"过来，"骨碌"过去："美女看着不像我们本地人？"

"我是的啊，你看我哪儿不像？"柳月眉咧嘴笑故作惊讶地瞪着姜丁源反问。

韩雪韵在一旁打趣："哎哟，看美女歪着头，睁大眼，天真无邪逼问的姜总，姿态太可爱了！"听柳月眉一张口的那西南岗的穷乡僻壤的腔调和她那轻佻的样子，韩雪韵明里是赞美，心里却由刚见时的惊艳转为不屑。

她进一步说道："看美女弱不禁风的样子像个千金小姐，没有想到却是个走南闯北的女汉子，来，我敬你两杯！我都是老太婆了，胃不好，以茶代酒，你是喝白酒的，我不强求你喝多，你随意吧。"

柳月眉想也没想就顺着她的话接口道："你岁数大，不喝白酒也好。可我得一定用白酒回敬你。"

女人可以自谦说自己的岁数大，可是别人不能说，特别是比自己年龄小的女人更不能说。韩雪韵一听，心里这个气呀，没有涵养的丫头，我谦让一句，你就像猴一样爬上来，想蹬鼻子上脸了！她表面不动声色，揶揄道："是啊，你年轻，能多喝点酒，不像我老朽了，于总也一起来吧！”说着，她狠狠地白了姜丁源一眼。

姜丁源心领神会，柳月眉这丫头真是太不知好歹了，怎么能这样说话呢！太没有素质了！随后，他拿过酒瓶把柳月眉、于文琪和自己的酒碗斟得满满的，端起碗，站起来冲那两人说：“我和于总是从小尿尿和稀泥长大的，感情特别深，我敬你们酒得用大碗，来吧，一起喝两碗！”

这可是45度的白酒啊，一碗酒就二两多，两碗就近半斤，这不是喝酒，是玩命啊！

于文琪不想这样喝酒，可望着姜丁源那种威严的眼神，坚决的态度，本来想推辞的话到嘴里转一圈又溜回肚里去了。不知为何他面对姜丁源这种霸道的样子，总是有点老虎尾巴摸不得似的胆怯，不知道是受早年的上下级关系的影响还是欠人情的缘故。虽然他有点摸不着他为何如此，他也不想得罪他，只好示意柳月眉共同端起碗来。

柳月眉有点惊愕于文琪对姜丁源的恭顺隐忍，于文琪一答应端碗喝，她一时也找不到合适的词来开脱，更怕说不好又弄巧成拙，而柳月眉今晚能抓住的只有于文琪。他先松了口，她心里纵然有点不快，也无法拒绝。所谓孤掌难鸣。

两碗酒灌下肚，于文琪就觉得似有蜜蜂在耳朵边“嗡嗡”的，有个陀螺在脑子里缓缓地转，不过他还能保持表面镇定。

柳月眉只觉得脸发烫，丝丝密汗涔涔，使她脸色越发娇媚，身边的于文琪看得垂涎欲滴。

柳月眉被看得心里直冒火，这人怎么会这样，也不顾场合！她伸手弄了一份煎饼卷辣椒塞到于文琪手里，等一会儿，看他仍然色色地盯着自己，猜他有可能是醉了，又卷了一份给他……柳月眉被逼无奈，一连卷了四份煎饼塞给于文琪。在座的人看得乐不可支，心想这两人都差不多醉了！

韩雪韵故意以嫉妒的口气对于文琪说：“于总好福气呀！在哪

里找得这样一个千娇百媚的小女友，这么疼你，你心里乐开花了吧！哈哈……”

柳月眉觉得这话有点暧昧，想撇清自己，赶紧板着脸说：“姐，这种玩笑不能开，我认识于总才一年多，我们只是普通的老板和员工关系。”

韩雪韵朝于文琪撇嘴：“也是，他当你男朋友确实老了点。”

姜丁源也打趣：“看来老于是癞蛤蟆想吃天鹅肉，哈哈……”

于文琪不知是揶揄他，只当是韩姜两人怀疑他对柳月眉的魅力，于是他以不容反抗的口吻叫柳月眉再敬韩、姜二人。

柳月眉借口上卫生间暂时躲开。她回来在包间门口听到他们的悄悄话：“不知道什么时候勾搭上的？谁勾的谁呀？也许是她勾引他，他也勾引她，彼此勾引吧……”

她听了，有点惘然，以她简单的心思理解人际关系、男女关系……她身正不怕影子斜，她气定神闲，这些话伤不到她。这些人形象在她心里倒打了个折扣，外表与内心不协调，聊天话题尽是男盗女娼，难道这些人都这么低俗……

见柳月眉回来，她们住了口。仍然重新拾起刚刚要她敬酒的话题。她知道此时不能扫于文琪的脸面，于是端起斟得满满的小酒杯站起来向韩、姜二人敬酒：“姜总是和于总从小一起长大的，韩总又和于总共过事，于总是我老板，这杯酒我敬你们！”

姜丁源却又端起了酒碗：“既然你知道我和于总是发小，就不能用小酒杯来打发我，高总朱总他们可以，对我这样你就太不够意思了！这次只喝一碗。”说完他一仰脖子，先干为敬了。

韩雪韵喝茶，无人挑剔喝多少。柳月眉被迫无奈端起一碗酒一口只下去半碗，姜丁源不高兴了：“我一碗下去了，你可要喝干了才好！”

柳月眉苦着脸为难：“我不能再喝……”求救似的看着于文琪。

姜丁源对于文琪说：“能不能喝你该知道吧！经常在酒席场

混的人，这点酒算啥？不就碗底那点酒吗？真喝不下？还是不给面子？”

韩雪韵也在一边帮腔：“你看人姜总多爽快，一口气干了！”

于文琪经不住姜韩二人这一番说，劝柳月眉道：“这点酒算什吗？姜总叫你干，你就干了吧。”

柳月眉这次看清楚了，原来于文琪为讨好老朋友根本不关心自己一下子猛喝这么多酒是否承受得了。她只好端起来一仰脖子，酒和着泪下肚去了。

韩雪韵不让于文琪柳月眉闲着，撺掇边上的人：“老朱，老高，刚姜总敬于总两碗，敬柳美女三碗，你们每人敬一碗总能吧！”

一会儿韩雪韵又对黄秋莹说：“你敬他们两杯吧！”

柳月眉因为于文琪的关系，本来对在座的人心里是很敬重的，一心想博得众人好感，可现在看在座的，谁又把自己当回事呢？特别是韩姜二人拼命劝酒，是不是没安好心，想看笑话。

可气的是于文琪竟然被他二人牵着鼻子走，一点反抗也没有！平常对自己关心和照顾的好意今晚怎么荡然无存？

早知道如此，真不该来！

时间过去一小时，于文琪和柳月眉变成了俩醉鬼，于文琪直往柳月眉身上贴，手在桌底不安分起来。

柳月眉本来盈红的脸变得苍白，感觉麻木，她努力规规矩矩地坐着，眼睛扫视着众人，虽然喝多了，但是她头脑还清醒，狠命打回于文琪的手，把他推远点。

她有点恍惚，是不是进了一个魔窟，怎么这里的每个人都笑得阴森森的，刚一进来时，还被他们的笑脸打动过的呢！

无缘无故，无冤无仇的第一次见面，该不会就想存心整人吧！

柳月眉细细回想刚才的一幕幕，也意识到了，根源在韩雪韵那里，姜丁源最初对自己的那种好感在这老女人的促使下不知何时变成了居心叵测的作弄。

她站起来对韩雪韵挑衅道：“来，倒酒，我今天为你奉陪到底，我喝酒，你喝水，你喝多少水，我就喝多少酒……”

韩雪韵被柳月眉的话激得跳起来去抓酒瓶：“我们不如一人抱一瓶比试一下……”

于文琪忙站起来阻止：“韩总你别听她胡说。”又转头低声对柳月眉说：“人家又没让你喝酒，坐下来吧。”他说着，一只手去搂她的肩，一只手却不安分地摸她的胸，把她按坐下来。

在座的人，看于文琪粗鲁的举动都惊呆了。俗话说酒能乱性，一点不假。于文琪这一摸，柳月眉一点没反抗。

柳月眉一点思想准备也没有，麻木的躯体感觉是那么不真实，霎时觉得从头到脚变得冰冷，哆嗦起来。

她木偶似的跌坐回椅子上。那一刻大脑却是异常清醒，众人诧异的目光和随即漾起的讥讽的笑，像冷飕飕的风，剥光了她自以为拥有的坚硬铠甲——她和于文琪一清二白的关系——她自以为人与人之间的正常交际。她听到什么东西一下子碎了，一下子散落到地面，豁朗朗有声……她像没着一根布纱一样羞耻地战栗。

韩雪韵雪上加霜，盛气凌人地站起来，带着讥讽和鄙夷的语气对柳月眉说：“真是不堪入目，你根本没有资格再和我说话。”又对其他人说：“今晚我虽然一滴酒都没沾，我也是醉了，失陪了，各位，我先走一步！”

韩雪韵带着厌恶的神色不告而别，又像一记响亮的耳光“啪”地甩过来，她又恨又羞，瞪着眼睛看韩雪韵优雅地离去。

于文琪仍迷糊着，一只手在她身后乱摸。她看他醉醺醺迷离的红眼睛，一时间有了作呕的冲动。今晚，她的合作伙伴和她不久前当作的贵人的真面目完全暴露在眼前。她用尽全力一把远远地推开他，放声大哭起来……

平安夜快乐

在某装饰材料市场的边上，常见有三五成群的一堆堆人，他们是靠卖力气打零活的农民工。

夏天，他们在绿荫如盖遮风挡细雨的树荫下扎堆；冬天，光秃秃的树梢摇曳招来西北边呼呼灌入脖子，他们还在树下扎堆，树下成了他们的据点，成了老板们需要用人时一来喊就必定能喊到人的固定场所。

十二月底的冬天，树下人明显少了。有几个围着闲聊的人，其中一伙三个人年龄都在四十出点头，都是精干的样子，只是全身上下长年累月都灰扑扑的，原因是都穿的旧衣服，新衣服舍不得在这场子里穿。

另有一人像看戏一样看着边上三个人乱扯乱聊，他搭腔不多，那三人时而嘎嘎笑，他也跟着笑。

他后加入他们，在这里必须融入一伙人才能站住脚。

有时候，从那边来人雇短工，那三个人抢先站起来接洽生意；有时候，从这边来人雇短工，也是那三个人抢先站起来接洽生意。若雇的人少于四个，他必定是留下来的其中之一。

那三个人聊得很热乎。

甲对乙说：“你现在手里有多少钱？你说给我听听！”

乙嗫嚅着，不知道该不该把自己多年积攒的老底透露给甲，半天才说：“总之，过年能买房了！”

丙怀疑地说：“你说在乡下买吧？那么多破房子，三四万块钱就可以买到，不稀罕。我要想买早就买了！”

乙急了：“不止三四万，有十几万呢。”

甲不屑地摇头：“十几万也不行，差老远，要想在街上买房子，没个三四十万根本不行！三四十万才够首付！”

乙说：“我打算在学校附近租房子，让老妈带俩孩子上学。”

甲叹口气：“唉，我也得为我的两个孩子打算，两个都寄宿，每个月都要花钱。这半死不活的生意，有时候一个月三千块钱都挣不到。我想去宿迁市或淮安市里去找事情做，那里工钱会不会多些?”

乙说：“不能离家太远，每个月都要回家看看，来回花路费上百元，不划算的。”

丙也附和：“是呀，来回一趟三四十块钱还能接受，多了真不划算！”

孤单单离开三人有段距离，远看让人不相信是一伙的丁，此时正伸长脖子侧耳听几个人的聊天，他听他们聊的话题突兀地有点烦躁。这时，他忽然站立起来，对那三人说：“唉，明天我真不敢保证我还会来，说不定我就到那边去了。”

乙接话：“你想去就去吧，明天应该一点事情都没有。”

丙也附和：“根据往年经验，明天会很闲。”

丁站起来来回踱步：“我去买点苹果，明天平安夜总不能空手去呀！”

甲说：“你每次去都要买点好吃的，可没看他们有谁买东西来给你吃！”

丁连忙辩解：“我在那时，也吃过他们的东西，去年平安夜还聚餐呢！”

乙说：“你买苹果给他们吃，还不如买给你嫂子吃呢！”

丁半真不假地笑着：“好啊，我买给她吃，让她明天陪我过平安夜！”

乙嗤之以鼻：“美得你！就吃你苹果也不能就陪你过平安夜。”

丙说："说别的都是假的，丁啊，你苹果该买回去给你侄儿、弟弟、弟媳吃，你老了，还得指望人家呢！给那些外人吃多少也没有用！"

甲乙都附和丙的话。

丁说："两个侄儿都在外地念书呢！远了也够不着。"说完就去买苹果。

甲看着丁的背影说："你们说丁的头脑是不是有点跑气？"

乙说："是有点跑气！像那正在嗤嗤小跑气的轮胎。"

丙说："唉，他真不心疼钱，每次楼上楼下给人搬一样东西，吭哧吭哧跑六楼七楼的，才挣人几块钱。他动不动就买东西给别人吃，真是缺窍！"

甲说："难怪他近四十岁了，还没讨到老婆，这不仅仅是跟他的豁唇有关。"

不一会儿，丁拎着一塑料袋苹果回来了。他手伸塑料袋里掏苹果，首先递给甲："我不光想买给他们吃，也想买给你们吃。"

甲不看也不接："我不吃你的，要吃我会花钱买。"又问："花了多少钱？"

丁回答："二十块钱。"

乙仔细盯着透明塑料袋，数袋子里面的苹果："八个二十块钱，两块五一个，啧啧！"

丙摇头："不便宜，明天说不定更贵呢！"

甲说："你看你出手这么小气，明天是想去见小米吧？去一趟，买这么点苹果，又这么小，白白去丢人。"乙和甲有默契，也说："赶快再去买，太小了，送人家小米拿不出手。"说完向丙挤了挤眼。丙也摇着头说："是太小了，平安夜应该挑最大的苹果买！"听到小米的名字，丁忸怩了一下，赶紧辩解："小米也和他们在一起，我去不单单是为了她。"听甲他们说苹果小，丁两手各拉开塑料袋子的一边，头几乎要伸进袋里去，望着袋子里的苹果发愣，忐忑不安起来，嘴里喃喃道："这边菜市场里，这算是大的了。要不我再去别的市场看看。”

丁说完，又往另一市场方向走。走出去七八步，甲不忍心了，在后面又气又恨地喊：“你个绝人！赶紧回来吧！”

乙叹息道：“咦！这人呀，脑子漏气，你想替他补怕也补不齐！”

丙也摇头对甲说：“你要不喊他，他能真的又去买一次？唉，这人呀！”

甲乙丙都望着丁苦笑着摇头。

“呵呵……”人家笑，丁也像往常一样跟着傻乐，傻乐也能开心吧，他舒心地直腰仰头。忽然，一颗晶莹的闪闪发光的钻石从他头顶上空降落下来，他情不自禁地伸出手掌小心翼翼地去接住了它，那是一颗晶莹剔透的有六个棱角的美丽的小雪花。

丁嘴角再次微微上扬，不知道是对着掌心的雪花笑，还是对着明天平安夜将要吃他苹果的人笑。

纤韧蝴蝶

那天傍晚，抛下所有的事情，准时下班回到家，第一眼就投向那里，真好，她又来了，还是早上那身装束。

早上，老公请来木匠在车库里打一组整理柜。

听见老公在车库里和他们谈关于整理柜的事，因赶时间收拾去上班，我只远远地向车库里望了一眼。刹那，一个翩若惊鸿的女子背影印入眼帘，想不起来是否曾有过这种望一眼背影就被吸引的经历。

想出门时去车库和他们打个招呼。谁知道，几分钟后，去车库，那靓女已不在，只有两位木匠在忙活。

心里不由有些遗憾。

庆幸晚上回来，她在，可一解早上的疑惑。

走向车库，看到的还是背影，令所有女人羡慕的一米六八左右的身高，身材挺拔且瘦，背着一黑色双肩包，宽松的长袖雪纺衫下似乎并没有肉体存在，在电风扇吹拂下像振翅的蝴蝶，要不是双肩包压着，恐怕早就飞出车库了吧?

听见我走过来的动静，她转过身来。

我一愣，她怎么那么黑?！又那么瘦，是那种让人心生怜惜的过分骨感。

喜欢漂亮的人，如喜欢开着的鲜花，像她这样的，不敢赞美。

我眼睛转向已经占了一面墙的整理柜赞叹道：“做得好快呀！”

她附和道：“是啊！徐师傅干起活来又快又好。”边说边向车库外边退，一直退到我身后去了。

我想和她聊聊，也向后退，与她挨肩。她却紧跟着又后退。

我下意识地跟着后退，完全是出于想和聊天对象并排着的习惯。

谁知道，她再一次向后退去。

我不禁暗暗诧异，表面却保持若无其事，不再强求和她比肩，就保持着她刻意要错开的距离和她聊了起来。

她也显得若无其事，好像刚刚连连后退完全出于无意识。

她是比较健谈的那种人，说话之间神色淡定从容、不卑不亢，有城市成熟知性女子那种入得厨房也上得厅堂的干练，也有乡村妇人的纯朴热忱。

与她聊天是顺畅的、愉悦的。

一开始聊整理柜的样式、移门的颜色，她都说得头头是道，后来，聊她有一个十二岁的女儿……

聊天的过程中，尽管她有意无意地躲闪着我的目光，我还是仔细地看清了她。

一开始，被她的眼睛惊艳了，在她的脸上，眼睛大得突兀，又清澈得让人心生熨帖，她涂着让人不易觉察的眼影，恰到好处地衬得她的眼睛又大又亮。

尽管，她的眼光是清冷的，如月光冷艳，也如月光美得分不出年龄。瘦出尖下巴的小脸上有这么一双大眼，让人联想到可爱的猫脸。

早上看到她的背影，现在又和她面对，起初，以为她和车库里面干活的小木匠是一对。后来，才知道判断错了。

目光移到她的唇，心里又是蓦然一惊。

她的唇，薄薄的，棱角分明，只是被唇的颜色震慑到了，那是煺尽红颜的干花色，苍白，冷艳；描着一般人难以驾驭的深咖啡色唇线，线条流畅、优美、性感。

最后又刺激到我的是她挺直鼻梁两边的高高的颧骨，在她细腻紧致的皮肤下小小半圆面很清晰。

她的脸形是显得年轻好看的瓜子脸，与精致五官很协调。

尽管，我对所看到的面貌惊诧不已，但是所受到的教养使我控制表面情绪无动于衷，决不做出让她有丝毫难堪的神色和举措。

只是从没见过这么瘦、这么黑、这么冷艳的女子罢了。

天黑了，老公说：“别做了，今晚我请你们去吃美食。”

木匠和她都推辞，收拾东西要走。我赶紧去拉她的手臂阻止。

天哪！无意中碰了什么?!

她的手腕可用骨瘦如柴来形容，她的手臂，衣服下面的皮肉里植有寸许管状物。

刹那间，醒悟了，她竟然是个血透病人，那个管状物是方便血透的“漏”。

之前，就听老公说找的木匠是医院里认识的病友，想当然地以为说的病友是个男子，不承想竟是这样一个特别的女子。

今天老公带爹爹上医院血透了，那她肯定也是刚从医院回来，没有回家休息，就来到了工地上。

要不是碰到她手腕上，也不会把她当成个衰弱的病人。她的肤色，她的瘦，显示她可能是个病人，可她的精神状态，她的举手投足，都很正常，整个人没有病容病态。

她是个勤劳的乡村少妇，拥有乡村勤劳女子才具有的不怕苦不怕累的旺盛的精气神。

她挣脱我的手推辞道：“大方还在乡下工地，我们该回去了。”

老公说：“你打电话让他过来，一起去吃饭。”

她打了一阵电话，然后对我们说：“大方说他正在路上，快到了。”

木匠马上对她的话嗤之以鼻：“他的话，能信？好几次，他也说来帮我们收工，说半小时到，两小时也没到。打电话去催，还说快到了，快到了，可结果……哼，半夜里才不知道从哪冒出来。谁知道他干什么去了，没一句真话……”

听了木匠的话，想这工头挣到钱了，莫不是嫌弃她，外面有女人了？

她像没听见木匠的话，仍很淡定。

我说我们先去饭店，边吃边等他。相信木匠的话，对不靠谱的人，可不会原地傻等。

让她把地址告诉大方，让他直接去饭店。

似乎是想证明对大方的不相信是错的，我们到饭店时，他已经站在门口了。

一行六人围成一小圈，坐一起显得其乐融融。

一边吃一边聊，她对大方的态度是不热不冷，大方对她像一般过惯了柴米油盐的平常夫妻一样若即若离。

一顿饭下来，认识到之前因为木匠的话猜想大方外面有女人的念头，百分之九十是错的。

他们夫妻俩平淡中自有一种默契，还有一种安天乐命的宁静。她的真实年龄约三十五六岁，说二十多也像，总之，看着年轻漂亮，这与好的心态有关，也与她的老公心疼、呵护她有关。从她的状况看，老公应该对她不错。

他们谈这十几年来做生意的种种小插曲。有要不回来的账；有该结万元的款，每次要只付几百的；有的是给亲戚家做活的，不好张嘴要，别人也闭口不提的。

他们的生意做到了周边的邻县，她也经常随大方去邻县工地，一去一两天。工地需要什么材料，她就打电话调材料，或者督促工程进度。到该血透的时间，大方开车陪她回来跑医院。

谈他们的家庭和孩子。她女儿今年上小学四年级。婆婆重男轻女，她生完孩子第二年得了这病，婆婆知道生这种病不能再生育，就怂恿大方和她离婚。

听了头皮都发麻，竟然还有这样的恶婆婆。

老公说，她还算幸运的。一起血透还有几个年轻女子，有的丈夫在外面养女人养小孩，自己硬被气死，得这种病的人，是经不住长期生气的；有的丈夫直接跑去外地打工，找不到人；有的血透后回家，门都打不开，婆家人在里面反锁……

听了，心酸难受。

想她要维持一个正常的家庭，在婆婆面前肯定受了不少窝囊气。

婆家是偏远的乡村，不难想象，想打击一个女人，她们会如何不择手段地搬弄口舌来挑剔、折磨、排挤，以达到目的。

而就在这种种人为的非难和病魔的双重折磨下，她勇敢地活着，不但活着，且活出最精彩的自己——称职的母亲、贤内助型的妻子、美丽得不像病人的病人。

她说："我知道自己很弱，所以处处都要争口气，不论是家庭方面还是生意上，还有孩子的学业……"几年前，她不顾婆婆的反对，硬着头皮厚着脸求亲拜友东拉西借，再加上自己的积蓄，在县城里买了套房子，搬到城里以后，生意上接单是以前的几倍，孩子也到城里念书了，自己上医院也方便多了。

终于知道，为什么只看了一眼背影就被打动了：死神早已经开始一点点一点点地舔舐她的血肉。而她似乎已经忘记了病痛和由此带来的烦恼，哦，也许是我理解错了，她并没有忘记，她只是以无比坚韧和豪迈把它们踩在了脚下。把一星期三趟去医院血透当成生活的一部分，像吃饭、走路一样平常。死神没有打垮她，反而激起了她内心里坚强不屈的精神，面对着死神，她不慌不忙、从容淡定，穿最漂亮的衣裳，化适合自己的最精致的妆容，认认真真地去做好应该做的事情。

这几天，每想起她时，心情总是难以平静，怜惜、心酸、羡慕、钦佩等情绪缠绕，终于，还是选择诉诸文字以求内心安宁。

她身上那种无所畏惧、努力创造美好生活、活出最好的自己的那种精神，很熟悉，曾经追求过，也曾经拥有过。

喜欢生命力强的人，就像喜欢茁壮成长的树木花草一样。

无疑，她是个生命力强的奇女子，死神把她染成了灰色，她没有绝望，顽强地认真地活成了别具魅力的女人——一只美丽的纤韧蝴蝶。

第五辑

路上的风景

厨艺

托回乡探亲的大爷大妈的福，我作为陪客到二爷家吃饭，二爷主厨，三爷桌上厨房两边跑。

三爷端上一煲，放桌上，打开盖子，香气立四溢，好香的肉，闻着就让人垂涎欲滴。

三爷说这是二爷的拿手菜，花了近三个小时，用某好酒作料，放火上慢炖半天……

看那煲里油亮亮的深酒红色汤汁收得不太稀，也不太稠，那红烧肉裹着红亮亮的汁，在煲里显山露水，夹起一大块，有皮有肥有瘦的，浸透汁水的肉皮像阳光直射下的温玉，晶莹；肥的犹如半透明的琥珀，瘦的如殷红的玛瑙，活色生香，秀色可餐，看得嘴里生津，赶紧吃进嘴里，唔，肉皮娇娇嫩嫩，肥肉入口即化，瘦肉嫩而不柴，都不腻，软烂入味，温润生香。真是人间至真至纯美味。

众亲戚赞不绝口。

这里简单介绍一下，二爷从二十世纪七十年代末到九十年代初，是本城最大国营饭店的大厨，在二爷的影响下，八十年代末，三爷自己开了饭店，姑妈也勤练厨艺，兄弟姊妹几个乐此不疲，只要聚到一起常常切磋厨艺。

大妈夹起一大块吃了，又赶紧给我夹了一大块，说真好吃，再吃一块！

姑妈也夹了一大块给我说："好吃，你年轻，多吃点。"

次日，这群人又转移到姑妈家。

姑妈拿手菜是狮子头，一般大厨做不出那样的，姑妈做的狮子头比平常的大、圆、光滑，表面看不出明显的肉丁、葱、姜，表面上是细腻的均匀的，粉粉的，看着是酥松的，筷子夹起来感觉还是有一定韧性的；如果不是有意夹碎，绝不会轻易散。筷子夹起来一个大狮子头，咬一口，不油不腻，酥、松、软、嫩，入口即化，齿颊间逸起淡淡的香，似肉香，似山药香，似蔬菜香，似面包糠香。

姑妈这手艺出了名，她也因此受累，逢年过节许多亲朋好友都想吃她做的狮子头，而她累死累活总满足一众亲朋好友的要求。往往逢年过节时，姑妈做的狮子头都坐车去往市省城里各处旅行。

姑妈还有一手艺，那就是做馄饨。

一次老公身体微恙，她不知听谁说的，带着做好的皮和馅上门，我家没有面板，就擦干净饭桌上的玻璃板，开始包馄饨。

从未见过那么薄的皮，感觉吹弹得破，拿起来一点也不粘手，也不变形，包进馅儿感到皮子还挺有筋道。那馅儿都是精肉，剁得那个细碎。

姑妈说，肉是纯里脊肉，里面和有蛋清，蛋黄和在皮里。

托老公的福，那次饱餐了顿美食。煮熟的混沌吃到嘴里，最初牙齿就不由自主咬那如果核一样的肉馅，口感筋道、随即鲜美的肉味溢满口腔、鼻腔，究竟馅里放了什么神仙配方啊！很少体验到这么鲜的食物，鲜得让人幸福感溢满身心；馄饨皮虽薄如纸，但完好无损，入口即化，皮也沾着肉的鲜美，如馅一样好吃。

过一日，在玻璃板上，发现了一丁点馄饨皮，拿起它，不知道是熟的还是生的，总之是干透了的皮，它透明、非常薄，还看得见隐约的蛋黄色。

想象不出姑妈是如何做出这样薄而韧的皮，唯有赞叹不已。

阿姨们登上了六一儿童节舞台

记不清多少年没有关注儿童节了。今年的儿童节让早已不再年轻的我们又返老还童了一阵子，过后，不由得生出一些感慨。

首先，感谢县妇联主任仲素梅姐为我们沭阳作家协会里的几位大妈提供了参加这次参加六一儿童节朗诵的机会。因为曾经接触过朗诵协会会长司玲等人，她们热情洋溢、声情并茂把作品的内涵和思想非常到位地朗诵，让人惊艳，让人羡慕。能有机会参加朗诵（事先要经过好几次培训）当然不想轻易错过。

也感谢经贸学院的沈老师身体力行，不遗余力地对我们进行了五六次的培训。家风家训的朗诵词中，要求朗诵者的态度和语气有母亲、妻子、儿女等女性社会角色的变换，这是一次慈爱的、深情的、孝心的、有担当的、自豪的、铿锵的……多种美好感情的表达，不断要求笑，微笑，笑起来的女人是最美的，即使已经不再年轻！

在沈老师的教导下，加上司玲和尤红梅两位女士高水平的朗诵引领，我们放开心情跟着后面模仿，也进行了几回像模像样的朗诵练习，很开心，很振奋！多久心情没这么 high 了！

养兵千日用兵一时。儿童节这一天，真正的会演终于来临了！

午饭过后，我们相约一起去化妆，有的是剧目组请来的化妆师化的，有的两天前就订好了婚纱影楼化妆。化过妆的我们，简直太让人意外。想想结婚时都没有化过这么炫的妆容。一起的老姐妹们也打扮得一个比一个漂亮。穿上仙仙的演出服，每个人更是开心。我们在化妆间里互相拍了许多珍贵的相片以作留恋。

演出开始，在陈扬部长和周主席等人的规划安排下进行得很完美。那大舞台，那舞台效果（灯光、背景、烟雾……），那些演员（动作、唱腔、服装……），那些节目（唱歌、舞蹈……）……给人的感官享受，很美！很壮观！很震撼！可以和中央电视台专业演员所表演的春节晚会媲美！

某小学学生集体表演的樊梨花点兵，还有另一小学学生集体表演的岳母刺字，所有演员都是按照角色披挂上阵，一时间舞台上刀枪林立、旌旗猎猎、军号齐鸣、锣鼓喧天，三面立体的大银幕上、古战场场景渲染氛围，小演员那唱腔那表演的功夫不亚于名角……

羡慕赞叹现在的小朋友真是太幸运太幸福了，在如此精彩完美演出的背后，有来自各个方面的付出和支持，这样的活动，他们应该一辈子都引为自豪的吧！

等我们站到舞台中央，优美的音乐响起，三面大银幕多彩画面，四面八方的五颜六色的灯光变换着照射，缥缥缈缈的烟雾在舞台上弥漫，我们仿佛置身仙境。电视台等媒体的镜头纷纷对准了我们，心里又兴奋又紧张，想尽力表现好，期望今年这个特别的儿童节是完美的！

感慨万千，小时候也参加过县里边六一儿童节小学生的会演，和现在相比，是一地一天，即使那样的简陋，对之也还是记忆深刻，在人生旅途上也是难以磨灭的有意义的事情！

那时候，学校也早早开始筹备过儿童节。从三年级到五年级，每个班级里挑选出四五个男女学生组成合唱团。下午放学后留下来，由音乐老师带着练一会歌，练歌要求也不高，记得歌词会唱就可以，不会一对一纠正不足。

我每天晚上完成了家庭作业，开始唱老师教的歌。

那时候，根本就不会用声，不知道如何驾驭自己的嗓子，唱出动听的歌声，只是放开大白嗓子高声地唱，只要求能从头唱到尾就算过关。

节前两天，我们就有权利向爸妈要求买一件白衬衫，一条蓝裤子，一双白球鞋。女孩子还会格外要求得到一条扎辫子的美丽丝带。

演出那天，我们早早到学校里让老师为我们化妆，用到的化妆品总共有一支眉笔、一管口红、一盒胭脂、一盒干粉。每个同学化出来都是黑眉毛、红嘴唇、红脸颊、白脸。即使这样，我们也高兴得手舞足蹈。

演出的场地也是简陋的，一个四壁空空的礼堂，唯一的装饰是主席台上空悬挂庆祝节日的横幅，唯一的道具是为唱歌伴奏的一架钢琴。

那时候，这应该是学校为庆祝儿童节准备的全部内容了吧。最多，有些学校也只是会在学生中再选出一个独唱。

那时候人的思想都很内敛保守，在舞台上没有几个不忸怩的，能担当独唱的同学很稀少。

在我印象里最深刻的一次，我们班的一个女同学被选去独唱，那是一个活泼外向的女孩子，只要是遇到可乐的事情，她都会肆无忌惮地仰面“嘎嘎”大笑，她话也特别多，嗓门也高。那次六一，各个学校聚到县礼堂里会演，她不负众望，取得了第一名。

现在的社会无论是在哪个方面都向着个性自由和尽善尽美发展。六一儿童节的这次文艺会演，让我感悟到某些杞人忧天的言论是可笑的，比如说什么，现在生活条件好了，人的思想道德不如以前了、现在的孩子都是小公主小皇帝等。六一儿童节会演让我知道现在的孩子们太优秀了！现在的社会在个性的自由发展上不容置疑比以前宽松多了，有才能的人多了，敢于展示展示自己的人也多了，无论你会唱歌、跳舞、弹琴……不再胆怯，不再忸怩，都敢于放开自己，勇敢地在公共场合展示才华！相信，观众只有鼓掌叫好，不会再有阴阳怪气的话！

今年的六一儿童节，对已经是阿姨的我们来说真是个意外的惊喜。或许我们已是常言说的熟得透透的年龄，过着慵懒的生活。

今年的儿童节，我们又感受到了阳光、浪漫、天真、活泼、可爱……

端午花开

端午节失去节日的味道多久了？记不清了，只记得前几年除了吃点粽子，也没特别之处，甚至有时连粽子也没吃，就和平常一样。

原因是粽子和包子一样，一年吃无数次，不再稀罕、也不香了；太忙，在家时间少；孩子长大，独立了；父亲去世后，母亲老了，过节不再张罗。

这些原因抹不去心底的遗憾，难忘那些回忆。

小时候，端午节前夕下午，我们小孩子就按捺不住激动的心情，放学后匆匆地跑回家，进门就问："妈妈！妈妈！什么时候开始包粽子？"

妈妈刚下班，边做晚饭边准备包粽子的材料。我们迫不及待，帮着一起忙。首先拿出洗澡的大木盆，注水，把柴叶放水里清洗下，剪掉根尖，再放开水里煮一下，（去生，包时不脆不破有韧性）这时，端午特有的清香在温热的晚风中弥漫。煮好的叶子再放大木盆里泡着。糯米等食材是妈妈到家就淘洗过，放那泡着，粽子里会放红枣、花生或红豆等。

包粽子的所需备好了，放在那棵缀满花的歪脖子红石榴树下，在洒扫干净的地面上，一大木盆清水泡着青青柴叶，盆边上挂着一束白棉线（爸爸做事用的新纱手套拆的），泡着糯米（上放点红枣）的搪瓷盆放在大木盆边。

"小扇迎微凉，悠悠夏日长。"我们就更频繁地尾随着妈妈进出厨房，催她快包粽子。她总是说等等，几句等等后，我们都跑了。通常大人不动手，小孩子是被喝止的。跑到大琴家里去看开始了没，她家也是这样。

又跑到红梅家，看红梅别扭地拿着柴叶，在手里弯来绕去，她妈妈一边包粽子一边教她。我们边指指点点，边嘲笑红梅太笨。红梅妈包好几个，红梅一个还在手里，不是漏米就是线扎不紧，且包的样子也丑。别人家的，不好动手，看了一会儿赶紧回家。

妈妈开始了，我们一哄而上，拿柴叶装模作样地开始包粽子。妈妈飞快地包好一个个紧紧实实有棱有角碧绿可爱的粽子，看着很简单，可我就是包不好，毛病和红梅一样。姐姐学了些门道，包了几个有模有样的得到了妈妈的夸奖，就甭提多得意了。

那时一年包一回，学习的机会一年一次，好几年都没学会，很遗憾。后来才知道，步骤都对，就是手上拿捏的功夫没学会，下手太重，怕漏，怕捆不紧，像对待一个随时会活蹦乱跳的小动物一样紧张。其实应该是轻柔地把柴叶轻轻地捏出棱角来，用线不松不紧地捆好。太使劲不仅会毁了形象，且会漏米。

虽然包不好，但每年看妈妈包粽子都一样兴奋激动，那一幅在盛开的红石榴树下包粽子的场景牢牢地刻在记忆里。

包完粽子也该睡觉了，在睡梦里还惦记着炖在煤球炉子上的一大锅粽了。

这一夜到处是粽子香，缥缥缈缈溢满全城。

第二天，醒得特别早，不要大人催促，在满屋浓郁的香气里，一骨碌下了床，先去看炉子上的一锅粽子，绿粽子上卧着好多鸡蛋，深深地吸一口气，同时咽下口水。妈妈在一边笑嘻嘻地吆喝"快去刷牙洗脸……"

洗漱好以后。一大家子围着饭桌，扒好粽子，蘸着白砂糖……啊！软糯香甜！齿颊留香！

那时，端午节没有假期。上学时还想带着粽子。家长好像很赞同，有的提前用彩线（织毛衣线剩的）编织好小络子，可装一两个粽子或鸡蛋。

我们也提着粽子去上学。姐姐提议拐弯走小敏家。没离多远就看到她家很热闹，好多小女孩围着，早晨的空气中有阵阵清香，哦，木香花正盛开，看年代久远的青砖灰瓦的院门、墙头上都挂着呢！

小敏妈用剪刀小心翼翼地剪下一小枝花，递到向她伸着的手里。好像很舍不得剪，好像花会疼。姐姐悄悄地说："吝啬！越有钱越抠！"一个小姐姐再三要求才得到一小枝，即使这样，也很开心。看到红梅也拿着花，就大着胆子喊："阿姨，我也想要！"

我得到了一小枝（一枝有两三簇，每一簇都有十几朵小花），细细的碧绿的花梗、叶子、米黄的小花都精致可爱、香而雅。

到学校，懵懂中依稀记得老师讲到与端午有关的屈原、爱国、离骚等字眼。

中午，一顿大餐后，妈妈用煮过艾草、杂树头的温水为我们沐浴，再换上我们心仪已久的新裙子。一切都尽善尽美。下午，校园里随处可见一朵朵行走着的羞涩小花。

不久，我们从老宅子里搬出去，在"榴花欲燃，惊艳整个夏天"的石榴树下包粽子、带着粽子和木香花一起上学的情景一直刻在记忆里。

又是端午，问二十岁的小彦有何感受。她说和平常没两样啊！粽子、饭菜、新衣服、鲜花等都没了诱惑。除了中秋和春节能感到节日气氛外，别的节没在意就过去了！

现在，吃的、穿的、玩的都丰富了，鲜花更不缺了，小区、公园、路边一年四季盛开着奇花异草。年轻人追逐的又是另一种生活趣味！

或许，会说以前的许多趣味是建立在由于物质不足而充满的期待上面，细想之下，觉得期待的不仅是物质，还有许多人情之间的互动而营造出的热闹氛围，最重要的是对事物持有的好奇和热爱！“尘心若染香，何处不静好！”

节日使平常的日子具有了仪式感，馨香了岁月，温暖了生活！

花乡初冬

入冬以后，“断崖式”降温，昨天刚加件衣服，今天又要找更厚的衣服，早上感觉要动用更强的意志力才能爬出温暖的被窝，虽然离数九还有一段日子，却也寒气侵肌，毛骨悚然。

几天前，路过沂河大堆，见路两边的白杨树叶子全部掉光了，满眼是灰褐色的光秃的枝干，树下堆满破败如泥的枯叶。大树在经过旺盛的生长期后，开始收敛，养精蓄锐，为明年的再度辉煌做准备。记忆中枝繁叶茂的树犹在眼前，变化太大，让人不胜感慨，有的人为此会搅动哀婉的愁肠，抒发出了大量多愁善感的凄艳美文。

没有对比就没有伤害。从郊野回来，不由得用心打量一番熟视无睹的城市风景，深切体会城里城外简直是两个季节。城外朔风怒号，令人瑟缩；城里晴朗的天空下微风和煦，由于城市绿化率高，也由于近年来大量引进四季常青的草木，城市鳞次栉比的楼房点缀在各种树木、各种奇花异草之中。有贴着地皮的成片植被，有的好多年不用换，如剑麻、麦冬等，有的随着花期更换，看刚植的开花机器矮牵牛、双色堇、甘蓝开成了一片一片的缤纷花海，天气越冷越鲜艳，似乎要向怕冷的人显摆显摆；有一米左右高的木本植物，如冬青、黄杨、松柏、枸葛、火棘等灌木丛，青翠的叶子在阳光下闪亮，枸葛、火棘挂满了珊瑚珠一样美丽的红果子，一冬天不落，为城市带来一份别样的生机和美丽；最高的是路两旁的大叶女贞、香樟、广玉兰等大树，绿得面不改色……这些高高低低、层层叠叠的青翠点缀在落叶乔木还未褪尽的五彩斑斓的秋色中，让花乡沭阳的初冬别有一番韵味。

如果不是寒气逼人，如果不是看到街上行人穿着棉衣，真不敢想象是在冬天。

曾经读过一篇描写昆明的文章，对比当时沭阳冬天的灰濛颓败，心里对春城昆明生出无限地向往和艳羡。“不识庐山真面目，只缘身在此山中”。从郊野绕一圈回来，才真真切切地醒悟过来花乡的冬天到处是景、到处是花，虽然没有春天的繁华，没有夏天的热闹，没有秋天的丰收，但却有一种静谧、纯净之美，让人放下心中的烦恼，享受大自然带来的宁静美。

周末，难得的晴朗天气，透过窗户眺望小区风景，草坪仍青绿，银杏树满身枝条摇曳着金灿灿的叶子，哗哗的闪着金色光泽，柿子树、樱花树的叶子绚烂如胭脂，很诱惑……我情不自禁走出家门。

法国雕塑家罗丹说，对于我们的眼睛，不是缺少美，而是缺少发现。难得的好天气，也难得有这么好心情，到虞姬生态园里走走逛逛，感受一下冬天的美好。

沭阳县虞姬生态园可称得上是森林公园，占地三百一十二亩。园里栽植的植物不但有沭阳乡土的树种，如杏树、椿树、榆树、槐树、茶树等；还有沭阳以外地方可以生长的南方树种，如香樟、榉树、深山含笑、山茶等品种；此时的生态园就像扳倒了的染坊，红黄青紫、五彩斑斓。

其中的一大片银杏林，每棵树都有一抱粗，离地一米就展开侧枝，有十几米高，横竖排列有序，棵棵银杏树如展开的一把把巨伞遮蔽了天空。此时的银杏林，树上的叶子还比较密实，地上也铺了密密的一层，林中还零零落落地飘飞着金黄叶片。周末，林中赶集一样热闹，美女们三五成群在林中拍照，孩子们在金黄的地毯上打滚或追逐奔跑，有的在林中搭起了小帐篷，有的在荡秋千，还有的在安静地欣赏……

园子设计模拟自然界中的洲、屿、堤、河、山等形态，并形成以植物造景为主的生态园林景观。

按照园林艺术手法，在林与林之间配以或动或静的水景，清静幽雅之中透着动感，在园内，建池、设潭、掘溪，筑丘，以小桥、石阶点缀，构成了优美和谐、舒适恬静的生态园林风光，别有一番风味情趣。

步入园里，如入一个大自然的乐园。看，林边空地上，一朵懵懵懂懂的小黄花正在盛开，它是不是把初冬当成了初春，一大丛中，只开了它一朵。瞧，开得多么饱满，多么美丽！还有应该在春天盛开的海棠，叶子都快落光了，在一个光秃秃的枝头，竟然也绽开了一朵悦目的红花。是它们没有分清季节吗？我想，它们可能是急性子，等不了一个漫长的冬季，也可能是它们并不畏惧冬天。

锯齿边单瓣的小红花叫石竹的，还有一串红，还有月季，枝叶已经枯了一半，还在顽强地开着，还有一大片五颜六色的叫不上名字的花草……在冬天地面花花草草大半颓败的背景下，还守候在半枯的枝头，不由得为它们点赞。

这些花都是些廉价的草花，在冬天里化归泥土，有的有宿根，有的花种子掉落地面，来年春天，在生长过它们的土地上又会冒出更多，每年数量都在向周边扩展，不用你刻意种植它们，就会呼朋引伴涌到你的面前。

这样的生态园，沭阳还有好多，如南湖公园、梦溪公园、南山公园、城北公园等。

初冬的花乡，是一幅美丽的画卷。无论是彩色的落叶，还是翠绿的树叶，都是一道美丽的风景线。在这个季节里，可以更好地认识人和自然的关系，更加热爱生命，更加珍惜生命中的每一个瞬间。

明天你会在哪里

从小到现在，美发店去了无数次，偶然的一次，心念一动间写下了此篇小文。

那次，我去光荣东路西头的“创意”美发店，做头发护理，店面很普通，年轻特帅气的老板很阳光，笑眯眯地操着外地口音像曾经和我相识似的打招呼：“您好。”

据说和一个人接触，你在四秒之内就可以做出一种判断，这人是令人讨厌的还是让人愉悦的。

都说微笑可以拉近距离，那天可能是受一种微笑过后心情不错的影响，也可能是此老板具有的亲和力，使我竟然放纵自己一时心生的好奇，对一个初次见面的陌生人打破砂锅问到底地盘问起来。

在沭阳有好多外地人，也经常会遇到，本是不足为奇的事情。

那天，我陡生好奇的是：一个长得如此帅气又如此阳光的年轻外地人怎么会想起跑到沭阳这条街上来开店做生意的呢？

我问：“听你的口音是外地人，你是哪里人呢？”

“我安徽亳州人，毫字去一横那个亳，读 bo。”

“哦，原来读 bo，我以前见过这字，都马虎地读毫呢。”

“是呀，许多人都会念错。亳州太和，中药之乡，许多药盒上都会有太和两字。”

“噢，你是安徽亳州市太和县人，中药之乡的。”我心想，中药之乡的人，经营药材一段时间可都成了腰缠万贯的大老板呀，你倒好，放弃故乡诱人的大好机遇，跑这开个普通平凡的美发店。这话有点责问责备伤人的嫌疑，我不能说出口，只是继续探究我的好奇："你怎么会到我们沭阳来的呢？"

他笑："内人是你们沭阳人呀！"

我恍然，原来是因为沭阳这里有位某美女："哦，你是沭阳女婿。那你们是怎么认识的呢？"

"在杭州认识的。"

"在杭州认识的，你去杭州干吗？"

"我在那上班呀！"

我又恍然："哦，原来你们是因为都跑去杭州上班才认识的。"我继续发扬侦探到水落石出的精神，又追问道："杭州多好呀！'上有天堂，下有苏杭'，为什么回沭阳来呢？"

还好，面对我的再三追问，他没有不耐烦，可能倒觉得我问这些简单的问题比较好笑："呵呵，杭州好呀，我很喜欢杭州的。"

我还是穷问不断："那为什么你们不待在杭州呢？那儿环境好，机遇多，生活质量高，要是在那开店做生意不是会更好更能挣钱吗？"

面对初次见面的陌生人，他是抱着熟人拉家常的闲适心境，轻松回答："结婚没两年，她怀孕了，是双胞胎。"

"哦，我明白了。你真有福气。"

"呵呵，回沭阳，有她家人帮着，要好许多。"可能是我的追问勾起了他的回忆，他继续说："我十六岁出去打工，现在离开家已经十几年了。"他说他离开家十几年了，语气里并没有通常见的思乡愁绪，看来，这个沭阳女婿心里对沭阳对沭阳人还是比较满意的，由此，可以想象他的家庭是和美幸福的。

我不由得感慨，一个人，生活的地方会随着各种机遇各种缘分而发生让你意想不到的辗转改变。

一个亳州人，一个沭阳人，即使千里之隔，即使从小生活环境相差很远，由于各种机缘，让人匪夷所思的，竟然会组合成为相亲相爱的一家人。

我满足了好奇心，也不由地生出了一些感慨。感慨机缘的神秘莫测，这自小生活在安徽亳州太和中药之乡的小伙子，他会料到有一天他会在沭阳街上开店做生意么？

祝福他，也祝福他的家人，希望他生意一直这样顺风顺水，也希望他一直这样阳光下去，更希望他会越来越喜欢我们的沭阳。

从那以后，再在街上遇到外地人，总会猜测到他们肯定也会有一段曲折美妙的故事。

街市中的古风琴韵

——记云裳琴馆

立春前夕，应云裳琴馆馆长江艳的邀请，进行了一次期待中的探访，去往设在虞姬商业街中的琴馆。

穿行在热闹的人群中，期待中的美好渐渐打了些许折扣，如此浓厚的商业气息里，琴馆，不会也失去了该有的高雅了吧?

辗转过后，来到位于商业街西首二楼的云裳琴馆。这里的店铺不多，人相对稀少，楼上越发显得安静，再加上有回廊隔离，楼上与楼下竟仿佛是两个世界。

琴馆坐落在朝东的一排房子中间，外墙用原木装饰，门首上悬挂着半扇门板大小的古木匾额，匾额上满是纵横交错的细小裂纹，上面雕刻着端庄大气的四个繁体隶书“云裳琴馆”。古朴风雅的气息，立刻把刚在市场里感受到的浓浓的世俗味儿冲淡了。

一进门就认出对着门摆着的茶桌，是江艳曾经发在朋友圈里的相片上招待客人的地方。一张古色古香的低矮的长方形桌子横在屋子中央。馆主韦玲正独据桌子的一长边，对门而坐，身边是一整套的茶具，她一边优雅地以茶道待客，一边在袅袅茶香里，和围在其他三面桌边而坐的客人娓娓而谈。这些客人中有不少沭阳的文化名人，有书画家、有作家、音乐家……她们谈论的话题应该和这些艺术有关吧?!

一大片古色古香的镂空隔断把房间一分为二，隔断里放着几排线装的书籍，还摆放着几个青翠碧绿的盆栽。只在当门站了一会儿，那种古朴优雅的气息整个包围了我。整个房间里除了空调是现代的东西，其余的家具摆设和小玩意儿无不带着悠长岁月的痕迹，不是复古的木头制作，就是些年代久远的陶类。原始的陈设，超凡脱俗，有文化内涵又神秘莫测。

里间的摆设比外间更丰富些，一面墙上是一幅摊开的巨大的汉代竹简，汉简下面一前一后摆着两张琴桌，放着一架古筝和一架古琴，古筝、古琴都是中国几千年文化的结晶，其艺术在人类文化遗产中具有崇高的地位，是中和的音乐，是尽善尽美的音乐，中正、无邪、形式和谐、有节。古筝是馆主韦玲的，古琴是馆长江艳的，它们像主人一样朝夕相处和谐默契。江艳和韦玲都是那种兰心蕙质的女子，她们因文字而结缘，又因为同样喜欢古典乐器而走近，希望能够依托古琴古筝把民族瑰丽的艺术文化带给身边更多的人，因此她们共同创办了这个“云裳琴馆”。

紧挨着古琴的是一套和外间一模一样的桌子板凳，不同的是这张桌子上放的是笔墨纸砚等文房四宝和一摞汉简。靠回廊的一面墙几乎都是透明玻璃，但却有一卷稀稀疏疏的老旧的竹帘垂下来，几乎不影响光线的穿透，说是遮挡，倒不如说是一种装饰。几缕纤萝从窗顶上悬挂下来，是贪恋外面的明媚，还是想窥望前来的访客？窗台上放着一盆浓缩野外自然风景的盆栽，书桌上黑色瓷制的香炉，桌边的搁置画轴宣纸的年代久远的陶具，墙上装饰的几幅小型的字画等，都让我叹为观止，这里的所有一切都应该是经过精挑细选的吧？它们放在一个空间里是如此协调一致！这些不流俗的宝贝把“云裳琴馆”打造成古朴自然又具有深厚底蕴的高端的清雅的场所。

值得一提的是，“云裳琴馆”是刚开的琴馆，从江艳的朋友圈里，已经知晓，这儿“谈笑有鸿儒，往来无白丁”，可以“调素琴，阅金经。无丝竹之乱耳，无案牍之劳形”，是闹市中另辟出的一个雅致幽居。

与江艳初次相识，是在一朋友的电话里，她的声音沉稳洪厚不乏善解人意，给我留下好感和向往。

此后，我们成为微信好友，很荣幸拜读到她写的多篇美文，钦佩和惊艳于她的作品思想成熟，精炼优美的语言中有生命的活力。

及至后来见到她本人，我情不自禁联想到周敦颐关于莲的描述："中通外直，不蔓不枝，香远益清，亭亭净植。"和江艳的神韵颇有相通之处。

一起受邀的几位老师陆续到来，江艳特地邀请了一个从事职业茶文化的美女替主人款待我们。喝完茶，参观边上两间教室，一间古琴教室，一间是古筝教室。

回到挂着巨幅汉简的那个古朴雅致的房间，"是时心境闲，可以弹素琴"，我们提议江艳弹奏一支曲子。她欣然应允。

她从容淡定端坐于一架红黑漆面、已带上裂纹的老式蕉叶琴前。据说抚琴有许多规矩，弹琴前应净手、净身、静心，庄严仪表，以合乎礼节；用正心、正念而生出的诚恳心，肃穆心态，尊敬自己、他人，达到宁静致远，心身如一，与天地相和的境界。相信古琴蕴含的琴道琴德也是一个社会应具有的文化内涵。

正弦定调后，江艳弹唱了一首古老的琴曲——《阳关三叠》。

古琴喑哑铿锵，低沉不绝的弦音和江艳洪厚沉稳的嗓音相得益彰，浑然一体。琴音和歌声中，我们似乎看到大唐的一个边塞小镇里，一个叫王维的诗人，于春日微雨的清晨，在客栈前的青青柳树下，端着酒杯和朋友依依惜别，有点惆怅，有点不舍。

清和节当春
渭城朝雨浥轻尘
客舍青青柳色新
劝君更尽一杯酒
西出阳关无故人
霜夜与霜晨
遄行

…………

噫　从今一别

两地相思入梦频

闻雁来宾

“一声已动物皆静”“其间无古今”琴音在岁月的河道里穿梭，若隐若现；往事在尘封的旧时光中迷离，或远或近，琴音和歌声有时低哑，有时激越，有时缓有时疾，像一个饱经世事成熟的智者，不慌不忙，胸有成竹，自信优雅……曲罢，余音绕梁，久久在耳，我们依然沉吟在余韵里静聆，没有平时繁华喧嚣里的浮躁，只有清冷冷的静。

人无信而不立

晚上，下班后骑车又意识到电动车的遥控钥匙不能再继续用下去了，必须去修理了！曾经，一次上街买东西，车停放在路边，逛一圈回来，钥匙怎么按都不灵！这电动车锁车开车都只是遥控才能完成，那天只好把车扔在路边，走回家。

近来，遥控钥匙又不灵活了，害怕重蹈覆辙。这天下班后磨蹭了点。开车锁又费了劲，尽管有点迟，仍决定去修理一下。

知道五块钱换一个电子就好了。天早就黑透了，批发市场都收摊了。

这天特别想把这事情给结了，知道综合市场东头有一家配钥匙的门店，现在电动车使用遥控钥匙非常普遍，既然是配钥匙修锁的，这个应该可以。

到了综合市场，看那家配钥匙的店门敞开着，灯光亮着，其隔壁是一家修理铺，一个瘦小的中年男子，正在门口一地凌乱的零件中低着头专注地修理什么。

在路边停了车，拿着钥匙往那店铺走，在这两家铺中间、靠路边的地方站着一高一矮的两个中年男子，矮的年龄六十多岁，穿着干净利索；高的像门扇，头前伸又几乎垂到胸口，让人从后面看，注意力首先在其后背，他戴着头盔，好像随时准备离开的样子。

一开始，以为他也是顾客，直到他向走过去的我主动问："有事吗？"方确定他是店主。

说明来意，并把手里的电动车钥匙给他看，他伸出手来接，看到他的手简直可以用污秽不堪来形容，指甲、手心、手背上到处都是一层厚厚的黑油污。害怕碰到他的手，赶紧把钥匙给了他。他接了钥匙，继续站在原地和矮个子的男子谈论什么。

在边上等着，打量了店主一眼，他穿着的不是工装，是那种过了时的、破旧的西装，穿在他身上显得不伦不类。这样的肮脏应该和做修理工作有关，但他的脸、头盔都像他的衣服一样给人一种灰蒙蒙、脏兮兮的感觉。

说了三两句话后，矮个子的男子就走向路边停着的一辆三轮车（载学生用，后边带车棚），他一边走一边嘟囔着：“太贵了！不改了！”上车就走了。“油污男”在后面追着说：“你再看看！不行再回来！”那人不搭，一径离开。

“油污男”回到店里，翻开门口桌子的一个抽屉，开始修理钥匙。我站在靠近路边的地方等。觉察到他一边修理一边从眼睛余光中打量着我，手里的活却没停。

这里的环境肮脏凌乱，一刻都不想多待。我到他的店门口张望了一眼，店里更凌乱更黑乎乎的，又回到路边去等。门口和店里一样到处堆放着许多乱七八糟的说不上是什么的零件。

随口问了一下换个电子要多少钱，他说十元。我说太贵了吧，人家只要五元钱。他说都是十元钱。

本来几块钱的小生意也没打算多讲究，事先没谈价就给他修了，现在修一半也不好再要回来，十块就十块吧！等得无聊，我想起家里车库的电动门的遥控钥匙，近来开关也不太灵活，我随口又问道，电动门钥匙换一个电子要多少钱？

他说十元钱。我好像听老公说过电动门的钥匙修理要三四十块钱呢。心念一动间，我就说，电动门钥匙也修一下吧。他说：“行啊，真洋气，你们家的钥匙都是遥控的。”

两把钥匙都修过了，我把电动车遥控了一下，正常，再试一下电动门的钥匙，按一下，指示灯没亮！

我责问他怎么回事啊？遥控不了啊，拿回去也不能用啊！

他拿回去一边重新修理，一边问我家里是否有备用的。我没搭理。重新修过，我拿来试了一下，亮了。扫码付了二十元。

到家时，电动门却开不了，指示灯又不亮了！

记得当时他问家里是不是还有备用的？不知道他是什么意思，此时才恍然，修不好，还可以用别的，或者说发现了，回去找，他也不会承认，肯定会说我家里边的一把又拿给他修！

想想心里边有一种无名的怒火，花了十块钱把还能将就用的东西报废了，当时还以为是便宜，谁知道上当了！想回去找！又意识到“油污男”不是省油的灯。

电视剧《天道》里的丁元英有一次去路边摊吃小吃，他付过钱了，走的时候摊主又向他要钱，他迟疑了一下还是什么也没说又付了一次钱。他不愿与这样的人在路边争执，况且他也不愿意在这样的人身上多花一点宝贵的时间，所以，他二话没说又付了一次钱。

碰到这样人，我们又能做什么呢？去教育？去批评？去反驳？去争吵？显然都不是，他们有些道理不是不懂，只是他们处在那样的环境里，难以有光明的、美好的心态。

2000 年左右，非主流一度盛行（非主流本意指不往一个方向努力，和他人做的不同，后来被变化为在衣着等方面与他人有差异，自认为显出了个性）。许多商家卖的牛仔裤上、T 恤上有许多破洞，说是前卫……在我的思想里，认为它是接受不完美的社会。社会上的人有的善良，有的恶毒，有的表面凶恶内心却善良，有的表面善良内心却凶恶，许多人都赞美笑，有的笑是美好的，有的却是要吃人的信号，著名的如王熙凤……形形色色的人都有，接受社会的不完美，身边的无法改变，只有自己踏实、真诚地生活，安于内心的美好与平静。

菩提本无树，明镜亦非台。

本来无一物，何处惹尘埃。

常听说做生意要图回头客，又不是土匪想打家劫舍一下子暴富。没有源源不断的顾客，生意死路一条。“油污男”的生意可想而知。他那种年龄的人，开着店面，不应该这么愚蠢，一个电子也就一块钱左右，他不知道不诚信的损失?

想赚大钱，做的又是小生意!

但就是一些看似不入流的小生意，也可以让人赚到第一桶金，然后，去开拓更大的更有光明前途的市场。特别是浙江人，修雨伞多，在整个中国走大街、串小巷地吆喝修雨伞！其中许多人现在已经是大老板了。如果，他们当时也像“油污男”一样坑蒙拐骗的话，可想而知浙江人不会拥有今天的辉煌。那些走街串巷的小生意人手艺好、讲诚信，是一代人的温馨回忆。

2000 年左右，蓝天市场里有一家做小吃生意的张大头还是李大头的，一样小吃一元的还有几毛钱的，价廉物美，虽然也是跟油啊、酱啊、水火打交道，小夫妻俩穿着干净利索，待人真诚又热情，生意太红火了，在小县城轰动一时，有人说他家靠这个赚钱，买了两三套房，虽然有点言过其实，但他靠那小生意养活了一大家子、并为今后做别的事情赚到了丰厚的资金是真的。

想想那家修锁店的环境污秽肮脏，那修锁人也是，不仅外表污秽，内心也是，也难怪他的生意举步维艰。

社会上，太美好的东西、太丑恶的东西都会引人注目。

美里面有温柔、有善，丑里面有狰狞、有虚伪。天使往往没有魔鬼的力量强大的原因就在于此。许多美往往来自与丑的对比！许多美往往脱胎于丑!

因果轮回，皆有定数。

其实，无论什么样的社会环境里，无论是在哪个时代，好的、坏的现象都会共存。

《大卫·科波菲尔》里的朵拉是个很善良又很孩子气的“洋娃

娃”，结婚后，堪称“渣仆收割机”。

为什么普普通通的人，到她家里做事，时间不长就变成坏人，最终都因为偷盗被送进了监狱！?

看来，太善良太单纯的人，对本来就没有坚定的好品质的人，是一个非常容易就跌进去的陷阱！

如此说来，善良与单纯也是一种错?！这是一个多么令人心酸的结论！

难道世界上不需要善良和单纯吗？不是不需要，而是用错了人！用错了地方！

由此警醒人不能太单纯、太善良，还要具有一定的锋芒，不仅要有对善的菩萨心肠，还要有对付恶的霹雳手段！

皮鞋踏在了鲜花上，鲜花却将香味留在了鞋底。

君子慎独，不欺暗室。

卑以自牧，不欺于心。

李苦禅是我国当代著名画家，他为人直爽，凡答应给人作画，从不食言。有一次，一位老朋友请他作一幅画。李苦禅因有事未能及时完成，不久，当他接到老友病故的讣告后面有愧色。当即作一幅百莲图，并郑重其事地题上老友的名字，盖上印章，随即至后院，将画烧毁。事后他对儿子说，今后再有老友要画，及时催我，不可失信啊！

对于真正品德高尚的君子来说，“人言即信”，即使没有人知道，也要自觉遵守诺言，做到心中无愧。

人的言行就像一面镜子，能照透人的心灵，每个人都应该自觉维护诚实守信的形象，维护这传统美德！

古人云：“无信而不立。”

诚实和诚信关系到一个社会是否和谐，社会要对不诚信的人和行为做出相应的惩罚。

近日，有媒体曝光，上海一个白领坐出租车，下车时答应扫二维码付款三十六元，谁知，司机一天到晚也没收到车费。找到其公司，公司对其的处罚是开除。三十六元数目不大，小到上升不到法律的层面，做出这样的处罚让一些人不敢再为所欲为、明目张胆地违背诚信。

古人言："三杯吐然诺，五岳倒为轻。""一言既出，驷马难追。"都言及诚信的重要。可见，诚信自古是中华民族的传统美德，是经过漫长、沉重的生活之浪淘沥而出的赤纯之金。

诚信并非遥远，它就在小事之中。诚信无处不在，一些人身上一直折射出诚信的光辉！

古代，有个叫孟信的人，一次被罢免了官职以后，家里很穷，甚至连吃的东西都没有了。一天，家里人趁孟信外出把家里仅有的一头病牛卖了，来换粮食。孟信回家后发现病牛被卖了，就把家里人骂了一顿，还去把病牛要了回来，他对买主说这是病牛，没什么用处了，这样的病牛不能卖给你。

早年，喜马拉雅山南麓很少有外国人涉足。后来，许多外国人到这里观光旅游，据说这是源于一位少年的诚信。一天，几位外国摄影师请当地一位少年代买啤酒，这位少年为之跑了三个多小时。第二天，那个少年又自告奋勇地再替他们买啤酒。这次摄影师们给了他很多钱，但直到第三天下午那个少年还没回来。于是，摄影师们议论纷纷，都认为那个少年把钱骗走了。第三天夜里，那个少年却敲开了摄影师的门。原来，他在一个地方只购得四瓶啤酒，于是，他又翻了一座山，蹚过一条河才购得另外六瓶，返回时摔坏了三瓶。他哭着拿着碎玻璃片，向摄影师交回零钱，在场的人无不动容。这个故事使许多外国人深受感动。后来，到这里的游客就越来越多。

诚信，是诚实无欺，信守诺言，言行相符。诚信是为人之道，是立身处事之本。和谐文明的社会里人人需要诚信，人人希望诚信，人人播种诚信，才能人人收获诚信。

完整的一天

近来，不知道哪出了状况，不到近子时不能入睡，凌晨四点多就醒了，且睡眠时大脑一直处于兴奋状态，一时梦见和人赛跑，庆幸的是还挺能跑，虽是羊肠小路，但平坦，路边风景风轻云淡；一时又梦见在商店里和人砍价，还好，对方是那种高雅的、一见便心悦的……

虽然，睡眠是这样，难得的是，白天精神状态正常。

上次出去采风，过去几天了，潜意识里早就命令自己须要写一篇小文出来。但不知道都忙了什么，时间像指缝间的空气，想抓住，但抓不住，风样溜了。小文至今没写一个字。

都干什么了？好像也是忙忙碌碌的，具体事是？哎呀，头疼，不想了……来点那个什么精神吧！普通人的生命就是拿来虚度的？生活就该是这个样子的？写那几个字连花拳绣腿都算不上！花拳绣腿不能算是脚踏实地的生活……唉，不能这样想，头更晕乎了！

为什么一段时间不写点什么，就像发了毒瘾，全身上下哪都不得劲，坐立不安。写了，写出来了，哪怕是狗屁不通，却心安理得，如释重负……

连续的高温好像缓和了些，可以坐下来了。早饭后，收拾停当，捧着手机坐窗口，呀！迎面吹来凉爽的风，少了热浪袭人。刚洗脸时照镜子，发现脸色白净了好多，不再热得紫胀得像涂了油彩似的。吹着舒畅的细风，心情渐渐沉静，信手涂鸦起来。

忽然一阵急促的电话声响起，是老妈打来的，电话里很焦急：“五儿，你快点开车过来带我去医院看你姨妈，刚听说她上卫生间跌倒，跌坏了……”

一听魂丢了似的慌张起来，头脑里的好不容易罗织起来的幻境马上切换到姨妈跌倒、昏迷、血淋淋的手术……可怕的场面！

姨妈怎么会遭遇这样的不幸?!

生活在乡村的姨妈虽比我老妈年轻得多，可看起来不年轻，且有许多老年病如高血压、高血糖、眩晕等。

还是太操劳了。儿子儿媳妇都出去打工了，家里十几亩地和留下的三个小孩都要她费心，是应了俗话“积劳成疾”了吧！

赶紧放下一切，陪老妈去医院。

中午十一点多从医院回到家，有点恹恹地提不起精神。午饭后，倒床上就睡着了。还是做梦，做什么呢？眼一睁就忘了，望着窗外灰蒙蒙的天空，下意识地认为，是早上？感觉不对，不是早上！

抓过手机也近下午三点。起来略收拾了下。其实，待在家除了洗把脸也没什么要收拾，不出门头发也不梳，用手拢成一把，用皮筋一扎就好；夏天穿戴更省事，午睡时穿短袖衫中裤，在屋里逛过来逛过去还穿这样。整理好自己后，坐窗边的围椅上翻手机，浏览上午刚开了个头的小破文，重新酝酿自己的情绪，继续涂鸦。

天热，人易乏，坐会儿就得放下手机，起来直直腰，踱踱步。

忽然，门被人从外面“嘭嘭”地敲响。“谁呀？”

“快开门，来亲戚了！”

开门一看，是一远亲，也住在这小区。赶紧往屋里请：“你好！你好！快到屋里坐吧！外边太热了。”

“我来是跟你说一声的，我们以后就不住这小区里了。”她到客厅沙发里坐下后说。

“哦，搬哪里去了？”

“搬到南京某别墅小区去了，欢迎你们全家以后有空过去做客。”

“哦，那工作怎么办？”

“都调到南京去了，女儿今年毕业也在南京某区检察院上班了。”

“哦，女儿在南京，你们夫妻俩跟过去了，也好！”

接下来，又聊到她家人的工作生活情况和一些亲戚的近况。送走了她，头脑里还想着她刚刚描述的她的新家新工作令人羡慕的美好，还有她描述时那种志得意满的陶醉神情，不知道为什么由此联想到前几天遇到的一个人，那人眉飞色舞地谈论着孩子出国留学的那种趾高气扬，和她如出一辙。

都说人往高处走，水往低处流。飞了，出去了，就是高……有点嫉妒，看来短时间内，我不能再静下心写字了。

翻微信吧，几个微信群，看聊天记录，看人聊得都挺开心的，都是常聊的那几人，只是认识而已，一点都不了解，插不上什么话题……转入朋友圈看两篇美文，就到了该备晚饭的时间。

米还没下锅，电话又响了，一外地同学打来的，她说：“想你们了，刚到沭阳，想约几个同学到某某饭店小聚，我和某某现在正往饭店去，赶紧过来吧！”

一开始，我也被好多这样的热情诱惑得热血沸腾，后来不知道是经历了多了还是怎么回事，对这样的聚会渐渐地有了逃避情绪。

酒席桌上有的人热情高涨，口若悬河滔滔不绝地编出五花八门的理由派酒，可出了酒店，还是那两三个人有来有往，其余不会有交集（不怪谁，谁的时间和精力都有限）。

看看时间还早，放下电话依然不紧不慢地做自己的事情。做好后，近七点，想酒店还是要去的。

已有六个同学到了酒店，我到时已近七点半，都说开始吧，还有个同学赶场子，不等了。

七个同学中，一个是校长，一个是职校教授，一个是某局书记，一个是做工程的老板，我和另外两同学属于自由职业者。除了我之外，他们都是话痨，不仅能说，而且会说，到一起互相调侃，互相吹捧，嘻嘻哈哈，笑料百出。

有的写出来可成为很好的搞笑段子，这里就不细说了。

宴席持续到九点，有提议该散了，有的还坚持要等赶场子的。九点半左右，那个同学过来了，可能是因酒精的原因，他一进包间，就紧紧地拥抱了一下那个从外地回来的女同学，很亲昵地叫着她。外地的女同学咯咯地笑着，很开心。

很多时候，都会被这样的热情打动，心思里没有暧昧，没有杂念，相信这拥抱一刹那所表现出来的纯洁友谊，尽管不是主角，心里也会不由自主地生出一种温情。

记得某次，也是这样的场合，一女同学入场时对大家说："好久不见，想你们了！"有的讪笑，有的冷漠，而我心里一热，从此，对她高看。

不喜欢在这样热闹的场合也正襟危坐冷漠的君子，尽管，自己或许不是那种热情外露的人。

一开始我拒绝喝酒，请客的同学带了红酒。我平常能喝一点白酒，所以，对红酒就轻视起来，觉得喝一瓶红酒不会有事。结果，散场的时候，觉得不对劲，头晕乎乎的，怕了，不管三七二十一，紧紧抓住两边的人的胳膊，一边是女同学，一边是男同学，让他们搀着，解释说，喝多了，头晕，把我送回家。一个同学开车。三个同学一直送到家门口，看着进屋才离开。

颇后悔，出了丑，紧紧抓着一个男同学的胳膊又是出了丑，或许，又要在同学群里传开了吧？无法幸免，偶尔会成为别人的一个笑料和话题。经常会被别人笑笑，也经常笑笑别人。生活本身就是一面"哈哈镜"，每个人都觉得自己是"哈哈镜"外面那个一本正经道貌岸然的人。

到家，老公还没睡，皱着眉说："你又喝酒了？去喝点水！"

我很庆幸，有一个豁达的老公，同甘共苦在一起和睦地生活了近三十年。

马马虎虎冲了个澡，倒在床上，头“嗡”地又晕了。

又后悔喝酒了。

这就是某年某月里我的完整一天。其实，还会有身体上不适的小困扰，还有手机里几番信息轰炸的小骚扰，还有柴米油盐酱醋茶的劳苦奔波，还有人与人之间爱恨嗔痴怨的小纠结……生活是如此的丰富精彩，该高兴的，呵呵……哼哼……笑中似乎有欲哭的变奏，竟然被两种情绪撕扯着——痛并快乐着！

一枝一叶入画图

虞姬故里，花乡沭阳是江苏省陆地面积最大，人口最多的县。1996年宿迁建市以来，沭阳农业逐步发展以花卉苗木、瓜果蔬菜、食用菌为特色的生态农业，其中，花木基地面积全省最大，被誉为“花木之乡”。

十月，各种树木开始了最绚丽的旅程。

江苏省国画院、南京养墨堂美术馆展厅里，穿堂的灯光有点昏暗，聚光灯如夏日正午骄阳般明亮的光打在各件展出的艺术品上，展品一是美术馆墙上的南京书画院专职画家林聪文的湖石盆栽绘画，繁华落尽、孤傲与狂欢并存的《冷宫》系列，展品二是画前案上右边摆放着的沭阳县新河新。沭派盆景代表人、中国风景园林协会花卉盆景赏石分会理事方武的“高、枯、残、傲”的盆景，展品三是画前案上左边摆着的晶莹剔透、峰峦叠嶂、瘦、漏、透、皱的昆石。

一个是绘画，一个是盆景，一个是奇石，听起来是三种不同的艺术，但是，三种艺术在艺术风格上却有好多共通之处，都是呈现出高、枯、残、傲、瘦、皱、奇等艺术表现特征。

方武在美术馆艺术的殿堂里很激动，他早就明白艺术都是相通的，只是表达的形式不一样。他曾经学习过工艺美术，在制作盆景的时候，他头脑中也会浮现书法中各种线条的美，想到音乐中韵律的节奏美，想到武术中动作刚柔相济的美……他总是力图把这些美在他的盆景艺术里展现出来。但是在这里，他还是被

《冷宫》系列传达出来的艺术效果深深地震撼到了，原来盆景画出来居然是这样的美妙！看到这些画，他更坚定了自己把盆景艺术作为自己未来发展的方向。

省国画院三种艺术展览会，让更多的人认识了解了盆景艺术，也让盆景艺术更上了一层台阶，让盆景与无价的绘画、湖石一起联袂且相互烘托展出，这让盆景的价格有了一定程度的提升。

初见方武，感觉有点与众不同，英俊坚毅的脸庞和他的有时长发飘飘、有时就于脑后束一简单马尾的特别样子，给人以洒脱不羁，加上几分文弱，先看过他盆景艺术的人，再看到他本人，可能不会觉得他的奇特，反而会顺理成章地觉得这样的他才具有艺术家该有的范儿。方武出生于虞姬故里，花乡沭阳的新河镇，新河花木生产已经有两百多年的历史。二十世纪八十年代初，新河、颜集有村人开始零星种植花木，通过车载肩挑到各县、镇集市上卖，收入虽然不是太多，但是比起种植蔬菜和粮食来仍然是让人不能小看的。方武的祖辈是花农，刚开始他家种植的大多是月季、栀子、桂花等观赏性一年生或者多年生普通花草。小学三年级的一天，方武随祖父去沭阳县城街上去卖花木，在街上随意闲转，看到几位老先生围着一盆花木，有的在指指点点，有的在绕着花盆观察，有的动手修剪。那是一盆生长了好多年的迎春花，小方武在旁边听那几位老先生议论哪个枝该剪，哪个枝不该剪，哪个枝该如何用铝条定形等，小方武听了也很迷糊，只是那盆花他看着有层次感有疏有密，比平常见的盆花更有姿态，觉得非常好看。

回家以后，方武也养了一盆迎春花。迎春花每年每月每时每刻都在生长，那时候，还不知道什么叫盆景，只是觉得好玩，纯粹按照自己内心的审美，把它修剪成自己想要的样子，最后，把它修剪成层层叠叠的。二十世纪八十年代，是物资匮乏时期，养普通观赏盆花的人家都不多，盆景更是小众的东西，养盆景的人在经济能力、审美能力上都有较高的要求，盆景一直是少数社会精英阶层、高品位人群的精神食粮。那个时期还因为信息闭塞，新河的周围早就有盆景园，只有少数人才知道。小方武把那盆迎春花一直养到他上初中。一天，有人来他家花圃里购买花苗，看到了这盆层层叠叠的迎春花，立即被吸引住了。一开始，小方武舍不得卖，后来，令他惊奇的是，那人出到一百多块钱。那时，一盆像模像样的观赏盆栽不过三块五块钱。这给小方武莫大的自豪感、成就感，虽然没有专业人士也没有专业书籍来指导，但也极大地鼓舞了他继续培育盆景的信心。

方武念中专时选学的是工艺美术，当看到《芥子园画谱》时，近距离地感受到中国画艺术大师们的艺术境界，就像饥饿的人看到了美味佳肴，那种相见恨晚一见倾心的感觉别提多兴奋了，不仅对他从事的盆景里植物的造型有醍醐灌顶、茅塞顿开的意外效果，也为他后来用植物、山石、土、水等为材料制作"缩地成寸、小中见大"的中国画似的山水盆景有很大的启发和帮助。

学校毕业后，方武也做了一些和学的专业有关的工作，一段时间后，终究还是放不下自小对花草对盆景的热爱，辞职下岗后才真正地做起了花木生产、销售、研发生意。

1998 年，一个青岛人选了他的十一个盆景，出价八万多块钱。那时，八万多块钱可以在县城里买两套商品房。当时，方武没有舍得卖出去。平常，方武遇到人买盆景都要和人聊聊天，要是这个人一点不懂植物或者一点都不知道如何管理盆景，是舍不得把盆景卖给他的，怕没多久盆景就被糟蹋死了。没过几天，一夜之间，十几盆盆景一下子消失了。方武当时心痛得难以言喻，作家把自己的作品当成是自己生养的婴儿那样来爱惜，十几盆朝夕相伴十几年的盆景在方武心里的重量可想而知。那一个个盆景是他十几年来一点一点雕琢出来的，一年四季三百六十五天无时无刻不在关注着它们，给它们培土、施肥、浇水、修剪、抹芽，看着它们从一点点开始长大而欣慰，看着它们树上长出一颗颗嫩嫩的芽，抽成枝，然后，他因它们变成最美的样子而喜悦，看着它们渐渐老化……它们一夜之间消失了，这个打击让方武放弃了盆景制作长达十五年的时间。

也是在那一年，镇政府决定把花木产业作为农业产业来抓，确定为农民增收致富的发展战略，在全镇强势推进，大面积扩植，农民开始规模化生产花木，当年底，全县花木面积突破了三万亩，在全市全省乃至全国都引起了轰动。政府出台扶持政策和奖罚措施等一系列推进方针，2000年，新河镇被江苏省花木协会评为“花木之乡”。2002年9月，沭阳县政府举办了首届中国花木节，更进一步推动了新河花木业的兴旺发展。到2018年，短短二十多年时间，花木由原来的零星散地飞速发展到五十万亩，占全县耕地近五分之一，花木品种三千多种，催生了从业人员二十五万之多。

客观地说，沭阳乃至全国花木产业效益近三年来一直呈现下滑趋势。在沭阳，一些早期的花木大户一走了之，有的听天由命，有的淘汰更新，但真正在传统花木上加大投资的越来越少……俗话“谷贱伤农”，那花木贱呢？

事物的发展总是从无到有，从粗到精，从低端向高端演变的。2013年，对方武来说是一个转折点。虽然十五年没有再制作盆景，但是盆景一直在他心里，他无时无刻都有着重新动手制作盆景的想法。最终，还是因为丢不下、舍不得盆景艺术，那一年，方武开始兴建现在的这个“艺园”，把原来被人偷走剩下的那些坯材挖起来运到“艺园”，又开始制作起盆景。

方武说：“盆景是人与自然共同创作的一门艺术，它虽然取材于自然，效法于自然，但同时也蕴含了制作者的思想与审美。盆景制作不是一蹴而就的，它是一门时间的艺术。时间促成树木的成长，时间丰富盆景人的阅历。盆景每一分每一秒都在变化着，而盆景人需要做的就是充实自己，同时把握它的发展，让它一次比一次更美。在培育的过程中，植物不断在生长，一年四季都有变化，也不断地有意外之美，不断给人以惊喜，不断生长出的新芽新枝让人也有了无限想象的空间。”

每天，只要离开家，方武第一时间就会来到园子里，或浇水、或剪枝、或培土……总有忙不完的事情，晚上呢，也待到很久，在灯光下看树，仔仔细细、前前后后地打量——主干是有力的身躯、是健壮的骨骼、是承重的脊梁，主干及其向四面八方的分枝、分叉生长、变化是一个盆景的成长史，如一个人的思想（或者也可以说是灵魂）在宇宙空间里到处触摸，不知道哪个才是最正确的方向；也如一个人无所不在的欲望和情感在盲目地生长；那已经枯死的枝，就像是不久前被命运打回冷宫的思想，被告知此路不通，于是不得不收敛、萎缩、枯成为神枝；数个神枝的保留，只是象征着思想曾经左冲右突，最后却被囚禁于囹圄；结疤就像是一个人生命中一个个触目惊心的痛点，充满了沧桑感；那一个个弯曲，是生命中放纵、控制，控制、放纵的印记，也是生命中一次次碰壁后的转折点，有的一气呵成、义无反顾，如飞逸的蛟龙，流畅舒展中痛快淋漓地直抒胸臆；有的似乎费了九牛二虎之力才扭转过来一个弯，凝滞、沉重，但是却苍劲有力；那些欣欣向荣青翠旺盛的新枝，是正在生长的新思想、新活力，它们是生命的希望，是生命的活力，它们正在寻找另外一种美、寻找一种积极向上的力量……

有时候，晚上回家，都上床休息了，朦胧间，忽然，脑海里一个闪念……于是，马上穿衣下床去园子里，找到那棵树，按照刚才在家的闪念，看准了一根枝，端详了一会儿，确定头脑中的构图，嗯，没错，就是这样子，果断地“啪”的一剪下去，剪过，再看树的整体，好看多了，于是，多少天来郁闷的心情一下子开朗起来。

方武经过多年的学习、不断尝试和实践总结，逐渐形成了“垂枝结顶”的个人风格特点，成为“新沭派盆景”代表人。

在第三届中国盆景（沭阳）精品邀请展上，方武的作品《沭水春意》《岁月倾诉》获得全国展览金奖，连续两届在中国盆景制作比赛中获得现场制作金奖。

《岁月倾诉》中的植物已经有上百年历史，经过了方武祖父和父亲的手。

2016年11月，方武和助手李安作为沭阳地区出类拔萃的年轻盆景专家，应邀参加了江苏常熟中日盆景艺术文化交流活动——文人树盆景创作表演。他们拿到一棵原生态的坯材，先四周查看枝干的分布情况，然后决定枝条的留舍，一旦决定了创作意图，两人分工创作开始。方武先将最为夺眼（亮点）的自然大垂枝整理出来，以定整个文人树的基调，边疏枝边缠扎；整枝、疏枝层层上移，将繁密的枝条果断地梳理掉。方武与李安的创作得到了参会人员的一致好评。国际大师木村正彦还手把手地示范了文人树的细节处理，赵庆泉大师也从文人树的制作手法和审美架构，并结合眼前的范例进行了点评。

随后，方武将主干处的死皮层清理干净并拉出舍利，凸显主干的老道沧桑感，最后，从整体上力求把握文人树的脱俗与精干。经过这一系列的创作，于是，一件披头散发的铺地柏在方武和李安的手里，顷刻间变成了一件清秀素雅的高山垂顶文人树。

现在，方武已经建立了盆景艺术公司，集生产、销售、研发、教学培训、成果展示为一体。走进“艺园”，如入优美风景聚集的大观园，园内亭台楼榭、曲径通幽，地势高低错落，小桥流水人家，溪流穿园而过，但最引人注目的是一座座造型各异的白墙灰瓦的水乡江南特有的墙壁衬托着的大大小小的盆景，它们浓缩了大自然的恢宏景观，满溢着中国画山水和中国园林的艺术气息，既让人心旷神怡又让人浮想联翩，园内精美的景观设计彰显着方武深厚的审美底蕴。

社会在发展，人们的生活也在发生日新月异的变化。以前，作为家庭观赏的花卉花木已经铺满了城市中央马路边上的绿化带、铺满了各个小区的路边和花圃，家庭里对观赏花木品位的要求愈来愈高，不再仅仅停留于绿化和观赏花卉的培植，而盆景以它的高品位——糅合中国园林艺术、与情志相通的造型艺术、中国画山水审美的意境空间、音乐舞蹈武术的韵律节奏刚柔相济等美学。一盆盆景造型线条的变化、荣枯、所展现出来的画面感、沧桑感的表达都可以与人的情感、人生观、审美观相通；一盆盆景就是多学科（边缘科学）的综合体；一盆盆景有山有水有地貌有植物，于方寸之间见宏阔自然的美景，而这美景是在不断生长中、不断给人以意外惊喜，不断让人参与进来发挥自己的聪明才智、融进自己的思想与审美、给人以无限想象的美的空间；一盆盆景是减法艺术、删繁就简，将多余的枝条剪掉，就像人经常反省自己，去掉不必要的欲念，简单生活；一盆盆景虽然是人为，但还是要自然，它还在自然生长，养护盆景要学会尊重敬畏自然发展，盆景是人与自然共同完成的杰作；一盆盆景伴随着人（有时候伴随几代人）一起走过沧桑岁月……以前是小众化的盆景渐渐地成了现代家庭里的新宠。

在沭阳“中国国际花木城”，方武指着一棵黄杨盆景说：“这盆黄杨三万块钱买的，让我摆弄了一下，现在有人出到了八万五。”这似乎不是在卖花卖草，而是在卖金子，但据平时掌握的情况，全国的花木行情并不如前，不少花木大户负债累累，为何盆景还能稳赚不赔？业内人士一语道破：“‘大路货’不能再搞了，十棵不值一棵钱，搞精品、做细活已成大势所趋。”

从省里回来以后，方武更增添了把盆景艺术继续推广、走进千家万户的信心。早在2015年，方武和河南工业大学合作，把“艺园”提供给河南工业大学设计学院作为学生社会实践基地，亲自带学生，讲授盆景的制作过程。

现在，他又通过互联网微视频面向社会讲课。方武在视频里说：“拿到一株坯材，首先需要多方位观察它，确定其树势。根据树的本身，根、根部、隆脊、干、枝条的分布，有效地把这棵树所有的优点能展现出来能把枝条利用好。用铝丝呈45°角，等距离环绕枝条，确保铝丝紧贴树枝。然后弯曲造型。在盆景的气质和制作上是既无定法，也无定式，全凭着内心一股对于美学的认识与把持。我们一直在说精益求精，一棵树在作盆景过程中，一年一个样在生长中变化。我们不断地在做调整，追求的就是那种积极向上的，而且又是内心想要的东西。”